大魚讀品
BIG FISH BOOKS

让日常阅读成为砍向我们内心冰封大海的斧头。

HOW

TO

STOP TIME

[英] 马特·海格 著　　侯茜 译

时光边缘的男人

北京联合出版公司
Beijing United Publishing Co.,Ltd.

目录

Contents

我常常想起，一个世纪前，海德里希在他纽约的公寓里对我说：

“首先，你要遵守的是，不能让自己陷入爱情。需要注意的事情还有很多，但是这一条是最重要的。不要陷入爱情，不要沉溺于爱情，不要对爱抱有任何幻想。只要做到这一点，其他的都是小问题了。”

我透过他吐出的烟圈，看向窗外。中央公园里，许多大树被一场飓风刮得枝离叶落，满地狼藉。

“我想我还是会再爱的。”我答道。

海德里希微微一笑，笑容带着几分邪气。“当然，你当然可以。爱食物，爱音乐，爱香槟美酒，爱十月的午后。你可以爱瀑布飞流直下的雄浑壮阔，可以爱旧书散发出的纸张清香，但是不要再去爱一个人。你懂我的意思吗？不要把你的爱投注在普通人身上，少在他们身上浪费你的感情，越少越好。不然，你的理智就会逐渐被蚕食……”

第一部分

逝水时光

斯里兰卡	三周前
洛杉矶	两周前
伦敦	现在
伦敦	1623 年
伦敦	现在
伦敦	1860 年
伦敦和圣奥尔本斯	1860—1891 年
伦敦	1891 年
伦敦	现在
萨福克郡，英国	1599 年
伦敦	现在
萨福克郡，英国	1599 年
伦敦	现在
萨福克郡，英国	1599 年

第一部分

逝水时光

Part One

我老了。

我说的是实话，但是听到的人一般都不相信。如果你见到我，可能会觉得我最多不过 40 岁，但事实并不是这样。

我很“老”，像一棵树、一只圆蛤[1]、一幅从文艺复兴时期流传到现在的油画一样老。

真相是，我出生于四百年前。1581 年 3 月 3 日，在当时法国的一座小城堡的三楼——我那时候的家里——我出生了。我想，那一定是很暖和的一天，因为当时我的母亲让助产护士把所有的窗户都打开透气了。

“上帝会赐福于你的。”我的妈妈说。不过我觉得她应该加一个前提——假如神真的存在的话。但一直以来，神的庇护对我来说，更像是一种折磨。

我的母亲很久很久之前就去世了。而我，一直活在这个世界上，直到现在。

没错，我和正常人有些不同。

我有时候觉得自己生病了，不过可能用“生病”来描述并不准确，因为生病会让人虚弱。不如就直接说，我和正常人不一样。我的情况很稀有，但并非个例。不过人们只有当这种事情发生在自己身上的时候，才会相信世界上真有这种情况。

这种情况没有任何医学期刊记载过，也没有任何官方名称。最早，在 19 世纪，一个医生诗意地把我们称作“时光里的逆行者”。于是，我们有了名字，尽管这个名字可能永远不会被大众所知。

一般这种“症状”在青春期就会出现端倪，但并不明显，甚至有这种状况的“患者”本身并不会意识到自己的特殊。毕竟，每天人

1　圆蛤：被认为是世界上最长寿的动物。——译者注（以下未做说明者皆为译者注）

们醒来照镜子的时候，都不会觉得自己和昨天有什么不同。几天、几周，甚至几个月，短时间内，人们的外形并不会发生很大变化。

但是随着时间流逝，在节日或者生日的时候，人们会逐渐注意到，某个人完全没有变老。

事实上，他们并不是停止变老、青春永驻。他们也在随着年龄而变化，只是比起常人来说，慢得不可思议、难以察觉。“时光逆行者”变老的速度非常缓慢，可能是正常人的十五分之一。正常人十三四年的时光，对他们的身体来说只过了一年。我自己的这个数值接近十五年。

我们并不是长生不老，我们的大脑和身体也不是完全停止发育。只是根据学界最近流行的说法来说，我们的衰老过程比较独特，身体内组织细胞的坏死和退化，细胞分子（包括核 DNA）的变化，这个过程在我们身上更加缓慢。

所以，我的头发会变白，我可能也会得关节炎，会谢顶，会有老花眼，会变得垂垂老矣、腐朽不堪。

“时光逆行者”通常有更好的免疫系统，不容易被病毒感染(但也不是完全不生病)，不过这种优势随着年龄的增长也会慢慢衰退。用科学一点的说法来说，就是我们的骨髓会周期性地在特定时期产生更多的造血干细胞，这会让我们拥有更多的免疫细胞。不过我们还是会受伤，会营养不良，而且这种福利不是持续的，只在一个周期中某段特定时间有。

我不是神秘优雅的吸血鬼，不能青春永驻。不过这种感觉其实和永葆青春很接近了，从拿破仑去世到人类第一次登上月球，几个世纪过去了，我的外表可能只老了 10 岁。

人们不知道我们，有一个很重要的原因是，他们本能地不相信世界上真的有这样的人。

人类本能地排斥那些不符合他们世界观的认知。你当然可以向外界公开“我已经439岁了”，说出这话很简单，但是别人的反应通常会是“你发什么神经啊”或者“哈哈，对啊，已经躺在棺材里三百多年了”。

人们不知道我们的存在可能还有一个原因：我们受到某个组织保护。曾经，有人发现了我们，并且相信了我们的特殊性。我们的存在让他们本就短暂的生命显得更加仓促。有些人因为嫉妒而将我们视作异端，也有些人选择保护我们。不过迫害并不只是来自普通人。

“时光逆行者”的内部，也同样存在危险。

[斯里兰卡，三周前]

–

钱德里卡·维拉特纳躺在离神庙百米远的树荫下。她闭着眼睛，有小蚂蚁爬到她的脸上。我听见树叶一阵沙沙作响，抬头看到树上有只猴子，居高临下且审慎地望着我。

我让突突车司机把车停在树边，放我下车。他告诉我，这种红棕色脸、白净无毛的家伙，是一种印尼猴子。

“这种猴子基本上很少见了，”司机说道，“它们一直生活在这里，现在是濒危动物。”

那只猴子逃走了，消失在树叶后面。

我摸了摸钱德里卡的手，很凉。我觉得她可能就这么悄无声息地在这里躺了一天。我握住她的手，忍不住开始抽泣。我突然觉得难以控制自己的情绪，后悔、解脱、悲伤和恐惧夹杂着，像潮水一般向我涌来。钱德里卡就在这里，但她不能再对我说些什么了，这让我感到难过，也有一丝解脱，我不必亲手杀了她。因为她……必须死。

这不单纯是一种解脱感。这种任务曾让我感觉到压力，就像是我不太爱吃的早餐鸡蛋卷。我终于忍不住吐了出来。就在那一瞬间，我突然明白：我不能再做这种事情了。

庙里没有前台电话可以叫车，因此我只好耐心等待路过的车，准备回加勒[1]的小旅馆待着，那里闷热、潮湿，到处都是蚊子，只有天花板上挂着个风扇。但在联系上海德里希之后，我又改变了主意。

“你做了你该做的？”他在电话里问我。

“对。”我答道，起码结果是一样的，而且他也只是关心结果，“人已经死了。”然后我问了自己一直在问的那个问题：“你找到她了？”

“没有。”他的回答也和往常一样，“我们暂时还没找到。”

暂时还没，这个“暂时”已经拖了几十年了。但这次，我的回应和之前不同。

“海德里希，拜托你了，我想过正常的生活，我不想再做这些事情了。”

他疲惫地叹气：“我确实应该先见见你，这件事实在拖得太久了。”

[洛杉矶，两周前]

–

海德里希回到了洛杉矶。从 20 世纪 20 年代开始，他就没在这一带活动过了。因此他觉得这里比较安全，路上不会碰到以前认

1　加勒：斯里兰卡西南部港市。

识他的人。他在布伦特伍德[1]有一栋大房子，作为我们这些“信天翁”[2]的根据地。布伦特伍德镇对他来说几近完美，房子外有高墙篱笆遮挡，内有灌木掩映，将房子与外界完全隔离开来，完美地阻挡了一切路人窥伺的视线。

我看到海德里希的时候，有点惊讶。他坐在泳池边的太阳椅上，腿上放着个笔记本电脑。虽然他看起来和以前没什么不同，但我还是敏感地注意到了其中的差别。他看起来变“年轻”了。他还是那个年迈的有关节炎的患者，但是比他一个世纪前给人的感觉更年轻一些。

“嘿，海德里希，”我说，“你看起来气色不错。”

他平淡地点了点头，好像对这种话习以为常：“我打了肉毒素，还做了提眉手术。”

他应该不是在开玩笑。他之前做过整形外科医生，并且为了避免碰见以前的顾客，在迈阿密退休后，他搬到了洛杉矶。现在，他用的名字是哈利·西尔弗曼。（用他的话：“西尔弗曼，这个名字好听吗？是不是有点像一个老牌超级英雄？跟我的风格有点像！”）

我坐在椅子的另一侧。他的用人罗塞拉端来两杯橙红色的冰沙。我突然注意到海德里希干瘦的手，上面的黄褐斑和青蓝的血管，泄露了他的真实年龄。脸会撒谎，手不会。

“沙棘果味冰沙，听起来很怪吧？吃起来更怪！尝一尝吧！”

海德里希是个坚持得让人惊奇的人。我觉得他好像一直都是这样。从 1891 年，差不多一百年前，他当时还在卖郁金香的时候开始，好像就是这种性格的人，让人觉得古怪。他比我们中的任何

1 布伦特伍德：美国新罕布什尔州东南部城镇。

2 信天翁：一种被人们视为寿命很长的鸟。

一个人都老，但是也比我们更能接受每个时代的新鲜事物，赶上潮流。

“是这样，”他说，“在加利福尼亚，唯一让人觉得你在变老的事，就是你看起来更年轻了。假如你 40 岁还不做医疗美容，人们反而觉得可疑。”

他跟我说，他原来在圣巴巴拉市待了几年，不过后来厌倦了。“圣巴巴拉是个不错的城市，假如出行再方便一些简直就完美了。但是太完美了就很平淡，没有一丝惊喜。我原来住在山里，每晚都喝当地产的红酒，那样的生活无聊得让人发疯。一潭死水让人无端地生出恐惧。我已经活了七百年，那还是我第一次感觉到恐惧。我经历过战争、革命，但只有在圣巴巴拉，虽然我每天过得舒舒服服，但心里却有一种没有缘由的焦躁，感到自己困顿不堪，身陷此处。而洛杉矶给我另一种感觉，洛杉矶能让我的心迅速平静下来，我跟你说……”

“平静？那感觉应该不错。”

他端详了我一会儿，好像我是一件值得琢磨的艺术品。“你过得还好吗，汤姆？你在外面想过我吗？”

“差不多吧。”我答道。

“是吗？冰岛感觉如何？”

去斯里兰卡做任务之前，我在冰岛生活了八年。

“很孤独。”

“但我觉得你在多伦多待过之后，一直渴望孤独。你曾说真正的孤独就是在人群里。汤姆，这就是我们的常态。我们生来就是独行者。”

我因他的话而沉默，酝酿了很久自己的措辞。“我不想再这样了，我想摆脱这种状态。”

他的反应平淡无奇，眼睛都没抬一下。我的目光停留在他粗糙的手掌和浮肿的关节上。“汤姆，没有‘摆脱’一说，你知道的。你是信天翁，不是朝生夕死的蜉蝣。你是信天翁。”

他话里的意思很简单。过去，在人们的认知里，信天翁是一种很长寿的鸟。不过事实上，这种鸟的寿命也就是六十年左右，有种更少被提到的格陵兰鲨，大概能活四百年。还有一种名为“明”的蛤类动物，经鉴定后，被确认为世界上最长寿的动物，超过500岁，因其生长初期正好处于中国明代而得名。就寿命而言，我们是信天翁，其他人类是蜉蝣，这个对比恰如其分。短命的水生昆虫可能在一天内就能从出生到死亡，完成一个生命循环。一些更低级的种类，这个过程甚至只要五分钟。

海德里希一直就把人类看作蜉蝣。他谈起人类时用的词，曾经深深地影响了我，而他的用词中对人类的态度，也变得越来越轻蔑。

信天翁、蜉蝣，愚蠢的比较。

他智慧的沉淀速度远逊于他年龄的增长速度，可以说他头脑不太成熟。他就是个孩子，一个年龄非常大的孩子。

了解了其他信天翁的生活状态，可能会让人觉得失望。你会意识到，我们不特别，我们不是超级英雄，我们只是活得长。像海德里希这样的人，不管是几十年还是几百年，都是一个德行。因为人都是凭自己的好恶和认知行事，不是说你活得长或去的地方多，就会有所改变。个人基本无法摆脱自己一直以来的三观的影响。

“说实话，我知道我的所作所为，”他握住我的手，“对你有些不公平。”

“其实我一直很感激你对我的帮助……”我有点犹豫。他帮了我什么呢？他曾经对我的承诺到现在还没有兑现呢。

“汤姆，你觉得现代社会像什么呢？现在和过去不同了，已经不是你搬家改名、换个教区做礼拜就能掩盖身份的时代了。你知道为了保证你和其他人的安全，我付出了多大代价吗？”

“好吧，那我的离开刚好能帮你省点钱。”

“我之前已经说得很清楚了，开弓没有回头箭……”

“可这张弓也不是我拉开的呀……”

他用力吸了一下吸管，声音带着几分圆滑世故：“生活本身就是这样，不是吗？听着，孩子……”

“我做不到。”

“是你自己选择的，你自己决定去见哈金森医生的。”

“如果我知道会发生什么，我根本就不会去见他。”

他的舌头在吸管上舔了一圈，然后把杯子放到旁边桌上。他有关节炎，需要定时服用一些葡萄糖胺补充剂来缓解疼痛。

“那我可能会直接杀了你。”他咯咯地笑起来，好像自己说的真的只是玩笑话。但我知道不是。当然不是。“好吧，我会做出一点儿让步，做个交易吧。我会让你过你想要的生活，任何一种生活。但是每过八年，和以前一样，你改头换面之前会收到一次传召。每当你要变更身份时，得先帮我做些事情。”

我之前已经听过他这些话很多次了，但是所谓的“想要的任何一种生活”，从来就没实现过。他会给我很多建议，让我从中做出选择。而我对这种说辞的回应，我想也同样让他耳朵起茧。

“她……有消息了吗？”我例行公事地问这个问过千百遍的问题，这已经成了我的习惯。虽然我已经不抱什么希望，连话里的沮丧都无法掩盖。

他看着他的饮料，说道：“没有。”

我注意到，他这次的回答，比平常否认得更快一些，不禁疑惑："海德里希？"

"没有，没有！我没有收到任何消息！听着，过去七十年，我们队伍的扩张快得不可思议。你记得我们什么时候开始找人的吗？有时甚至五年就能找到一个新人。假如你一直执拗地想要找她，肯定是疯了，还不如现在就离开我们！"

我听到泳池里传来一阵水花扑腾声。我站起来，走到泳池边，看见一只小老鼠正在出水口绝望地挣扎。我蹲下身把它捞起来，它得救之后嗖的一下钻进草丛里了。

他拿捏着我，他自己也知道这点，我根本不可能活着退出。即使有那么万分之一的可能，也一定代价惨重，还不如留在这儿和他周旋。这种宽慰就好像是买保险，聊胜于无。

"我可以选择自己想过的任何一种生活？"

"对的，只要你想。"

我确定，海德里希还是那个海德里希。他觉得我是想过奢华的、纸醉金迷的生活，想去意大利阿玛尔菲海岸[1]的游艇上度假，想去迪拜的顶层豪华公寓里生活。其实我以前就考虑过多次，这次我终于说出了自己内心的那个答案："我想回伦敦。"

"伦敦？她不可能在那里，你知道的。"

"我知道，我只是想回到那里。那里让我有种回到家的感觉。而且我想当个老师，历史老师。"

他大笑："历史老师吗？好吧，是去中学里面吗？"

"对的，中学里面。高中历史老师，感觉是个不错的选择。"

海德里希笑了，看我的眼神中带着一些困惑——我为什么放着龙虾大餐不吃，想尝快餐店的炸鸡？"好吧，挺好的，这也挺好。

1　阿玛尔菲海岸：1997 年被列入《世界遗产目录》。景致优美，被美国《国家地理》杂志评为一生中必须去的 51 个美丽的地方之一。

那我们需要先准备一下……"

海德里希念念有词、喋喋不休，而我就一直看着刚才那只小老鼠，穿过草丛，跑向灌木，隐入林中，消失不见，奔向自由。

[伦敦，现在]

-

我在伦敦开始了我的新生活。

奥克菲尔德中学的校长办公室里。

我努力想表现得正常，但对我来说有点难度。待得越久，我想起从前的事情就越多。回忆如潮水般涌来。

够了。

我告诉自己，都已经结束了，过去的已经过去了。现在这个屋子里散发着速溶咖啡的味道，地毯上残留一股消毒水和化纤味，墙上还挂了一张莎士比亚的海报。

是一张很常见的莎士比亚肖像。后退的发际线，苍白的肤色，冷漠空洞的眼神。这张画一点儿也不像真正的莎士比亚。

我收回思绪，把注意力重新放到面前的校长达芬妮 · 贝洛身上。她戴着橙色的大耳环。她有一些白头发。她正对我微笑。一个充满伤感的复杂的笑容，一个只有 40 岁以上的人才会有的笑容，其中夹杂着难过、抗拒以及消遣的意味。

"我在这里待很久了。"

"真的吗？"我问。

外面突然传来警笛鸣叫的声音，由远及近，又逐渐消失。

"时间，"她说，"真是非常奇妙，对吧？"

她轻轻地把装了咖啡的纸杯放在电脑旁边。

“对，奇妙极了。”我赞同她的话。

我喜欢达芬妮，我喜欢她的这次面试。我喜欢回到这里，回到伦敦，陶尔哈姆莱茨区[1]。回到这里应聘一份普通的工作，这种感觉其实很好，我在这种平凡中感受到了真实。

“我当了超过三十年的老师，在这所学校里已任教两年。说来真让人沮丧，原来已经这么多年了。我已经老了。”她微笑着叹气。

每当我听别人说自己老了，都觉得特别有意思。

一般这种时候只能恭维一句“你看起来一点也不老”，我是这么想的，也是这么做的。

“哈哈，你的嘴巴可真甜，加分！”她高兴得合不拢嘴，笑声高了两个八度。

我把她的笑声想成一只看不见的鸟，来自她父亲的故乡圣卢西亚[2]，充满异域风情，穿过窗户，飞向灰蒙蒙的天空。

“我感觉自己简直年轻了不少，像你一样。”她笑得花枝乱颤。

“41 岁可不年轻了。”我强调了一下这个数字。有点荒诞，41 岁、41 岁，我现在谎称自己 41 岁。

“但你看起来可真年轻。”

“可能是因为我刚刚度假回来，整个人心态比较放松。”

“你去哪里了？好玩吗？”

“斯里兰卡。挺好玩的，我还在沙滩上喂海龟……”

“海龟？”

“对。”

我朝窗外看去，一个女老师正领着一群穿着校服的学生走向操

---

1 陶尔哈姆莱茨区：英国伦敦的自治市，位于伦敦东部，泰晤士河北岸。曾是伦敦相对贫困的地区，现为伦敦的金融中心区。

2 圣卢西亚：北美洲岛国。

场。她停下，转过身，然后我看见了她的脸，她的嘴巴一张一合地在说些什么。她戴着眼镜，穿着牛仔裤，身上的毛衣被微风吹拂着，然后她把自己的头发别到耳后。好像有个学生说了些什么，她笑了。那个笑容使她变得明媚生动起来，让我有一瞬间的恍惚。

“哎，”达芬妮发现我在看什么，叫了我一声，我有一瞬间的尴尬，“那是卡米拉，我们的法语老师。她很特别，学生都很喜欢她。她总是带他们出门上户外法语课。我们学校就是这样啦。”

“我理解您为这里做出的很多努力。”我恭维道，并且努力把话题转移到我们的面试上来。

“对的，不只是我，我们这里每个人都是如此。不过有时候收效甚微，所以我才注意到你，你的简历简直无可挑剔，我核查了你的每一条经历……”

我松了口气。幸亏她对我做背景调查时，之前安排好的那些人接了电话回了邮件，不然我就麻烦了。

“……不过，这里可不是萨福克郡那种乡下的学校能比的，这里是伦敦，陶尔哈姆莱茨区。”

“孩子在哪儿都是一样的。”

“对，孩子都是乖孩子。但是这里和你以前待的地方可不一样，两地的教育资源不同。我的意思是，你在这里的工作会更有挑战性。”

“别担心，我会让你惊喜的。”

“这里的学生一直都非常努力。但是他们大多只关心自己身边的世界，如何让他们对历史感兴趣，这是一个问题。你想怎么让历史生动起来呢？”

这个问题对我来说，实在太简单了。“我认为，历史不是要一定刻意和我们日常生活一样平易近人。历史是已经存在的。我们所经历的，在后世就是历史。历史不仅仅包括政治家、王公贵族，还包括普通人。一切皆是历史。一杯咖啡也是历史。从一杯咖啡，你甚至可以观察一个国家从奴隶制发展到封建社会，再到资本主义的过程。今天我们能够坐在一起，喝上这杯咖啡，你甚至无法想象有多少人曾为之不懈努力甚至流血抗争。”

“你这样一说，我倒有点不好意思喝了。”

“呃，抱歉。我的意思是，历史到处都是。我只需要让学生意识到，历史跟我们的日常生活并不是脱节的。”

“很好。”

“历史是由人组成的，所以每个人都会爱上历史。”

达芬妮看着我，缩了缩脖子，眉毛高高扬起，满是疑惑：“你确定吗？”

我轻轻颔首：“只需要让学生知道，他们所见、所说、所做的一切，都是基于过去所发生的历史做出的选择。他们当下的每一个选择都会改变以后，莎士比亚几百年前写的一首诗会改变未来；每个活着的人，都会改变未来。”

我看向窗外。三楼视野很好，远处伦敦天色一如既往地灰蒙蒙，下了点儿小雨。我看到一栋英国乔治王朝时代遗留下的建筑，我以前经过那里很多次。

“那里，那栋有很多烟囱的房子，看到了吗？以前是一个精神病院。还有那里，”我指向另一个方向更低一点的房子，“过去是一个屠宰场。里面的人还会把动物的骨头都收集起来，送去烧制瓷器。如果我们能在两百年前走过这里，我们会看到两个割裂的世界，一边是工业社会，人们看着汽笛嗡鸣觉得不可思议；而另一边仿佛是农耕时代，路上还有牛羊走过……”

如果、如果、如果……剥开一个如果，还有一个如果。

我指向西边，一个蓝灰色的屋顶露台。

“就在那里，老福特路的那家蛋糕店楼上。西尔维亚·潘克赫斯特[1]和她那些争取妇女选举权的伙伴，经常在那里会面。她们过去还在天台上挂了一个很大的金色标语，上面写着她们的政见——‘女人也要选举权’，从很远就能看见。那里旁边以前还有个火柴厂。”

达芬妮唰唰写下几行字：“你还懂音乐，我看看，吉他、钢琴、小提琴。”

“对。”我在心里默默补充道，还有鲁特琴、曼陀林、希特琴、管乐器。

“你会让马丁羞愧的。”

“马丁？”

“他是我们的音乐老师，他什么都不会，什么都不会。他连三角铁都打不好，还老觉得自己在摇滚方面很厉害。唉，马丁。”

“好吧，我爱音乐，也爱乐器。但我不怎么会教别人这些。我觉得音乐只能自己感受，很难和别人交流。”

“历史不是吗？”

“历史不是。”

“看起来你对历史这门课真是信心满满啊。”

“当然啦，”我撒了个谎，“我完全有信心。”

“不过其实你还很年轻啊。”

我耸耸肩，故意做了一个造作夸张的表情。

“我 56 岁了，你才 41 岁，对我来说真的算是年轻了。”

但其实，对我来说，56 岁也年轻，88 岁也很年轻，甚至 130

1 西尔维亚·潘克赫斯特：英国著名的女权主义活动家。

岁，都还年轻。

“好吧，但是我是那种比同龄人老的 41 岁。”

她微笑着看我，把圆珠笔顶上的按钮摁来摁去，一秒一下。嘀——嗒——嘀——时间就这样嘀嘀嗒嗒溜走。你活得越长，就越想在每一秒到来的时候，抓住它。我们该活在当下，而非过去或者将来。

埃米莉·狄更生[1]曾说过，永恒正是由每一个现在组成。但你如何判断自己身处哪一个当下呢？你如何不让自己身陷其他的“当下”呢？你，真的活着吗？

我的思绪开始慢慢飘远。

最近这种情况常常发生。我也略有所闻，一些其他的信天翁提起过，当你到达生命的中点时，就开始想得太多。回忆太过冗杂，让人生理性地头痛。我今天头痛得不是很严重，但是一直持续着。我想把注意力集中在此刻，几秒钟后，我又把心思投入面试中。我享受这种平凡感，尽管也许这平凡对我来说只是幻觉。

从没有平凡属于我。

我太不普通。

我想集中注意力。我看着达芬妮，她摇头并且大笑，我察觉到她的眼神里有毫不掩饰的柔和。恍惚间，我从她的眼里看见一点悲伤的情绪。“汤姆，我不得不承认，我对你这个人和你的应聘表现，印象非常深刻。”

汤姆。

汤姆·哈泽德。

我真正的全名叫艾蒂安·托马斯·安布罗斯·克里斯托弗·哈

1　埃米莉·狄更生：美国 19 世纪著名女诗人。

泽德。这是我最初的家族本名。我有过许多名字，有许多许多的经历。但是，从我第一次踏上英国的土地开始，我就只叫汤姆·哈泽德。

现在，又一次使用这个名字，就好像一个轮回。我脑海里不停地回荡着，汤姆……汤姆……汤姆……汤姆……

“你满足我们所有标准，不过即使你不这么好，你也会得到这份工作。”

“是吗？为什么？”

她扬眉：“除了你没别人来面试了！”

我们不约而同地笑了起来。

不过笑声很快就停下了。

因为她紧接着说：“我住在教堂街上，我想你也知道那里曾经发生过些什么吧？”

是的，我当然知道。这个问题让我想起一些冰冷的往事。我的头更痛了。我想起苹果在壁炉里爆炸。我不该回到这里，我不该让海德里希放我回来的。我想起了露丝，我最后一次见到她时，她睁得大大的绝望的眼睛。

“教堂街，我不知道。不清楚啊，抱歉，我不太知道那里。”

“没事的。”她喝了一口咖啡。

我看着墙上的莎士比亚像。他好像也在看着我，用一种看老朋友的温柔目光。他的肖像底下还有一行字：我们知道自己是什么样的，却不知道自己的潜能。

“我对你有种预感，汤姆，你也相信自己的直觉，对吗？”

“我想是吧。”我嘴上这么说着，心里却对“直觉”一说不以为然。

她微笑，我也回之以微笑。

我站起来，准备离开。“9 月见。”

“啊哈，9 月，9 月很快就到了。你知道的，时间过得很快的，尤其是当你老了，时间真是飞快啊。”

“我也希望如此。”我咕哝道。

她没听清我的话，还补充了句：“当然，对于小孩子来说，时间也很快啦。”

“是吗？”

“孩子是世界上另一个能让时间变得匆匆的人。我有三个孩子，最大的 22 岁，去年刚大学毕业。昨天她还在玩乐高，今天她就搬出家门正式独立了。二十二年真是眨眼的一瞬间。你有孩子吗？”

我握住门把手，迟疑了一瞬，无数鲜活的痛苦回忆向我涌来。

我答道：“没有，我没有孩子。”我说谎了，谎言比真相更容易应付过去。

她惊讶了一秒，一阵难堪的沉默。我以为她可能会说点什么，不过她只是对我说：“那好吧。再见，哈泽德先生。”

我走出去，经过走廊时闻到了消毒水的味道。两个学生靠在墙上说话，他们的眼睛看着手机屏幕，就像古时的牧师看着《圣经》一样虔诚。我临别前转头打招呼，达芬妮正看着她的电脑。“好的，今天谢谢您，再见。”

我走出达芬妮的办公室，离开学校。仿佛身在 21 世纪，又好像在 17 世纪。

我就要走到教堂街，周围的景色让我出神，人行道旁，一整条路上全是彩票投注站，路边的公交车牌和路灯柱上都是涂鸦。这条街很宽，我一走上这条街，脑海中自然就浮现出它之前的样子。之前这里本来的房子被拆掉了，现在这栋楼是 19 世纪晚期建的，那个时候人们偏爱这种高墙红砖的设计。

那个转角，我知道那里过去有一个废旧的教堂，还有个巡夜人，现在变成了一家肯德基餐厅。门口红色的标志像是猩红的伤口。我闭上眼睛漫步，凭回忆感觉自己以前那栋房子的所在，过了车站，再走二三十步。睁开眼，就看到了那栋熟悉的半独立式住宅[1]，这几百年，我都没再回到过这里。过去的大门现在被漆成了蓝色，从窗户能望到客厅的电视机，里面的主人正在打游戏，屏幕上依稀看到外星人爆炸的场景。

我的头突突地痛，我胆怯了，退缩了。过去的事情好像在一瞬间涌来，让空气都变得稀薄，整个人因为失重而飘浮。我退了几步，靠在旁边一辆车上，虽然力量较轻，但还是碰响了车的警报。

车的警报声尖锐刺耳，仿佛也在痛苦地哀号，从 1623 年一直到今天。我快步离开了这栋房子、这条街，仿佛只要我离开得足够快，就能逃离过去的那些事情。

[伦敦，1623 年]

–

在我的生命中，只经历过一次爱情。在某种意义上，也是那一次让我变成现在的我。有人说，只要你有过真正的爱情，在爱逝去之后，任何人都无法和当时的爱人相提并论。这种想法很美好，不过现实是残酷的。在这漫长而又孤独的人生路上，过去的只能是过去，只有动心的那一刻是永恒的。

对我来说，露丝曾经一度是我生命里的唯一。

但她还是死了，在她去世的很多年里，她给我留下的那些美好

1 半独立式住宅：一般指一大排房子，分成一户一户的，两边的墙都是和邻居共用的，因此只能前后通风采光，不像独立式别墅那样四面通风采光。在建筑成本上，半独立式住宅要便宜很多。

回忆逐渐被后来那些鲜活的面孔替代。我和她的分别，是后来许多年我糟糕生活的开始。我最后一天和她在一起，是我来教堂街见她。那一天发生的事情，折磨了我好几个世纪。

那是……

我站在门前。

我敲门，等了一会儿无人应答，又敲门。

街角的那个守夜人注意到了我，慢慢走过来。

“这扇门上有标记，伙计。”

“我知道。”

“你不能进去……太危险了。”

我伸出手，故作不耐：“对，离我远点。我他妈正倒着霉呢，你再靠近点试试。”

我撒谎了，不过很有用。守夜人被吓住了，犹豫了一下，走得远远的。

“露丝，”我冲着门里喊，“是我，我是汤姆啊。我刚刚在河边看到格瑞丝了，她告诉我你在这里……”

过了一会儿，我听到门里传来她的声音：“汤姆？”

我已经很多年没听到这个声音了。

“露丝，是我！开门吧，我来看你了。”

“不，汤姆，我生病了。”

“我知道，但我不会被传染的。前几个月，我跟很多瘟疫病人相处过，但到现在，我连感冒都没有得过。露丝，别担心，你开门吧。”

她把门打开了。

她站在那里，看上去饱经风霜。我们是一样的年龄，但现在她看起来快 50 岁了，垂垂老矣，而我看起来仍是个少年。

她的肤色晦暗苍白，脸上就像一幅地图，满是疮口。她起身已经很艰难。我感到内疚，由于我的到来，她不得不从床上起来。不过她看起来见到我很高兴。她说几句话便喘一口气，我扶着她回到床上。

“你看起来那么年轻……还是……你还是一个年轻人……年轻的男孩。”

“我额头上也有皱纹啦，你看。”我握住她的手。

她看不见我脸上的纹路。

“我很抱歉，”她说，“我很抱歉让你走。”

“这件事情你做得没错，我的存在当时对你来说，真的很危险。”

不过我要先声明一点：我不确定我现在复述的这些话百分之百就是我们当时说的原话。也可能不是。但我大概记得发生了这些事情。对我们来说更愿意相信记忆中的真实，而非真实本身。两者很接近，但有时候也不是那么接近，毕竟不是完全一样的事情。

不过我完全记得她接下来说的每一个字。她说：“现在一切都是那么黑暗。任何重逢的喜悦都不合时宜。”我感受到了她的害怕和恐惧，并且对此感同身受。这可能就是相爱的代价吧，我们同样分担着彼此的痛苦。

她已经神志不清，时而清醒、时而迷糊。

一瞬间，疾病又一次侵蚀了她的意志。她现在离我越来越远。对我来说，生命还剩下无限的长度，而对露丝来说，她生命的光芒已经渐渐微弱，在风中摇曳闪烁。

屋里很黑，所有的窗户都被木板钉上了。她躺在床上，身上的睡衣已经有点发潮。她的脸苍白得像大理石，皮肤上有红的灰的斑块。她的脖子上有个鸡蛋大的肿块。看到她变成现在这个样子，这种感觉真的非常糟糕。

“会好起来的，露丝，会好起来的。”

她的眼睛睁得大大的，满是恐惧。好像她脑子里有什么东西在缓慢地捶着她的头盖骨。

“放轻松，放轻松……一切都会好起来的。”

这样的安慰无济于事，而且可笑。我知道不会好的。

她呜咽着、呻吟着，全身被病痛笼罩着、折磨着。

“你必须走。”她的声音干巴巴的。

我弯下身子，亲吻她的眉毛。

“要小心。”她说。

“很安全的。”事实上，我自己不能确定安全与否。我觉得应该是安全的，但是不能肯定。我在地球上活了 42 年（看起来还和 18 岁时露丝第一次见我的时候别无二致），但我不在乎了。离开她的日子，生活仿佛失去了意义。

即使在 1603[1] 年以后，我再也没有见过露丝，我对她的爱亦没有丝毫褪色。此刻，我心如刀割，这种痛比任何一种身体上的疼痛来得还要剧烈。

“我们曾经很开心，是吗，汤姆？”她的脸上浮起微笑，几不可见。我记得我们过去在无聊的周二上午，抱着重重的水桶经过谷仓。我记得她年轻的腰肢和脸上的笑容，她当时只有喜悦没有痛苦，为了不吵醒她的妹妹，我们轻手轻脚。我记得我在河堤边散步，为了躲闪路上的流浪狗不小心摔进泥里，但是一想到她就在路的尽头等着我，好像也就不那么难过了。

那些似水时光，那些嬉笑打闹，一切的一切，都无法改变现在

1　此处疑作者笔误，1603 年他俩刚见面不久，1616—1617 年分开（女儿 10 岁左右时分开的），1623 年露丝重病又见面。汤姆 1581 年出生，1623 年正好 42 岁无误。所以此处应该是 1617 年。

冰冷的事实。

“我们……我爱你，露丝。我深深地爱着你。”

我想扶她起身，喂她吃点东西，我想让她好起来。我能看出她正饱经痛苦，她现在一心求死，但是此时我还不明白死亡是什么。我不明白，这个世界究竟会怎样。

我还有别的愿望，还想从她口中知道一个答案。

“亲爱的，玛丽恩在哪里？”我最终还是问出口了。

她看了我很久，我已经准备好从她口中听到某些噩耗。可她说：“她逃走了……”

“什么？”

“她和你一样。”

一瞬间的静默。

“她也不会变老吗？”

她说话语速很慢，不时有几声叹息、咳嗽以及哽咽。我让她先别说话，但她坚持想要把所有事情都告诉我。“对，她也不会变老。周围的人会逐渐注意到，时间没有在她身上留下痕迹。我告诉她，我们又得搬家了。她很困扰，然后变故陡生……”

“变故？”

“对，那天晚上，她跑了，汤姆。我想追她，但是她还是离开了，她再也没有回来。我不知道她去了哪里，也不知道她的处境是否安全。你得找到她，汤姆。希望她能平安坚强，你也是。汤姆，你一定要找到她。我现在要跟我的弟弟一样，离开这个世界了……”

我从来没有觉得这么无助过，我想要做点什么，我甚至想要用我的健康和今后的幸福换她回来。

“我会的，露丝，我会坚强起来的。”

她的气息逐渐变得微弱：“你会的。”

"露丝——"

我不停地喊着她的名字，希望她能听到。好像这样就能让她别那么快睡去，让她继续活着。

莎士比亚说，我们是被时间支配的人，时间命令我们即刻动身……

她让我唱歌给她听："任何你心中想的事情。"

"现在我的心中只有悲伤。"

"那就唱悲伤的歌吧。"

我想去拿鲁特琴，但她只想听我清唱。我觉得我清唱其实不如弹唱好听，但我要为她单独唱一首歌。

"她笑了，春天来了，我的所有快乐也来了。她皱眉头，冬天来了……"

她微笑，一个柔和的、饱含风霜的笑。我感觉我的世界就在这一刻消失了，我想随她一起逝去，跟着她走，无论去哪儿。因为她，我才成为如今的我。我曾经试过离开她独自一人生活，但那时候我知道她还在，还在这世界的某个角落静默地存在着。

"我会找到玛丽恩的。"

她合上眼睛，好像这是她最后的心愿，她已了无牵挂。

她的脸彻底晦暗下去了，像 1 月的天空。

"我爱你，露丝。"

我紧紧盯着她的嘴唇，努力想要从她苍白的、长满水疱的嘴唇上看到一丝一毫的回应，但她毫无反应。一种让我恐惧的、难以置信的寂静。只有空气中的尘埃在室内飘浮。

我祈求上帝，乞求他能够降下些许神迹，但是他置之不理。上帝没有理会我的请求。神冷漠无情。她死了，我好像掉进了无边的黑暗里，就这么过了几个世纪。

[伦敦，现在]

我感到虚弱。脑袋嗡嗡作响。我想要挣脱那些关于教堂街的回忆，于是走向了我自己心里的解药——位于哈克尼区的水井巷，现在应该叫水井街。那里是我和露丝最初一起生活的地方，在瘟疫还没有发生，我们还没有分开，在一切都还是开始的时候。那时的村舍、马厩、谷仓、池塘和果园早就不在了，我知道走在这条已经完全变样的街上，追寻那些早已逝去的回忆，其实于事无补，但是我还是想看看这里。

我继续走着，这里大概是哈克尼区最繁华的一条街。巴士和行人匆忙来去。我经过这里的一家手机店、一家典当铺和一家快餐店，终于在街对面看到了自己的目的地——我们过去生活的地方。

现在那里变成了一栋红砖房子，没有窗户，墙上有一些蓝白相间的标志，上面写着“哈克尼区宠物援助中心”。我有一种失望感，过去的那些生活痕迹此刻已经完全被抹去了。这种全身上下的无力感，让我怔怔跌靠在旁边的取款机上，结果却不小心碰到一个正在输密码取钱的人。我只好慌忙向他道歉，解释自己只是无心之过。不过他依然很警惕地看着我，仿佛仍在怀疑我。

我看到一个人牵着斗牛犬离开了那栋房子，于是马上做了一个决定：和过去的经历达成一点和解。

我穿过马路，走进那栋房子。

里面有很多狗都在叫。不过有一只狗很特别，病恹恹地躺在它的篮子里。它的外表是灰色的，有着蓝宝石一样的眼睛。这条狗，在这种地方有一种格格不入的尊贵感，我心里暗想，仿佛它是一匹误入狗群的迟暮的狼。

这条狗旁边还有一个崭新的磨牙玩具，黄色的橡胶骨头。

“这是什么品种？”我指着这条狗，问收容所的志愿者（她的胸章上有一个“卢”字）。

她挠了挠胳膊上的疹子，回答我：“秋田犬。是日本的品种，非常珍贵。它的叫声很特别，是吧？”

“对。”

我还能辨认出来，就是在这里，这条美丽又哀愁的狗躺着的地方，是我们过去的卧室所在。

“它多大了？”我问卢。

“很老了。已经 11 岁了。所以很难找到人愿意收养它。”

“那它是怎么来这里的呢？”

“它被发现了之后送过来的。之前它在阳台上生活，被绑在那里，日子过得很惨。你看，”她指着狗狗的大腿，那里没有毛，只有一道红棕色的伤疤，“被烟头烫的。”

“它看起来很低落。”

“有点儿。”

“它叫什么呢？”

“不知道。不过我们一般叫它亚伯拉罕。”

“为什么？”

“我们是在林肯[1]塔那边发现它的。”

“这样啊，”我说道，“亚伯拉罕真是一个非常适合它的名字。”

亚伯拉罕站起来，跑到我跟前，用它的蓝眼睛看着我，仿佛想要对我说些什么。我本来不打算养狗，起码今天本来没这个打算。不过此刻，我鬼使神差地说：“就是这条了，我想要收养它。”

1　林肯：亚伯拉罕·林肯，美国第十六任总统。

卢有些惊讶地看着我："你不打算再看看别的了吗？"

"不用了。"

我注意到卢胳膊上的红斑，还有深红色的疮口。我突然又想起，很多年前的一个冬天，在哈金森医生的屋子里，我和许多病人一起，焦急地等待他的诊断。

[伦敦，1860年]

–

这是一场暴风雪。1月，在经历过一段短暂的温和天气后，气温陡然间下降。我感觉这是从1814年以来，伦敦最冷的日子。那一年，拿破仑帝国破灭，法国被迫签订不平等条约。那也是泰晤士河举行的最后一次冰雪集市，冬天河水结冰后，小贩们就在上面兜售东西。[1]

那时，室外冷得几乎不能活动。出门后你会感到自己脸颊僵硬，血液也被冻住了。我走了两英里才走到黑衣修士路。风雪很大，我走得很艰难，凭借街边的路灯辨认方向。那时那种黑色镂花铁路灯还是很时髦的玩意儿。黑衣修士路上，有哈金森医生工作的地方——伦敦非传播性皮肤疾病研究与防治所。一个简单直接的名字，维多利亚时期的风格大抵如此。

当然，我没有皮肤病。我也不太可能有皮肤病。我当时并没有出疹子，事实上，一直到279岁的时候，我才第一次出现皮肤方面的问题。虽然那时候，我外表上看起来只有30岁左右，身体状况也很年轻，但我的心灵远比身体要老。

我当时来找哈金森医生，是因为他当时的新发现，一种跟我情况有点儿相似，不过事实上来说应该是相反的情况——"早衰症"。

1　小冰河期始于13世纪，在17世纪达到巅峰。当时伦敦天气寒冷，泰晤士河每到冬天就会结冰。人们会在河面上办冰雪集市。

这个词根源于希腊文（progeria），pro 的意思不光是指“之前”，还有“很早”的意思；geria 则是 geras 的变体，意思是“老年”。这个词的意思就是“儿童早衰”。一个人身体衰老的过程较正常人快好几倍，从而导致器官衰退过快，造成生理机能下降。症状多发于幼年时期，一个婴儿可能还在蹒跚学步，外表就已经像个耄耋老人。

这种症状的外在表现就跟人老了一样：脱发，长皱纹，骨质疏松，血管凸出，关节僵硬，肾功能衰竭以及视力下降。患者会在很年轻的时候就去世。

这种不幸的患者一直存在，但是直到哈金森医生对其进行研究，才正式为人们所知。当时他的病例是一个男孩，虽然才 6 岁，却已经脱发并且皮肤起了皱纹。

我在去见哈金森医生之前，心里有几分期待：或许他能帮我呢。这就如同溺水的人抓到东西，好像有了希望。后来的两百年里，我一直在伦敦乃至全国寻找玛丽恩。有时候我会觉得某人像她，不过最终会证实只是空欢喜一场。我现在还记得，我曾经在约克的肉铺街上被一个醉汉打过，他觉得我对他的妻子有所企图，因为我问她是哪一年出生的。我缺钱了，就在街头卖唱。一旦有人怀疑我，我就变换身份离开。我从来没积累过财物，赚来的钱总是很快就花掉，除了租房，就是买酒。钱之于我，就像倒进沙漠里的水，一瞬间就蒸发了。

有好多次，我在长久的寻找中几乎要放弃希望。我不只是在找人，更是在追寻生命的意义。有时，我突然想到，人们不会超过 100 岁，因为他们活不到那个时候，他们心理上也撑不到那个时候。生活对我们来说，本质上是一种消耗。没有足够的自我来维持漫长的人生，就会很快厌倦生活。尤其是那种日复一日的生活。你会觉得，人们的每一个微笑、每一个手势，都似曾相识。在生活中，你遇到的每一件事情此前都见过，每一个新闻之于你都是“旧闻”，再也没有任何新鲜的事情发生。生活成了无聊的循环，每一天都是对前一天的重复。你会觉得越来越难以容忍别人，因为身边不同的人来来去去，但他们年复一年都犯同样的错。就好像是陷在一首曾经喜欢的歌里，单曲循环，听到最后让你厌烦得想割掉自己的耳朵。

事实上，这种重复感的确会让人有自杀的想法。我有时甚至希望把这种想法付诸行动。露丝死后的这些年里，我常常幻想自己扮成药剂师，服用过量砷，然后中毒而死。最近这种想法越来越强烈，有时站在桥上我甚至想纵身一跃，幻想自己从未出现在这个世界上。

我觉得我的心已经随逝去的人而逝去了，尽管我曾经答应露丝和我妈妈，要好好活着。

我只是不喜欢我现在的状态。

我觉得很孤独，当我说孤独的时候，我觉得那种孤寂感就像沙漠的风一直在我耳边呼啸。在这漫长的人生路上，我不仅仅失去了那些曾经认识的人，也逐渐失去了我自己，失去了那个曾经和他们在一起时的我。

总之，我一生中大概只真真切切在意过三个人：我的妈妈、露丝，还有玛丽恩。她们中有两个已经确定是死了，有一个可能还活着。我如同一叶小舟，爱就是我的锚。如今我一个人在江海里游荡，没有方向，整日麻痹在酒精里。活着的唯一目的就是找到玛丽恩，这也是我生活的唯一希望。

我穿过暴风雪。我心里很难受。事实上要让我心里感到难受，是很不容易的，但是我一直努力让自己有更多的情绪波动。这个城市因为暴雪而被割裂成两个世界，像一幅晦涩不明的、刚刚动工的莫奈的抽象画。路上人很少，只有基督教会布粥的地方，有不少衣衫褴褛的人在排队等待食物。他们是安静的、沉默的，神情沮丧、麻木，因为寒冷而身体僵直。

这是一个好机会，我心想，这一趟应该不会白来。我来这里干吗呢？我是为了见到哈金森医生，我觉得看起来他可能是这个世界上唯一一个可以解开我身上那些谜团的人。

不过天气那么差，我不知道他有没有在医院。

很快我见到了一个护士，福斯特小姐，她确认了哈金森医生一直在这里。

“他每天都在工作，基本上全年无休。”福斯特小姐告诉我，我想她应该也告诉了前面不少人。她看起来整洁利落，护士帽和护士服崭新干净，神色冷峻得就像外面的暴风雪。她说：“你很幸运，每个伦敦人有点什么小毛病，都想来找哈金森医生。”她探究地看着我，似乎想要看出我到底有什么特殊的病情，要让哈金森医生亲自接见。

我跟着福斯特小姐上了楼梯，在一间装潢考究的屋子里等待着。屋里有精致的高背椅，椅子上放了一个红色的天鹅绒坐垫；墙上贴了锦缎墙纸，还挂了一个贵重的石英钟。她告诉我，声音小得像害怕亵渎神明：“医生还在见别的病人，克里布先生，请您稍作等待。”

（当时我化名为爱德华·克里布，这是我之前在普利茅斯[1]一个酒友的名字。）

“好的，能够有机会等他是我的荣幸。”我彬彬有礼地回复道。

“好的，先生。”这次她的语气真诚了一些，然后就离开了。我坐在那个房间等候，周围都是些长了红斑或皮疹的病人。

“外面天气很差吧？”我问旁边的一个病人，她的脸上有块很大的紫红色皮疹。（英国人有个流传了好几百年的习惯，搭话喜欢

1　普利茅斯：位于英国英格兰西南区域德文郡。

用天气开头，我也不能免俗。）

“是的，真是糟透了。”她回复我，但明显没有进一步交谈的想法。

终于，我等的那扇门开了，从里面走出一个男性患者。他穿着讲究，像个华丽的公子哥儿。不过他脸上丘峦起伏，有很多坑坑洼洼的肿块。

“日安。”他冲我打招呼，努力向我挤出一个微笑，事实上在他脸上能有这样的表情可以说是很不容易了。

等候室里有了一瞬间的安静，只剩下钟嘀嗒作响，接下来该我进去了。

我走进房间，首先注意到的就是哈金森医生。即使到了这种时候，他也是一副彬彬有礼斯文绅士的样子，令人钦佩。他很高，聪明，有长长的胡子。对于医生来说，长胡子可以赢得病患的尊敬。不过他的胡子既不像古希腊哲学家那样古板，也不像船难幸存者那样凌乱，他的胡子打理得非常仔细，从上到下一缕缕慢慢变窄，其中夹杂着一些花白的胡子。这样刻意整洁的胡子，让我有种见到尸体的错觉。

“谢谢您同意见我。”我说完就后悔了，这样谦卑的姿态显得我有些急切。

哈金森医生掏了掏自己的口袋。他在跟我的这次见面中，做了很多次这个动作。倒不是有什么不耐烦的意思，应该是他的习惯。也不是什么大事，就像现在人们没事总爱摸自己的手机一样。

他看着我，从桌子里掏出一封信。

是我写给他的，他展开，读了里面一些话。

“亲爱的哈金森医生，”他的声音低沉，语气干涩，“我很佩服你的研究成果，你宣布自己发现了一种新疾病——一个人的身体衰老早于实际年龄。不瞒你说，我也有一种类似的困扰。不过比这还要严重一点，我想可能只有你，能够帮我解开我身上的秘密。”

他仔细地折起那封信，放在桌边，然后仔细看着我。

“你看起来很健康，你的皮肤也没有什么问题。”

“对，我身体没什么问题，甚至比大多数人还要健康。”

“那你来是为了什么？”

“首先，我希望你能对我接下来要说的事保密。假如你要进行研究，发表你的某些结论，请不要提起我的名字。这是最重要的。你能向我保证吗？”

“当然，现在你勾起我的好奇心了。说说你的问题是什么吧。”

然后我告诉他：“我很老。”

“我不明……”

“我比正常人要老。”

他花了一秒钟来消化我话里的意思。然后他的语调变了，带着一丝犹豫。他纠结地问出那个问题，我可以看出他期待中带着不安：“你有多老？”

“比你想象的要老得多。”我回答。

“世界上一切都有可能。科学的目的就是探究一切可能性的极值在哪里。当我们发现一件事情的原理，就不再觉得神秘，也不再迷信，因为我们已经知道了原理。曾经，人们认为天圆地方，地球是一个平面。但是科学和医学不会一直满足我们的期待，随着我们逐渐认识到世界和自然的本质，就会发现，其实真相往往和我们所想象的背道而驰。”他看了我好一会儿，往后一靠，嘴里喃喃地说了一句，“臭鱼。”

“我想我没理解你的意思。”

他坐下，抿起嘴巴，显得有一点悲伤。“没人知道臭鱼和麻风病有关系，但是确实有，假如你经常吃坏掉的臭鱼，就会很容易得麻风病。”

“噢，”我说，“这我倒是真的不知道。”

（当然，21 世纪的时候我已经可以很轻易地反驳这种话，吃臭鱼不会导致麻风病。不过也有那么两百年，吃臭鱼导致麻风病像真理一样，让人们深信不疑。假如你活得足够久，你就会发觉很多事情就是在不断地被证实和证伪之间反复摇摆。在我小时候，科学家认为地球是一个平面，我们在上面走动，这就是他们当时所能达到的认知。后来人们认识到，地球是个球体。有一天，我在书店里无意看到了《新科学家》，上面提到“全息原理”。大致意思是说，通过弦理论、量子力学推断，我们认识到的重力，可能只类似于全息投影。这种说法非常令人难以置信，暗示我们地球可能只是一个二维平面。我们所感知到的三维、所看见的一切，其实只是投影，都是假象。就像 3D 电影，我们可能是生活在一个模拟世界中。所以，地球可能真的是平的，当然，也可能不是。）

“好吧。”他执着地想要问我那个我一直回避的问题，我知道这次我是躲不过了，“你到底多大年纪了？”

我只好告诉他：“我生于1581年3月3日，所以现在我已经271岁了。”

我觉得他会大笑，但他没有。他端详着我，很久很久，窗外的暴风雪一阵一阵地敲打着窗户，也敲打着我忐忑的心。他的眼睛睁得大大的，手指摩挲着嘴唇。然后他说：“好的，那这件事情没什么好说的了，我得先给你做一个检查才能下结论。”

我微笑着接受了，一个检查而已。

“不过，为了更加准确，需要你去贝特莱姆。”

我曾经路过那个地方，听到过里面传来的惨叫声。“贝特莱姆皇家医院？还是只是去贝特莱姆？”

“都一样。”

“但是贝特莱姆皇家医院是照顾精神病人的疗养院。”

“对，精神病院。我觉得那里会对你有所帮助。现在你可以离开了，我今天很忙的。”他冲我点头，看向门边。

“但是——”

“够了，我建议你去贝特莱姆，那里会对你的情况有所帮助。”

当代存世的最有名的哲学家是德国的亚瑟·叔本华。我读了他的很多书，不过书本上的知识对我没什么帮助。在难过的时候读叔本华，就好像感到冷的时候脱下衣服，但此时我想到他的一句话：

“人人都把自己视野的极限，当作世界的极限。”

我这么想着，在来找哈金森医生之前，我以为他会是这个时代最有科学眼界的人、最能理解我状况的人。现在这种幻想破灭了，我失去了希望。科学和神学，不管从哪个角度，我都不被接纳，我就是世界边缘的人。

我决定最后挣扎一下，从口袋里拿出一便士。

“看看这个，看到这枚硬币了吗？这是伊丽莎白时期的硬币。看，你看啊，这是当时我不得不和家人分开时，我女儿给我的。”

“这是一枚古硬币。我有个朋友，他也有一枚亨利八世时期流传下来的银币。假如我没记错的话，那种钱应该是叫半铜麦。虽然半铜麦比你这一便士珍贵得多，但他也没说自己是从都铎王朝时期活到现在的人啊。”

“我没有骗你，我发誓，我真的活了那么久。我见证了英国发现塔希提岛（1767 年，也就是我们现在俗称的大溪地），我认识库克船长[1]，我曾经是宫内大臣剧团[2]的一员……拜托您了，先生，求

1 库克船长：詹姆斯·库克（1728—1779），是英国皇家海军军官、航海家、探险家和制图师，他曾经三度奉命出海前往太平洋，带领船员成为首批登陆澳大利亚东岸和夏威夷群岛的欧洲人，也创下首次欧洲船只环绕新西兰航行的纪录。

2 宫内大臣剧团：威廉·莎士比亚作为演员和剧作家的职业生涯中主要工作的剧团。

求你告诉我，有像我一样的人来见过你吗？一个女孩……也可能是个年轻的夫人……她跟我有相似的情况。她叫玛丽恩，当然她也可能说自己叫别的名字。她可能已经伪装成一个别的身份来找你。为了求生，我们经常这样……”

哈金森医生看起来已经有些愠怒：“请你离开。我认为你已经急得语无伦次了。”

“我知道自己状态不好，但你是唯一可以帮我的人。我需要弄清楚为什么我身上会出现这种事情。”

我抓住他的手腕，他甩开我缩回手，好像怕我的疯病传染给他。

“如果你不肯自己出去，我们会把你‘请’到警察局去。我们这里离那儿不远，一个电话他们就会很快把你带走。”

我快要哭了。哈金森医生戒备地想要远离我。我知道自己不得不走了。我知道我不得不放弃这唯一的希望，至少现在，这点希望已经破灭了。我站起身，对他点点头，没有再说什么就离开了。我本想对他说的，我过去发生的事情，又等了三十一年，才有机会说出口。

[伦敦和圣奥尔本斯，1860—1891 年]

一

我第一次见哈金森医生之后，进入一种前所未有的淡定状态，没有像以往有了希望又失望的时候那样，后悔又沮丧，焦虑又懊恼。而在我这么淡然的时候，反而有点怀念以前的状态，因为在你觉得痛苦的时候，至少能清晰地感觉到自己还活着。我想摆脱我这种无所谓的心态，让自己重新投入到人世间，体验世俗生活的喧器。我去听了好几场音乐会，坐在第一排，在所有热闹中，我和那些忘情的人一样，笑着、唱着歌，想要汲取一些他们的快乐。但是没有效果。

在1880年8月盛夏的一天，我离开怀特查佩尔[1]，去了圣奥尔本斯[2]。伦敦对我来说承载了太多，太多的回忆犹如幽灵般缠绕着我。是时候换个身份，重新开始一段生活了。我觉得我的生活就像俄罗斯套娃，剥开一层还有一层，层层叠叠。你无法从我的某一段经历推测我的全部人生，因为我的人生实际上是有很多层的。

很多年来，我为了掩饰自己的身份，不停地走，不断地改头换面，觉得这样就能隐藏在这个社会中。

圣奥尔本斯离伦敦不算太远，但也足够远。对我来说，它跟英国任何地方都一样，反正我都不熟悉。我这次的职业是铁匠。现在的人们认为，19世纪80年代，是工业发展的时代，工厂和蒸汽才是那个年代应有的样子。但其实每次社会进步都是螺旋上升式的，充满着新事物和旧事物的角力与角逐。当时，牛车马车与小汽车并存，铁匠也是一个挺受欢迎的职业。

在圣奥尔本斯情况还要糟一些。我有时候会完全忘记了时间，忘记了我自己，只是怔怔地看着炉子里的火苗。一般这种时候，我的领导耶利米·卡莱特会用胳膊肘捅我，或者拍拍我的背，让我专心一点别再神游了。

我自己一个人的时候，因为心情压抑甚至会做出一些疯狂的举动。有一次我把一块烧红的烙铁放在左胳膊上，铁很烫，烙在肉上发出嗞嗞声，我咬紧牙关紧闭双眼，压抑着使自己不叫出来。

---

1 怀特查佩尔：英国伦敦斯特普尼市区的区。

2 圣奥尔本斯：英格兰赫特福德郡的一个镇。

现在我手臂上还有那一道疤，看上去像是半个笑脸，每当我看到它的时候，就会有一种平静的安慰感。虽然在日常生活中，我不得不小心翼翼地把这道疤藏起来，因为这个伤疤太引人注目，有时会带来一些不必要的麻烦。

当时我只是觉得，这种方法很有用。我觉得疼，突如其来的痛感让我想大叫，也让我想到很多事情。我意识到自己的存在，疼痛让我无比清晰地认识到自己活着，我感觉到了“我”。这种疼痛感是我还活着的证明。

但我一直希望能找到办法向世人证明我没有疯。

然后有一天，我突然想到，离我上次和他见面已经过去很多年了，我的存在本身就是证据。

于是我再一次出发去找哈金森医生。

[伦敦，1891 年]

–

哈金森医生这时还不知道是我。因为我上次拜访他的时候，用的名字是爱德华 · 克里布，而这次我预约他见面，用的是我真正的名字，真真正正的我最初的名字——汤姆，而不是我曾经用过的胡格诺 · 哈泽或者做铁匠时用的名字。

那天，6 月 4 日，天气很暖和，我坐着我铁匠上司耶利米的马车（真的是马拉的车）前去找他。

他所在的伦敦非传播性皮肤疾病研究与防治所，已经更名为伦敦皮肤病研究院。除了名字，其他的一切都还是我熟悉的老样子：精致的装修，楼梯的栏杆。不过哈金森医生的办公室显得比过去更乱了一些，因为摆了更多的东西。他的办公桌上堆满了文件和书，他的真皮座椅也有了一条长长的划痕。还是那个老地方，不过比起我当时来的时候，此刻有点像台风过境。

哈金森医生和大多数人一样衰老了。他标志性的胡须已变得灰白、稀疏，他的眼睛变得混浊，他的手好像得了关节炎，上面还有不少老年斑。他低沉悦耳的声音如今说一句话喘三回气。他终究还是个普通人，无法摆脱时间的影响。

“你好，温特斯先生。我没有看到你之前的诊断记录。”我进门时，他没抬头，只是专心看着桌上那些凌乱文件中的某一个。

“对，我预约的时候没有提供我的信息。”

这时，他才抬起头来看我。开始，他只注意到我不干净的衣服以及黑黢黢的手掌。他可能有了一瞬间的疑惑，不知道这样的“粗人”预约来他的办公室是为了什么事。

我清清嗓子，说道：“我在楼下已经结过账了，我很好奇你现在还记得我吗？”

他这才仔细打量我。

“我上次来这里的时候，用的名字是爱德华·克里布。你还记得我吗？你还记得你建议我去精神病院吗？”

他的呼吸变得急促，他突然站起身，走到我身前。站在离我鼻子不到十英寸的地方，他用力揉眼。

他嘴里喃喃着：“不可能。”

“你记得我，对吗？你记得，我知道你记得，三十一年前的时候。”

他屏住了呼吸，真相对于他来说是一座难以逾越的高山。“不、不，不可能！这一定是幻觉。你该不会是马斯基林或者库克[1]之类

1　马斯基林和库克是当时英国著名的魔术师，在伦敦经常举行演出。

的人吧？”

“我想你心里已经有答案了，先生。”

“但是直觉不一定可靠。”

他宁愿是自己出了差错，也不愿意相信眼前的事实。真让人沮丧。

“先生，我知道你心里已经有了答案。很多年前我就告诉过你我的情况，听起来像天方夜谭，或许这就是个诅咒。但那就是真相，我站在这里，这是最好的证明。”

“你该不会是鬼魂吧？”

“不，我不是。”

“你是我的幻觉吗？”

“不是。”

他用手触摸我的脸。

“你的生日是哪一天？”

“1581 年，3 月 3 日。”

“1581 年。”他重复着这个数字，满是惊叹，“1581 年……1581 年？1581 年！1666 年伦敦大火[1]的时候，你就已经 85 岁了。”

“对，当时我就在现场，还被火星灼了身上的一小块皮肤。”

他以一种截然不同的眼光看着我，好像他是一个考古学家，我是一个被新发现的恐龙蛋。很好，嗯哼，很好。事情的发展不受控制，变得越来越有趣了。

“告诉我，你是唯一的这样的人吗？你认识的其他人，有和你一样的这种情况吗？”

“对的！”我说道，“我曾经见过一个男人。在库克船长第二次

---

1 伦敦大火：发生于 1666 年 9 月 2 日—5 日，是英国伦敦历史上最严重的一次火灾，烧掉了许多建筑物，包括圣保罗大教堂。

奉命前往太平洋探险时，我就在船上。那个男人住在太平洋的一个小岛上，就是人们熟知的欧迈[1]。他很特别，独一无二，是我的好朋友。还有我的女儿，玛丽恩，我只在她小时候见过她，不过她的母亲告诉我，她遗传了我的特征。她大概从 11 岁开始，生长发育速度就和普通人有了明显的差距。”

哈金森医生微笑：“你话里涵盖着很大的信息量啊。”

我也笑，我感到了那种终于被人理解的喜悦。

不过这种喜悦在十三天后，哈金森医生的尸体被发现漂浮在泰晤士河时，戛然而止。

[伦敦，现在]

一

我现在依然会头痛。

有时情况还好，有时铺天盖地的疼痛会让我几乎无法思考。这种痛苦来源于我脑海中的那些记忆。不完全是生理性头痛，更是回忆带给我的痛，人生的痛。

不管我在做什么，这种痛都如影随形。我试过各种方法，吃止痛片，喝酒，香薰放松，一个人在夜里发呆，它都仍然慢慢地折磨着我的神经。我听音乐时它存在；我坐在沙滩上听海浪潮汐时它存在；我上释放压力的瑜伽课，嘴上跟着说“我现在很安全，很放松，一切都过去了”，但我仍能察觉到我声音里的恐慌；或者有时我看费脑的电视剧，不再用咖啡因麻痹自己，想转移自己的注意力振作起来，那种头痛也依然存在着。

也许睡着就好了，但我没办法试。这些年来，我的睡眠一直不

1　欧迈：大溪地原住民，库克船长第二次探险太平洋时将其带回英国推荐给了当时的乔治国王和英国皇家学会的成员。

好，甚至越来越糟。

昨晚我失眠了，于是起来看一个关于海龟的纪录片。准确来说它们并不是最长寿的生物，只是其中之一。里面说到有些海龟“甚至能活超过一百八十年”。因为人类的生命太过短暂，所以他们想当然地低估了别的物种，比如他们对鲨鱼寿命的认知就很浅薄。好吧，他们毕竟只是凡人。起码我就知道，至少有一只海龟活了快500年。

不过，我有点遗憾人类不能像海龟一样长寿。海龟繁衍了两千万年，平均能活200年。从三叠纪[1]开始，它们的形态变化一直不大。而人类恰好相反，进化得非常快。

不用费什么脑筋就能得出结论：我们可能并没有很长的历史。有不少种族的人现在都已经消逝，比如十多万年前出现在欧洲大陆的尼安德特人，走出非洲的丹尼索瓦人，还有印度尼西亚的霍比特人，当然最后一种是小说家假想的。他们一度出现过，然后消亡，可能不久后，我们也会有相同的命运。

这就是蜉蝣，你很清楚，自己只能再活三四十年。因此你也没必要考虑太多。在历史长河中，你可以想象自己是一个小小的齿轮，嵌合在你的国籍、你的观念以及政治立场这些群体中，这代表了你的存在。个体的存在微不足道，唯有这些才能留下一些痕迹。

你活得越久，就越会明白一切都是会变的。只要活得足够久，每个人都有可能成为难民。因为国家的历史比起历史本身来说，根本不算什么。活得足够久，每个人的世界观都会被打散和重组，会意识到所有人被赋予的政治意义都是浅薄的，人之所以为人，不是靠这些外在的东西界定的。

1　三叠纪：三叠纪是2.5亿至2亿年前的一个地质时代，它位于二叠纪和侏罗纪之间，是中生代的第一个纪。三叠纪的开始和结束各以一次灭绝事件为标志。

海龟没有国家，没有政治，没有战略性核武器。它们没有恐怖主义，没有民主投票，也没有贸易战争。它们没有艺术和音乐，也没有书来记载海龟帝国的衰落和垮掉。它们没有网购和自助埋单。

人们说，其他动物不会进化，但是人类的思想也同样不会进化。一代代政客摇旗呐喊，争权夺利，只是动用的武器变得越来越有杀伤力。我们意识到自己只是人群中微小的分子，只是一粒尘埃。我们不断努力，想要与众不同，发出自己微弱的光芒，在这个浩瀚的宇宙中留下自己的足迹，从而把我们和一棵树、一块石头、一只猫和一只海龟区分开来。

所以我尽管活得长久，脑海里装的却还是人类的痛苦与恐惧，心里焦虑着漫漫前路究竟会是怎样。

这些天，假如能睡满三个小时，我就已经算很幸运了。

过去我经常喝安神糖浆，那是海德里希推荐给我的一种止咳药，里面含有吗啡。不过一百年前，政府禁止鸦片之后，这种药就停产了。所以现在我只好吃安神药，不过药效甚微。

我应该去看医生的，但是我没有。在信天翁的社会里，不需要医生，什么都不需要。怀着对哈金森医生的愧疚，我一直恪守着这条准则。我怀疑过是不是我脑子里长了肿瘤，不过我从没听说过我们中有谁会长肿瘤。按照情况来看，即使我有，它也会发育得非常缓慢，至少让我还有好几十年可活。只是它不会自愈罢了。

总之，我还一直在头痛，而再过一天，我就要开始我的新工作了。我喝了杯水，吃了点麦片，就牵着亚伯拉罕去散步了。它现在晚上老是啃沙发，不过我觉得没什么，我就该纵容它、宠着它。

因为我就是需要一条会给我制造麻烦的狗，好分散我的注意力，让我少想一点自己的事情。秋田犬来自日本，在英国很少见。我觉得这种狗应该是上流社会的宠物，享受优渥的生活，而不是跟着我在东伦敦钢筋水泥、空气混浊的路上跑来跑去。所以即使它在地毯上撒尿、沙发上乱咬，我也只能宽容。我这里的环境的确委屈它了。

我带着亚伯拉罕出门，我和它都恹恹的，有种相看两相厌的感觉。

“这里以前有一口井，”经过一家彩票站的时候，我对它说，“还有这里，就在这里，很多人以前周末做完礼拜之后会在这里玩撞柱游戏。”

一个年轻的男生经过我们，穿着宽大的上衣并且卷起裤腿，很复古，看上去就像 17 世纪的男孩们模仿上流社会的装束。他一直低头看着手机，偶然间抬头看到我，很是诧异和不解。可能在他看来，我就是一个自言自语的怪人、喝得烂醉的伦敦客。说不定，到了周一，他就是我的学生之一。

我们穿过马路，经过不少街灯，不远处有一家烛光酒吧：“释放压力，尽情尖叫，伦敦顶级鸡尾酒酒吧！让你吐露心声！”我的头痛加剧了。我闭上眼睛，突然想起之前在巴黎，我在钢琴吧里弹奏《甜蜜的乔治亚 · 布朗》，有一个陌生人把手放在我的肩膀上。

我走到了公园，突然意识到已经很多年没弹过钢琴了。大多数时候，钢琴都能让我感到愉悦。我一直觉得钢琴就像毒品，很容易让人沉迷，它会打扰你的生活，让你想到一些不愿想起的事情，让你沉溺在过去。钢琴曲里含着的情绪，就像一枚定时炸弹。每次弹琴之后，我都会想自己以后再也不要碰它。我放松了牵着亚伯拉罕的绳子，但它没有跑走，依然在我身边，带着几分困惑看着我。对于突如其来的自由，它有几分不知所措。

我理解它的彷徨。

我环视公园四周，看着一个牵着狮子犬的男人正在小心地把屎铲进塑料袋里。松鼠在几棵树之间蹿来蹿去。太阳落山，掩映在云层里。亚伯拉罕确认我不是要遗弃它之后，放心地从我身边跑开。

然后我看见了她。

一个女人坐在不远处的椅子上，正在看书。我认出了她，其实这挺难得的，因为我很少会记住什么人。我的生命中出现了太多的面孔，但我一看到她我就想起来，她就是我在达芬妮办公室里，从窗户看到的那个法语老师。她很特别，她是完整的自己，足够从人群中让人一眼认出。我不是说她的打扮（灯芯绒夹克，牛仔裤，戴着眼镜）特别突出，当然她穿得很好看很得体。我的意思是，从她放下书看公园的方式，从她鼓起嘴、闭上眼睛、歪着头迎接阳光的样子，这些简单的细节，就很与众不同。我看向别处。在公园里一个男人打量一个女人这么久太失礼了，虽然现在已经不是 1832 年。

不过正当我移开视线的时候，她跟我说话了。

“你的狗真可爱。”她有法国口音。她把手伸到亚伯拉罕跟前给它闻，亚伯拉罕高兴地舔她的手作为回应，它还摇尾巴。

“很荣幸听你这么说。”

然后她抬头看着我，时间长得令人有点不安。我还没自恋到觉得是我太过吸引人，让她难以移开视线。事实上，可能一百年前我有这个资本。在 1700 年的那个时候，我看上去 20 多岁，带着一种悲伤的气质，常常受到别人尤其是女士的凝视。但现在已经不是那个时候了，她看我必定还有别的原因。这让我有点不解，难道她在学校也见过我？对的，可能就是这样。

“亚伯拉罕！亚伯拉罕！嘿！来这里！”

狗狗跑向我，我牵着它走开了，我感觉她还在一直盯着我的背影若有所思。

回到家，我开始看七年级学生的课程计划，昏暗的屏幕上显示，第一课是《都铎英格兰的女巫审判》。我早就知道这是一个必修的知识点了。

我觉得自己现在做的事情可能需要一个理由。为什么会选择当一个历史老师？我要和过去和解。教历史，把过去那些事情讲出来是一个很好的办法，我可以控制它、战胜它，成为过去的主人。不过，可能我想得太天真了。你生活过经历过的历史，和在书本上、电视里看到的历史是完全不同的。一个人过去的经历是没办法轻而易举地摆脱的。

我的大脑突然一阵剧痛。

我站起身，朝厨房走去，想给自己做一杯简化版的血腥玛丽[1]；因为家里没有芹菜了。我弹琴，弹琴有时候对我减缓头痛有帮助。我不想弹柴可夫斯基第六交响乐，也不想弹比莉·哈乐黛的爵士，更不想弹那些乱七八糟的流行乐。这次我选择的是唐·亨利的《夏日男孩》[2]，他前两天刚出的新专辑（对我来说，1984年就是昨天而已）。从20世纪80年代我在德国第一次听到这首歌开始，我就喜欢上了这首歌。不知道为什么，这首歌让我想起我的童年，尽管我的童年和它差了好几个世纪。这首歌让我想起我妈妈过去经常哼的那些悲伤的法国歌，在我们搬到英国之后，她难忘故土，歌声里充满了那种悲伤的怀旧的感觉。我的头痛没有好转，还有越来越糟的趋势。我合上双眼，放空自己，回忆如潮水般涌来，现世的空气逐渐稀薄。

1　血腥玛丽：鸡尾酒名。这种鸡尾酒由伏特加、番茄汁、柠檬片、芹菜根混合而制成，鲜红的番茄汁看起来很像鲜血，故而以此命名。

2　《夏日男孩》：老鹰乐队前成员唐·亨利在离开乐队单飞后的第二张个人专辑中的单曲。此曲为他赢得了1985年度格莱美奖最佳摇滚男歌手奖。这首歌讲的是一个人想和过去的某人重新联系，却发现再也回不到昨天的故事。

[萨福克郡，英国，1599 年]

一

我记得，妈妈坐在我床边为我哼唱法国歌，伴奏是她的鲁特琴。她的手指飞快地在弦中穿梭，好像在逃避什么。

通常，音乐是她的庇护所。妈妈轻轻唱歌的时候，是她最安宁的时候，这个晚上，她显然有什么烦心事。

她是个美丽的歌唱家，她唱歌的时候喜欢轻轻闭上双眼，歌曲里有梦想和回忆。但今天她的眼睛一直是睁开的，她看着我，眉头轻皱。每当她想起我的爸爸，想起法国的那些动乱，她都会有这种表情。她放下鲁特琴，不再弹了。这把琴是我很小的时候一位公爵送来的礼物。

“你一直没有变化。”

“妈妈，求你了，别说了。”

“你脸上一直没有长胡子，你已经 18 岁了，但看起来还和五年前一样。”

“妈妈，我也不能控制自己的长相呀。”

“看起来时间在你身上就像静止了一样，艾蒂安。”

她在家里习惯叫我艾蒂安，不过外面的人一般叫我托马斯。

我藏起了自己的焦虑，对她说：“时间怎么会停止呢？太阳每天升起落下，春天过了就是夏天。我跟所有的同龄人一样勤奋努力呀。”

妈妈摸了摸我的头发，她眼中看到的，只有我的外表还像个孩子一样。

“希望不要再有更多的坏事发生了。”

她的语气使我又想起了一件很早很早以前的事情。那天，我们得知爸爸丧生在战场的炮火中，妈妈在法国空荡荡的大房子里，痛苦地把头埋在墙上的毯子里哭泣。

“我会好起来的。”

“对了，我知道去打工赚零花钱是个好办法，但我希望你不要去给卡特先生做事了。很多人都能看见你，他们会议论你，现在村子里每个人都在谈论你呢。”

在我生命的前十三年，我成长的速度就跟正常人一样。那时候卡特先生就雇用了我。我 13 岁的时候，已经长得很高很强壮，他只需要给我很少的钱就能得到一个强壮的劳动力。但是，后来我生长的速度就变得非常缓慢了，甚至可以说是毫无变化，惹人注意。

“我们可以搬去坎特伯雷，或者伦敦。”我插嘴。

“你知道我在村里过得怎么样的。”她听到我的话，停顿了，思考着我的话，摩挲着她的外套。我看着她。我的母亲，大半辈子都活在法国最奢华的城堡里，现在却蜗居在一个小村庄，住在两室的房子里，还要忍受英国边陲小地方那些无知村民的议论和非议。“也许你是对的，我们可以搬走——”

外面突然传来一阵声响，有人在哭。

我马上起身穿上裤子和鞋，走到门边。

“不，儿子，你回去，我来开门。”

“有人受伤了，最好还是我去看看。”我对她说。

我跑出去，当时正是薄暮，太阳刚刚下山，天空的蓝被晚霞氤氲，我还能借着天光跑。我穿过村舍沿着小路奔跑，看人们围起来在做什么。

我跑得很快，然后看到了。

是他。

约翰 · 吉福。

他和我还有一段距离，但我一下就认出了他。他块头很大，走路的时候一只手无力地垂在身边，很奇怪，好像那只手只是个装饰而不是他自己的手。他在路边忍不住吐了两次，然后又蹒跚地继续走。

他的妻子爱丽丝和三个孩子跟在后面，就像失去依靠的动物，发出绝望无助的哀鸣。

他脸色灰青衰败，我们看到血从他的耳朵里涌出，甚至他的每一次咳嗽，都有鲜血不断地从他嘴巴和鼻子里涌出，染到胡子上。他无力地跌倒在地，他的妻子就在身边不断地帮他擦拭，想要堵住他耳朵和嘴巴里涌出来的血。

“哦，约翰，上帝救救你吧，主啊，约翰……”

人群中有些人在祈祷，有些人忙着遮住身边孩子的眼睛。而大多数人，麻木地、安静地看着眼前这一幕。

“魔鬼的杰作。”站在我旁边的大眼睛磨刀匠沃特·恩肖说道。他嘴里有啤酒花的味道，也就是我们俗称的口臭。

约翰·吉福仰躺着，手还抽搐着，动静变得越来越小。然后他死了，那片绿色的草地上，浸透了他的血。

爱丽丝晕倒在他的身上，她的心情大起大落，骤然虚脱了。村民站在他们身边，远远地围成一个圈。一种麻木的安静。

我觉得自己站在这里，见证他们的痛苦而又无能为力，感觉很糟糕。所以我转身离开了。

不过，我回去的时候经过了那些熟悉的面孔，里面有镇上蛋糕师傅的老婆贝丝·斯莫，她直勾勾地看着我，眼里满是指责。

“哟，托马斯·哈泽德，你怎么也出来了，还是离我们远点吧。”

那时候我还对这些话感到费解。不过不久以后，我就知道，其实这是一个忠告。

我转身离开了，约翰·吉福停止了呼吸，静默得就像一座山。我看见月亮升起，冷冰冰的天空，比死人的脸更可怕。

[伦敦，现在]

一

“女巫。”我用一个老师的语气，向课堂上的同学说道。所谓老师的语气，就是嗡嗡嗡，你永远听不清他在说什么。

这就是我现在选择的生活，默默无闻地站在讲台上，传道授业。

“你们觉得，为什么在四百年前，人们会相信女巫呢？”

我环顾教室，同学们的表情有的不屑，有的带着走神被我抓包的尴尬，还有的一直低头玩手机。现在是上午 9 点 35 分，还有五分钟就下课了。这节课进展得不太好，今天，这份工作，一切的一切，都不太好。

做老师对我来说不是头一回，但我还是第一次这么失望。

去斯里兰卡之前，我在冰岛一个小渔村当了八年的老师。我之所以去冰岛，是因为之前我在多伦多待过。多伦多是世界上最棒、幸福指数最高的城市，不过我在那里却不怎么开心，因为我一直住在一间公寓里，几乎没怎么见人。有一次我去看棒球赛，在人群中我感到非常寂寞，这么多人，而我和其中任何一个都没有联系。所以我去了冰岛，在冰岛，独处是一个人的常态，我便不是一个异类。

不是一个异类也不代表一定会开心，所以我做了老师，不过这只是一种伪装自己的方式。反正活在世上的每个人都在装，学校里每个老师和学生都在伪装自己。也许莎士比亚是对的，世界是一个舞台，每个人都在演戏，否则这个舞台就会分崩离析。快乐的秘诀不是做自己，做自己又有什么意义？每个人都有很多面，要快乐，就要戴上自己最合适的假面。

那么现在，看着课堂上无精打采的年轻人，我意识到，自己可能该换一种表现。

“为什么人们相信女巫？”我重复问道。达芬妮校长匆匆经过走廊，她冲我笑了笑，竖起两根拇指。我也笑笑，假装课堂氛围很好，我跟之前的人一样投入老师这份工作，而非学生无精打采、我陈词滥调。

我又一次重复自己的问题：“是什么让人们相信世界上有女巫？”

终于，前排有一个小姑娘举起手来，不过她打了个哈欠，又把手放下了。

我只好自问自答，我努力不去想当时发生了什么，让自己的回答听起来客观理性且声音镇定。

“人们相信女巫，是因为这会让事情变得简单。人们需要的不是敌人，只是解释。在动荡的年代，到处都是没办法解释的事情。对人类来说，把这些归结于这世界上有女巫，是最简单有效的办法。那么你们认为谁会相信世界上有女巫呢？”

“愚蠢的人！”有人在下面答道，声音很小，分不清究竟是谁的。

我微笑。

“是会有这种想法，但事实上，是所有人都相信女巫的存在。伊丽莎白女王一世甚至颁布了对抗女巫的法令。在她之后，詹姆斯国王甚至自以为是地写了一本关于女巫的书。不只是互联网会造成谣言大面积传播，纸质媒体也会。当时各式各样的书籍都宣扬迷信，几乎每个人都相信女巫。甚至还有专门的女巫猎人，在全国范围内搜寻女巫。”

我突然感到一阵痛苦，头痛欲裂，从大脑深处感到震颤。我脑袋里一片空白，让我犹豫自己该不该说接下来的话。

前排刚刚打哈欠的女生，关心地看着我：“老师，你还好吗？”

“没关系，我很好。不好意思，我刚刚有点头痛。”

然后另一个后排的女生发问了：“所以当时的人们怎么判断一个人是不是女巫呢？他们做了些什么？”

这个问题像一道惊雷，在我的脑海中炸响。

他们做了什么？

他们做了什么？

他们做了什么？

[萨福克郡，英国，1599 年]

–

我的母亲，是一个非常传统的家长。她有两面性格，身上存在种种矛盾之处。比如说，她喜欢说教，却非常爱享受，美食、音乐、自然风光她都乐在其中。她是个虔诚的教徒，但她听那些流行歌曲和听教堂的乐曲一样专注。她喜欢自然风景，但是每次离开城堡出门旅游的时候，她都很焦虑。她脆弱，却也坚强自持。我不知道她的种种反常和古怪是后天经历造成的，还是她与生俱来的。我们刚刚搬到英国时，我的妈妈曾经对我说：“加文先生说过，世界上每一片草地、每种颜色，都是为了给人们带来愉悦感。”

我不喜欢加文先生。加文一度是我们一切烦恼的来源。后来我才接替了他的位置，成为烦恼的来源。我们的情况越来越糟糕，当他们找上门来，我就知道，世界上没有我的容身之处。没有地方是安全的。

女巫猎人里有个刺头，叫威廉 · 曼宁。他很高，方脸，是伦敦人。他头发稀疏，臂膀宽厚，很强壮，手掌厚实得像屠夫的手。他左眼有白内障，看起来像半个盲人。我们从没在镇上见到过他，只记得有两次他骑马经过的时候，我们被飞奔的马蹄声吵醒。

跟他一起骑马经过的，还有我们本地的治安官。里面的人我只认识一个，诺亚先生。他穿着讲究，看起来像个绅士。他也很高，皮肤灰白得像个死人。憔悴惨白，面容枯槁。（我下一次见到这么憔悴的人还是在两百年后。）

我们身处旋涡的中心，但直到他们粗鲁地敲门，我们才知道自己的处境。

威廉·曼宁抓住我的手腕，他的手很粗糙，他用另一只手小心翼翼地指着我皮肤上的红色斑点，尽量不触碰它。

“魔鬼的印记！”曼宁带着胜利的口吻，扬扬得意地说道，“做好标记，诺亚先生。”

诺亚先生看过来：“好的，我看到了。邪恶的证据。”

我感到惊惧，掩饰地笑着对他们说：“不是的，这是被虫子咬的。”

我看起来只有 13 岁，他们以为我会像一个真正的男孩那样，对他们的话唯唯诺诺，不敢反抗。可我已经是个男人，曼宁怒视着我，不发一词。不过很快他的注意力就到了我妈妈身上。

“脱掉衣服。”他的语气冰冷。我憎恨他，就在那一刻之前，我还不知道憎恨某个人的感觉是什么。我只憎恨过那些杀死我爸爸的人，但我甚至不知道他们长什么样子，因此我从没有过具体的憎恨对象。

“不。”我说。

妈妈一开始很茫然，等她反应过来之后，她也拒绝了，然后开始用法语咒骂他们。曼宁始终无动于衷，他觉得自己好像是个掌控全局的聪明人，不过事实上他连我妈妈说的是什么都不知道。

“也给她做好标记，她说的可能是恶魔的语言，会影响那些愚蠢的灵魂。”门外站了不少村民，包括贝丝·斯莫和爱丽丝·吉福。

曼宁让治安官关门，贝丝·斯莫脸上满是看好戏被打扰的不快，爱丽丝·吉福对我们这边的动静也很关注。诺亚先生关上门，我挡在曼宁和妈妈中间，曼宁掏出匕首，抵在我的喉咙上。

妈妈哭了，她开始脱衣服。我的眼睛也开始湿润，我感到恐惧、自责。一切都是我的错。我身体上停止发育的怪异，引起了他们的注意，我光长年龄不长个子的情况，让我无法对抗他们。

“你再说一句话，我们就马上除掉你的女巫母亲。别说是你，就连玛巴斯恶魔[1]降世，也救不了她。”

玛巴斯，传说中可以治愈一切疾病的邪恶力量。在这个噩梦般的一天，我还要听到他的名字很多次。

妈妈赤身裸体，想要借助桌子和上面那对陶碗遮挡些许。曼宁眼神贪婪地看着她，他厌恶妈妈这个“女巫”。他把匕首刺进我妈妈的肩膀、手臂、小腹，她的血涌了出来。

“诺亚先生，看这肮脏污秽的血液。”

诺亚先生侧目。

血的颜色就是血的颜色，普通的、人类的血液颜色。不知道诺亚先生从中看出了一些什么，或者他震慑于曼宁的权威和笃定，附和道：“是的，肮脏得让人恶心。”

后来，我无数次明白，人们只看到他们想看到的事情。不过对于那时的我，还很少体会到这个真理。我母亲的每次瑟缩，都会引来匕首又一次刺入身体，对于曼宁来说，一切都是她在假装。

“看到了吗？她可真狡猾，脸上装作和人类一样痛苦，这种鬼把戏可骗不了我。约翰·吉福和她脱不了干系，看她的儿子一直保持着年轻的样子，她肯定是跟魔鬼做交易了。”

1　玛巴斯恶魔：所罗门王72柱魔神中排第五位的魔神。玛巴斯的特殊能力是发现真实。无论是隐藏的宝物还是隐秘的事情在他面前都无所遁形。

“约翰 · 吉福的死跟我们没有关系。我唯一做过的事就是帮他修房顶，仅此而已。我妈妈甚至不认识他，她平时一直待在屋子里，哪儿也不去。求你了，快住手！”

无法忍受，我无法忍受。我紧紧抓着曼宁的手辩解，顾不得他的匕首顶着我的头。他另一只手死死掐住我的喉咙，但我觉得我心上的痛比我身体痛一百倍，我觉得我的脑袋都要炸开了。我从来没有像这一刻这么渴望长大，要是我的身体像个正常的 18 岁男孩，何至于此！

曼宁指着妈妈肚子上一处被虫子咬过的痕迹，肯定地说：“看，和那个男孩身上相同的标志！”

我的母亲在发抖，脱光衣服的羞耻让她说不出话来。

“是虫子咬的！”我痛苦又绝望地喊，“只是虫子咬出来的包。”

我被按倒在地面上，想要挣扎着起身，却又被无情地按压。

然后，天突然黑了。

我有时候会梦到当时的这个情景。有时我在沙发上睡觉，会想起那一天，数不尽的鲜血从我妈妈身上涌出。我会想起屋外的人们对我们指指点点。我会想起曼宁当时踩着我、羞辱我，而我无能为力。即使已经过了好几个世纪。

从那天起，一切都变了。我的童年也算不上美满，但在那之前，至少还值得怀念和追忆。在我认识露丝之前，在我母亲受害之前，更久更久的以前。在最初，我只是一个名字很长的小男孩，我会和同龄人一样长大。我怀念，但却无法回到那个时候。因此只有背负着这些记忆前行，当你已经不能够改变的时候，你唯一能做的，只有让自己不要忘记。那些渺小的、很久很久以前的快乐，让我感到些许慰藉，勉强又有了活下去的勇气。

[伦敦，现在]

午休的时候，我跑到超市给自己买了一个少盐多菜的三明治，还有一瓶樱桃汁。

收银台队排得很长，所以我想要去自助埋单区域，我平时一般不这么做。

不过今天，诸事不顺。

机械的电子女声一板一眼地告诉我："您的袋子里有东西无法识别。"即使我把所有东西拿出来了，它还是一直报警。

"您的袋子里有东西无法识别，请寻求人工帮助。您的袋子里有东西无法识别，请寻求人工帮助。"这个机器人一直重复这一句，让我很无奈。

我环顾四周。

"你好，有人吗？"

当然没有工作人员了。不过有一队年轻人，他们穿着奥克菲尔德中学校服（白衬衫，黄绿相间的领带），手上拿着一些饮料和食物，看向我。他们嘀咕了一下，好像已认出我是新来的老师。随即传来一阵笑声。这种感觉非常熟悉：我在这儿被他们围观，窘迫得像一个傻瓜。我不禁心想，或许海德里希是对的，或许我真的不该回伦敦。我只好跑到人工结账的地方去排队，遇到一个戴眼镜的女人。我在公园里看见她读书，达芬妮校长告诉我，她是法语老师。她还曾经莫名地盯着我看。今天她穿了黑色的 polo 衫、红色的运动裤以及一双平底鞋。她的头发绑成了一个马尾，看起来干练自信。她对我微笑："是你，我们在公园里见过。"

"对的。"我装作恍然大悟，刚刚想起的样子，"原来是你啊，你好，我是新来的历史老师。"

"真巧。"

"对呀。"

她的笑容里有一点点勉强，好像我给她带来了什么困扰。活了好几个世纪，我太清楚这种表情，并且对此感到害怕。

"你好啊。"我说。

"你好，来这里吧。"她带点法国口音。这让我想到森林，想到我母亲唱歌的样子，我闭上眼，好像能看到湛蓝的天空下，树木郁郁葱葱，茁壮生长。

在她面前，我突然有种无所遁形的感觉，好像我在某个狭小的空间里，自己掩盖的一切都会被看见，一切的秘密都会被发现。

这种感觉……

我没有去她身边，好像离她远一点，就可以躲开她透彻的目光。

结束我第一天的工作后，我坐在家里，亚伯拉罕窝在旁边，头枕着我的膝盖。它快睡着了，做着狗狗的梦。它有时拱拱身子，有时抖抖耳朵，不知道在梦里碰到了什么，有时还能听到它的低叫。我想它可能是被魇住了，于是轻轻抚摸着它的头，想让它放松下来。我轻柔的、缓慢的抚摸让它停止了颤抖，再次沉沉睡去。

"一切都会好起来的，"我喃喃道，"一切都会过去的，一切都会好起来的……"

我闭上眼睛，威廉·曼宁的身影再次在我眼前浮现，发生的事情清晰得宛如昨天。

[萨福克郡，英国，1599年]

威廉·曼宁看着窗外阴沉沉的天空，表情严峻。不知道他又联想到了一些什么。这个时代的戏剧中，天气是会随着剧情发展陡然变化的，像是马洛[1]、琼森[2]和莎士比亚描写的那样，审判的时候、死亡的时候，天气都会变化。我们的村子离爱德华石头镇差不多有十英里远，但此刻，他们整个村子的人都跑来围观了。你可能会觉得，在中世纪，女巫审判十分普通。其实不是的，他们是当时人们贫乏的精神生活中难得的消遣。人们从四面八方赶来观看女巫受刑，评头论足，去感受邪恶被发现和消灭，正义重新降临人间的时刻。他们从中获得安全感和满足感。

曼宁是个天生的演员，我觉得他简直能加入宫内大臣剧团。他不光对着我，更是对着所有的观众，开始了他的表演。

“你的命运取决于你的母亲。如果她淹死在河里，证明她是无辜的，那么你就能活着。如果她没有死，依然活着，那你作为女巫的孩子，就要和你的母亲一起被送上绞刑架，懂了吗？”

我和妈妈站在拉克河旁边，手腕和脚腕都被绑着铅块。他们给她穿了衣服，今天天气也不冷，但她依然瑟瑟发抖，像是落水受惊的猫。我想对她说些什么安慰她，但我知道我们之间不管说什么，都会被视为酝酿阴谋的证据。

他们把她朝河里推搡，越来越近，越来越近，我终于忍不住开口了。

“妈妈，对不起。”

“艾蒂安，不是你的错，不是你的错。是我对不起你，是我啊。我们当初不应该来这里的，我就不该带你来这个地方的。”

“妈妈，我爱您。”

“艾蒂安，我也爱你。”她的脸上陡然浮现出一股悲伤，她哭了，“我也爱你，你要强大起来，要强大起来，像你爸爸一样。你要答应

1　马洛：英国剧作家、诗人。

2　琼森：英国剧作家、诗人。

我，必须活着。不管发生什么，都要活着，你懂了吗？你是特别的，上帝必定有他的用意，你要找到自己的使命。答应我，好好活着！”

“妈妈，我答应你，我答应你，我答应你……”

我看到他们把她绑在木椅子上。她把腿并着，不想让他们分开绑两个膝盖。最后的、徒劳的反抗。两个成年男人把她牢牢按在椅子上，绑住她。她挣扎、哭叫，但是不能松动分毫。

我不敢看。他们把她高吊在半空，到达最高点时，曼宁突然叫了一句停。

“就在这里，等一下——”

我看着妈妈，她的身后是蓝天，是白云，她的头无力地垂下，看着我。这几个世纪，我一直忘不掉她当时的那种眼神。

“开始审判。”曼宁走到河边，发号施令。

“不——”

我目眦欲裂，眼前一黑，只听到椅子落水的声音。当我再次睁眼的时候，我的妈妈，已经不见了，她没入的身影变得越来越模糊，水面上冒出一串串气泡。威廉 · 曼宁举起手告诉行刑的刽子手，握紧绳子，不能让她浮起来。

我看到他粗粝而巨大的手掌，期待他放下手，结束这一切。我知道不管怎么样，我母亲已经必死无疑，甚至我自己能否活下去还是未知。但我仍然希望她能浮起来，我想她活着，我想再听到她说话，我没办法想象我的世界里没有她。

当他们再次把她拉起来的时候，她的尸体已经冰冷。河水掩盖了一切。世界上再没人能解答，她是否挣扎、是否惊慌失措？她是不是因为我而甘愿牺牲？我不知道，我也永远不会知道。

她死了，因我而死。我活着，为她而活。随后的很多年，我都后悔自己当时答应了她，以后一定要好好活着。

第二部分

来自美国的男人

伦敦　现在

圣奥尔本斯，英国　1891 年

大西洋　1891 年

纽约　1891 年

伦敦　现在

第二部分

来自美国的男人

Part Two

[伦敦，现在]

一

我身在伦敦。

我在停车场里。今天是我在奥克菲尔德中学的第二天，我正准备给我的自行车开锁。我不信任汽车，所以骑自行车。我已经骑了一百年的自行车，我觉得自行车是人类最伟大的发明之一。

有时候我们应该拥抱变化，勇于尝新，有时则没必要。现代的抽水马桶是个很棒的发明，超市的自主结账柜台就很糟糕。还有一些发明，好坏兼之。比如互联网，比如电子键盘，比如搅蒜机，又比如“相对论”这种学说。

生活也是这样，不过我们没必要害怕变化，也不用强迫自己一定要适应变化。尤其是当你没什么好失去的时候，一切都无所谓。唯一不变的就是变化，这是我领悟到的生活真谛。

我之前在公园看到过她，昨天我还在走廊看见了她，不过我们当时没怎么说话。她让我觉得自己的秘密无所遁形，所以我总想躲着她。

不过今天，避无可避。她给她的汽车开锁时，我还在努力开我的自行车锁。这时，我俩四目相对。

“嘿，好巧。”

“嘿。”

“教历史的老师。”

教历史的老师。我嘴上应承着：“对，是我。我的锁刚好有点打不开了。”

“我可以顺路载你。”

“不不，不用。”我连忙拒绝，“这个……只是……”

（事实证明，寒暄是门博大精深的学问，不管活多久，对我来说都很难。）

“很高兴再次见到你，我是卡米拉，卡米拉·格雷。我是法国人，在学校教法语。嗯，我是说，外国人都能在英国学校里教书，所以有时不用管别人的看法啦。”

不知道为什么，我当时心中一动，忍不住说：“我也是在法国出生的。”这和我简历上写的可不一样，而达芬妮校长当时离我俩也很近。我有些懊恼，我在干吗？为什么要告诉她这些？

一个我不认识的老师经过我们，卡米拉对他打招呼说“明天见”，他也礼貌地予以回应。

然后她扭头问我：“那你会说法语吗？”

我用法语回答道：“会，但是我的法语可能已经过时了，而且我只会一点点。”

她歪着头，蹙眉，好像在辨认些什么。她用法语说道：“挺好的，我对你感到很熟悉。我是不是之前在哪儿见过你？不是在公园，更之前，我感觉我在哪里见过你。”

“哈哈，说不定是在梦里呢。因为我长了一张大众脸，很多人都像你这么说。”我礼貌而又克制地微笑。这种对话通常没有结果，但每次都让我一阵心惊。我对这种话一点好感都没有。

“我有点近视，所以戴眼镜，不过我之前做过测试，”她坚持地说，“我是那种记忆力超强的人，这是我的天赋。我在视觉记忆方面可能比 99% 的人都强，这好像是大脑中某种构造决定的。人类的大脑真神奇。”

我不想跟她继续这个话题，我只想做个隐形人，活在人群里，像个正常人。我看向别处：“那真是棒极啦！”

“你最后在法国是什么时候呢？”

“很久以前了。”我心想，她难道能从 1920 年记我记到现在？

她有这么老吗？我的自行车锁这时打开了，于是我也客气地对她说："明天见。"

"我会想起来我们是在哪里见过的。"她说着笑了，上了她的小尼桑，"我肯定会想起来的。"

"见鬼！"她关上车门的时候，我咕哝了一句。

她开车经过我，朝我挥挥手。我也挥手致意，然后骑车走了。其实解决这件事很简单，只要我明天不出现就好了。只要我跟海德里希说一声，就能再次人间蒸发。但是我还有个隐秘的想法，我很好奇，她到底在哪里见过我。这个念头一旦种下，很快就生根发芽了。

稍后我回到家，海德里希打电话过来了。

"在伦敦过得怎么样？"他问道。

我坐在宜家的小桌子旁边，看着自己收藏了好几个世纪的、伊丽莎白时期的铜币。我一般把它放在钱包最里面的夹层，现在我把它放在桌子上把玩。铜币上的人物已经被磨得发亮，我记得很久以前，玛丽恩曾经紧紧握着它。我漫不经心地回答他："挺好的。"

"工作呢？你……安顿下来了？"

他的声音让人很不悦，带着一股施恩的味道。他说"安顿"这个字眼的语气，带着一丝微妙的嘲弄。"海德里希，有些话我不得不说，我现在头很痛。我知道你没准儿才刚起床，但我们这里已经很晚了，我明天还要早起上课。如果你没什么事的话，我现在就要上床睡觉了。"

"你现在还会头痛吗？"

"有时候会。"

"对我们这种人来说，这是老毛病了。一般到了中年，我们都会头痛。因为记忆太多太杂，难以承载。你要小心，现代社会对你的头痛没有帮助。你最好少看屏幕，我们的眼睛不适合长时间盯着屏幕。事实上，哺乳动物都不适合。这种蓝光会损害我们的视力，打乱我们的生物钟。”

“好了，好了，我知道了，我们的生物钟。你别说了，反正我是得在这儿待着了。”

他罕见地停顿了一秒：“你的表现真的是很不识好人心哪。”

“什么表现？”

“你最近的态度。”

我把铜币放到袋子里收好。“这跟态度无关，一点儿关系也没有。”

“我反复想了很久。”

“想什么？”

“想开始的事情。”

“什么开始？”

“我们之间的开始。当时，我听说了哈金森医生的事，就马上给艾格尼丝发电报，让她把你带回我身边。我第一次见到你的时候，1891 年，是在哈勒姆[1]，香槟、热狗、柴可夫斯基、拉格泰姆（钢琴爵士乐），我尽心尽力款待你，每一天都像是为你庆生；我竭尽全力，每一天都在为你庆生。假如，你能够放下世俗的那些烦恼；假如，你能够放下寻找玛丽恩的执念。”

“她是我的女儿。”

“可以理解。但看看你拥有的一切，我让你过着优渥的生活……”

我走到厨房，把手机开了免提，给自己倒了杯水，大口喝完。

1　哈勒姆：美国纽约市曼哈顿岛东北部的黑人居住区。

我想到我的母亲，也是在水里挣扎着没了呼吸。海德里希还在喋喋不休，我回去打开自己的笔记本电脑。

“我对你如同再生父母，不对吗？你本来只是个穷小子、灰姑娘，我给你南瓜马车，给你水晶鞋。我给你一切，包容你做的任何事情。我给了你一切！”

我登录自己的Facebook[1]，打开我的主页。在这个年代，没有Facebook是个异类，为了不引人注目，我就注册了。海德里希对这点也颇以为然，虽然他的人设只是一个退休的外科医生，但他现在也在用Facebook。

不过我们的主页信息显然是假的。我没办法填自己的真实出生年份，1581年。

“你在听我说话吗？”

“在听在听，海德里希，我在听，你是我的再生父母。”

“我只是担心你，真的很担心。汤姆，我一直在想，从你来这里的时候开始，我觉得你的眼睛就藏着一些不一样的东西，一种希望、渴望，这让我感到很焦虑。”

我疲惫地笑笑：“希望？渴望？”

我突然注意到自己在Facebook上收到一个好友请求，是卡米拉·格雷。我通过了验证。海德里希还在说，我翻了翻她的主页。

她的动态有时候用法语，有时候用英语，还有不少文字表情。我注意到她经常引用玛雅·安吉罗[2]、弗朗索瓦兹·萨冈[3]、米歇

1 Facebook：一个社交网站的名称。

2 玛雅·安吉罗：美国黑人作家、诗人、剧作家、编辑、演员、导演和教师。

3 弗朗索瓦兹·萨冈：法国著名的才女作家。

尔·奥巴马[1]、约翰·肯尼迪[2]和米歇尔·福柯[3]的一些语录。她还有个朋友在法国为阿尔茨海默病患者募捐，她主页里有募捐链接。她有时会写一些诗，我读了两首，一首叫《摩天大楼》，另一首叫《森林》。我挺喜欢这两首的。我还点进她的照片看了看，我想了解她更多，想看看能不能找到蛛丝马迹推断她是怎么知道我的。也许她也是一只信天翁。也许我真的很久以前见过她。不过没有。我浏览了她的照片，从她 2008 年加入 Facebook 开始，她看起来比现在差不多就年轻了十岁。她和别人在一起过，艾瑞克·文森特，一个很帅很迷人的男人。有一张照片是他在河里游泳，还有一张他穿着有编号的衣服好像是在跑步比赛。2011 年以前，他差不多出现在每张照片上。然后逐渐减少，直到 2014 年，就再也没有他的照片。我很好奇，艾瑞克和她之间怎么了。我倒回去看那首《森林》，突然意识到这首诗应该是写给他的。他的主页现在点进去也找不到了。

原来，不止我一个人有秘密。

“你可不能松懈啊，汤姆。你还记得当初我对你说的第一条准则吗？当时，在达科他州，你还记得我对你说了些什么吗？”

我看到，在 2015 年，卡米拉几乎消失在了相片里。只有某次动态，有张图是巴黎某个咖啡馆，有张图是一杯摆在她面前的红酒，从玻璃的倒影里，看到她出镜了。她穿着一件红色的针织开衫，当时看上去很冷，她把外套裹紧了，她的嘴巴好像在笑，神态里却透出一股勉强。

“你当时对我说的第一条准则就是，首先我不能陷入爱情。”

---

1 米歇尔·奥巴马：美国第四十四任总统贝拉克·侯赛因·奥巴马的夫人，是美国历史上第一位非洲裔总统夫人。

2 约翰·肯尼迪：美国第三十五任总统。

3 米歇尔·福柯：法国哲学家、社会思想家。

“对的，汤姆。你不可以。否则就是愚蠢。”

“抱歉，但我真的想问你今天给我打电话究竟是为什么。你知道，有时候生活得投入一点，多和人打交道，能够帮助我活得更好。”

“那些蜉蝣？”

“对。”

他叹气，清了清嗓子，继续说道：“我之前认识一个表演走钢丝的杂技演员。一只蜉蝣。他叫雪松。这名字挺奇怪的，一棵树的名字。他人也很奇怪。他以前在康尼岛的马戏团工作，他真的很擅长走钢丝。你知道怎么分辨好的走钢丝杂技演员吗？”

“怎么分？”

“只要他们还活着。”

他大笑出声，为自己的笑话扬扬得意，然后继续说道：“总之，他告诉我一个关于走钢丝的秘诀。人们以为秘诀是放松，不看脚下。事实上恰好相反，他们的秘诀是绝不放松，随时随地保持警惕，永远不要忘记自己脚下的高度。你懂我的意思了吗？你不是蜉蝣，也不可能做蜉蝣。汤姆，你绝不能放松。我们的脚下是万丈深渊，我们随时可能粉身碎骨。”

我把电话拿进厕所，小心翼翼地小便，避免被他听见水花声。“对对，跌得粉身碎骨。海德里希，我还是不知道你为什么要给我打电话。”

我看着镜子，突然注意到一个让我开心的事。我的左耳旁长出了一根白头发！这是我的第二根白头发。我第一根白头发是 1979 年长的。等到 2100 年，我就可以长出足够多的白头发了。我曾经很郁闷，没人注意到我长了白头发，只有我自己能察觉到。我开心地保护好自己的白发，然后走出洗手间，感到一阵精神上的愉悦。

“我想给你打电话随时都可以打。然后你接，不然我就会担心。你也不想让我担心，不然我就会做一些什么事情。所以，记住你自己的位置，记住你能有今天，信天翁们给了你多少帮助。好吧，找到你女儿仍然是我们的大事，但是也多想想别的。想想 1891 年之前，你流落在外的时候。你没有自由，你没有选择，你只是一个担忧自己一直不长大的普通人。你不知道自己到底是什么。我给你找到了人生的意义，我帮你找回了自己。”

我心里默默地想，我可还没找到自己，我有什么位置？我的人生一片荒芜。

“想想 1891 年，汤姆，牢牢地记在脑子里。”

挂掉电话之后，我遵照他的要求，关掉卡米拉的主页之后，我想起了 1891 年。我的人生从那年开始分节，前半生烈火烹油，后半生虽花团锦簇却暗藏杀机。我努力想，自己究竟是解脱了还是进入了一个新的圈套，或者二者兼有？

摩天大楼

我
喜欢
你
诗歌
的
样子
它们
看起来

像是

微缩的

城市

语言

构成了

摩天大楼

森林

我希望你

慢下来

我想让一切

慢下来

这一刻

我想有一座森林

生活在这里

永永远远

在你离开之前

[圣奥尔本斯，英国，1891 年]

–

耶利米 · 卡莱特看了看天色，很严肃地说马上就要下雨了。趁着天色还晴朗，他要马上去搬铁才行。一个小时内他是不会回来的。我一个人留在铁匠铺，看着铁块逐渐被烧红变成橘红色。只有这时候才能动手打铁，改变它们的形状。要耐心等待，等这种橘红色越来越亮，橘红色里带着点粉色和黄色。在温度足够高的时候，才能改变铁的形状。那种黄色会很快变得发白，那时候就烧得太过头了。我们必须牢牢抓住时机，把握机会。

我全神贯注，直到把铁拿出来锤炼的时候，才发觉有个人站在旁边。

一个女人，穿着很怪异。

我现在还能很清楚地描述我第一次见到她时她的样子。她看起来 40 岁左右。

她穿着衬衫和长裙，一身黑色，戴了一顶宽檐帽，脸被隐藏在帽子下面。现在已经是 6 月末了，她穿成这样看起来有点热，更何况，铁匠铺的温度还这么高。她用黑色的丝带眼罩遮住了左眼，我看到的时候呆了一秒。

“你好，有什么我可以帮忙的吗？”

“你应该发现另一条路。”

“我不懂你说的是什么。”

她摇摇头，因为屋子里的热度而皱眉。“不要提问，不要在意。我保证你的疑问都会得到答案。现在跟我走。”

“什么？”

“你不能待在这里。”

“你说什么？”

“我说了，不要提问。”

然后我看到她拿出一把枪，指着我的胸口。

“浑蛋，你想做什么？”

“你应该回到你自己该待的社会，一个群体……我没时间给你解释太多，但如果你继续待在这里，你会死。”

铁匠铺的持续高温有时会让人产生一些精神上的幻觉。有那么一秒，我觉得自己像在做梦。

“哈金森死了。”她说。她语气很平静，里面包含着一股力量。她不光是在陈述事实，好像这是理所当然会发生的一样。

“哈金森医生？”

“死于谋杀。”

她的话随着火星，在空气中盘旋回响。

“谋杀？谁杀了他？”

她给我一份报纸剪贴，从《泰晤士报》上剪下来的。

泰晤士河惊现医生尸体。

“你犯了一个错误。你不该去见他告诉他你的情况。他把你的情况写了下来，还取了个名字——‘时光逆行者’。他的论文差点就被发表了。但是幸好还没有，以后也不会有。我害怕这件事情以后被别人知道，所以他必须死。”

“你杀了他？”

她的脸在火光中晦暗不明：“对，我杀了他，为了让我们活命。现在，跟我走。马车在外面等我们，我们得尽快赶去普利茅斯。”

“普利茅斯？”

“别担心，不是过去跟你算账的。”

“我还是不懂，你是谁？”

“我叫艾格尼丝。”

她打开手提包，拿出一个信封，把它交给我。我放下手上的活，接过信封。上面没有署名，没有地址。里面有张蓝色的纸，上面有字。

“这是什么？”

“你的票。也可以说是你的身份证明。”

我茫然：“什么？”

“你活的时间很长，你有很好的趋利避害的生存直觉。不过你现在必须离开，跟我走。马车在外面等我们。我们从普利茅斯去美国，你就会找到你想要的一切答案。”

她没有再说什么，走了出去。

[大西洋，1891 年]

–

现在船很不一样。

我以前也出过海，不过以前的经历和这次很不一样。

人类进化的过程，似乎体现在我们和自然之间关系的不断演变。如今，我们可以靠着大船，行驶在大西洋中间。我感觉我们好像在“五月花号”[1]上。

我们在头等舱。头等舱在那时候就意味着上流社会，你必须时刻注意外表。

艾格尼丝给了我一个手提箱，里面全是新衣服。我穿着考究的衬衫，系着丝绸领带。她还用剃须刀帮我把脸上的胡子刮得干干净净。我当时很紧张，心想：“她刮胡子的时候会不会直接割断我的脖子？”

从餐厅的窗户我们可以看到更低舱位的人，甲板上的人们挤挤挨挨，穿着比较破旧，就跟我上周穿的差不多。他们有的靠在栏杆上看远处的海平线，眼里怀着对埃利斯岛[2]和美国梦的渴望。

不得不说，我觉得艾格尼丝比我以前见过的任何一个人都更难

1　五月花号：欧洲清教徒逃难到北美洲的船只。

2　埃利斯岛：原美国移民局的驻地，也是美国移民历史的象征。

用语言形容。她恪守礼仪，单纯直率，不拘小节。对了，她还有能力谋杀别人。

她仍然穿着一身黑，就像维多利亚时期的上流社会的妇女。就连她的眼罩，也带着一股神秘优雅的味道。但是她老喝威士忌，这就有点违和感。

她现在的名字，是吉莉安 · 希尔德。她本来的名字，是艾格尼丝 · 维德。

“请在心里称呼我艾格尼丝，我是艾格尼丝 · 维德。虽然我没用过这个名字，但是请你在心里这么称呼我——艾格尼丝 · 维德。”

“那也请你把我当作汤姆 · 哈泽德。”

她 1407 年在纽约出生。比我大一个多世纪。这既让我困扰，又给我一些隐秘的安慰。我不知道过去那些年里，她到底扮演过哪些角色。不过她说她 18 世纪中期的时候曾经做过海盗，在美国海岸上远近驰名。

她点了一份白汁鸡块，我点了一份鱼。

“你生命中出现过女人吗？”

我犹豫了一下，她也感到她的问题有点突兀：“别误会，我对你没兴趣。你别太紧张，你就是太严肃了。我喜欢严肃的女人，但是男人的话，还是要轻松阳光一点儿比较好。我只是好奇。你一定经历过什么，没有东西可以怀念的话，是无法支撑这么久的。”

“是的，有过一个，很久之前了。”

“她叫什么你知道吗？”

“当然，我当然知道她叫什么。”不过我并不准备说得更多。

“就只有一个？”

“差不多吧，对，就她一个。”

“为什么呢？”

“没有为什么。”

“那你当初应该很心碎，然后是怎么疗伤的呢？”

“爱就是心碎和痛苦，挣脱它反而好过些。”

她赞同地点点头，然后好像在细细品味我的话。然后她的神情也变得飘忽和有距离感：“对的，对的，很对，爱就是痛苦。”

“那么，”我问，“你能告诉我，你为什么要杀死哈金森医生吗？”

她环顾四周，以一种上流社会的方式，打量周围是否有人会听到我们的谈话。“你能别在餐厅里随便谈起这种谋杀的事情吗？你该学会谨慎，不要就这么直截了当地说出来，有时候你该学会委婉点。我真的怀疑你是怎么活到现在的。”

“我知道，但是——”

艾格尼丝闭上眼睛。“你要学会成长，懂吗？你简直还是个孩子。可能你现在看起来是个成年人，但是你内心根本就是个没长大的小孩子。我们还是需要教化你。”

她对我问题的重心态度冷淡，这激怒了我：“他真的是个好人！”

“除了他是个男人，你了解他多少呢？一个渴望探寻神秘主义和真理的医生，一个曾经奚落过你、拒绝过你的男人。他今年 68 岁，身体不太好，瘦得皮包骨头，他没几年好活的了。现在，如果他活着的话，肯定会发表他的成果，宣扬他发现了‘时光逆行者’，你知道这会带来多么灾难性的后果吗？人类本身就活不了多久，最多不过百年。他死了其实是最好的结果，你懂吗？他本来生命也快到尽头了，现在的情况才能挽救更多的人，才能保护我们这个信天翁社会。”

“信天翁社会、信天翁社会、信天翁社会……你说的这个，我一无所知。我甚至不知道那到底是什么。”

“就是由信天翁组成的社会。”

“什么信天翁？”

上菜了。

“有什么我可以帮您的吗？”穿着干净整洁的服务生彬彬有礼地问道。

“有，”艾格尼丝微笑，“给我们一个不受打扰的用餐时间就好。”

服务生尴尬地摸了摸胡子：“好的。”

我很饿了，看着面前的鱼，感觉好像快一百年没吃过这么好的饭菜了。

“信天翁都活了很久，我们都活了很久。1867 年，海德里希·皮特森把我们聚集起来，组建了信天翁社会，想要保护我们不受外部的伤害。”

“海德里希·皮特森是谁？”

“他年纪很大，很有智慧。他出生在佛兰德[1]，不过新大陆发现不久他就来了美洲。在郁金香热[2]的时候，他赚了不少钱，然后搬去了纽约，那时候纽约还叫新阿姆斯特丹。他投资做皮草生意，然后又积累了一笔不小的财富，购置了不少资产。海德里希其实应该算是美国人，美国给了他他想要的一切。然后他发达之后，就组建了信天翁社会，想要保护跟他一样的人，救助我们。我们真的很幸运，汤姆。”

我笑。

“幸运、幸运、幸运，恐怕是诅咒吧。”

她喝了一小口红酒。

“海德里希会更想看到你对自然赋予我们的礼物充满感激的样

1　佛兰德：中世纪欧洲一伯爵领地，包括现比利时的东佛兰德省和西佛兰德省以及法国北部部分地区。

2　郁金香热：1636—1637 年，荷兰出现了一股争相求购郁金香的热潮，导致郁金香价格急速上升，当时很多人变卖家财，投资到郁金香上。

子的。”

“那我可能很难做到了。”

“如果你想活着，你会做到的。”

“我不知道自己有没有那么强的生存欲望，艾格尼丝。”

“不是艾格尼丝，”她急促地打断我，看了看周围，“现在叫我吉莉安。”

她从包里拿出一些安神止咳糖浆，加到她的威士忌里。她想给我也来一点儿，我摇摇头拒绝了。

“你知道你这话听起来多自私吗？看看你周围的人，这个餐厅、这艘船上的大部分人都活不到60岁。想想人类会得的那些可怕疾病，天花、霍乱、伤寒，你既然活了这么久，这些应该都见得不少了吧？”

“对，我都见过。”

“而之于我们，一切都不会发生。我们这样的人，只有两种死法，活到950岁，在睡梦中死去；或者人们杀害我们，心脏或者大脑受伤，或者失血过多。就是这样。毕竟我们的免疫系统非常强悍，人类的很多病痛对我们而言不是问题。”

我想起我最后一天见到露丝时，她因为高热而神志不清，一直颤抖。我想起她死之后，我是如何度过后来的日日夜夜、岁岁年年。“有很多时候，我觉得自己死了比这样活着好得多。”

艾格尼丝轻轻晃着杯中的威士忌和安神糖浆说：“你活得足够久。你应该知道当我们被暴露在人群中时，不光是你，还有很多人会遭殃。”

“对的，比如说哈金森医生。”

“我说的不是哈金森。”她语速很快，“我说的是别人，你的父母，他们经历了什么呢？”

我沉默了，咀嚼着口中的鱼，咽下，用餐巾擦了擦嘴："我的爸爸在法国，死于他的信仰。"

"啊，宗教战争？他是清教徒？基督教新教徒？"

我点点头，她说得全对。

"你的妈妈呢？"艾格尼丝盯着我，感觉她进一步接近着我。我承认她的感觉没错。我告诉了她真相。

她听完后说："你知道吗？无知也是我们的敌人。"

"不过，现在没有人会因为女巫之类的事情被杀害了。"

"每个时代，人们对无知的定义是不同的。但是它会随着时代的改变而改变，蛰伏在暗处，给我们致命一击。哈金森医生是死了，但假如他活着，发表了他的论文，人们就会来找你，然后出一些别的事情。"

"人们？哪些人？"

"海德里希会告诉你的。别担心，汤姆。你的寿命不是毫无意义的，你会有目标的。"

我还记得，我的母亲也告诉过我，我的人生是有目标的。我一边吃鱼，一边想自己是否能够找到答案。

[纽约，1891 年]

-

"看她！"我们站在廊上，看着远方，艾格尼丝说道，"自由照耀世界！"

那是我第一次看到自由女神像，她的右手举着火炬，左手拿着书本。她的肤色是古铜色，让人印象深刻。她在阳光下闪闪发光，直到我们越来越靠近海港，她看起来体积庞大、历史悠久，像是狮身人面像或者金字塔的同时代产物。我在那一刻突然感觉到比起这个世界，我依然很渺小，因此觉得敬畏。我看向纽约的海岸线，看到无数人的梦想在这个城市汇聚。我清清嗓子，给自己点儿自信，把手放进口袋，摩挲着玛丽恩给我留下的铜币，想要寻找一些安慰。

艾格尼丝说："我曾经离得很近来观摩她，表面上看起来雕像是静止的，但其实她在动，她在打破过去的束缚，打破枷锁，打破旧制度。她向着自由，人们把那一瞬间记录下来，做成雕像。你看到了吗？火炬，还有她的脚，她其实在动，是一个动态的缩影。她向着想象中的更好的未来而奋进。就像你，汤姆，你的新生活也会就此开始。"

我凝视着达科他那些雄浑壮阔的建筑，突然感到一阵眩晕，过去的事在我眼前走马观花般浮现。不光是关于我自己的，还有许多是关于这个世界的印象。就在几个小时前，我来到了纽约，这给我一种不真实感。1891 年之后，我来到纽约，有点兴奋，有种突如其来的茫然感。我呼吸着这里的空气，感到生命被突然拓宽了。

我停顿了一会儿，逐渐开始步入崭新的生活。

如果我现在扭头就跑会怎么样呢？我现在推开艾格尼丝，转身跑进人群里，躲进纽约的大街小巷，又会怎样呢？这个城市的陌生感让我感到一阵眩晕，让我有一种更加鲜活的感觉。毕竟，我已经过了很多死气沉沉的日子了。

来到一栋大楼前，一尊印第安人的雕像无言地凝视着我们，艾格尼丝称她为"看门的印第安人"。1980 年，我在巴西的圣保罗工作，在一台很小的彩色电视机上，我看到约翰 · 列侬被谋杀的消息。列侬被枪杀的时候，就是在这个地方。所以我后来怀疑这里是不是有什么诅咒，让每一个经过的人都遭遇不幸。

我站在外面，有点紧张。不过好歹我有了一些情绪，而非像以前一样对一切漠不关心。只是我最近还没习惯这种感觉。

“他会考验你的，只是他不会明着表现出来。从你们相遇的第一秒开始，一切都是考验。”我们上楼，“他可以从人的表情和行为来判断这个人，他的这方面能力比我认识的任何一个人都要强。海德里希活了很多年，他很老到，而且也很有天赋。”

“什么天赋？”

艾格尼丝耸耸肩膀：“他说这是一种天赋，在理解人类上的天赋。当你活了五六百年，你对于人性的洞悉会比任何人都深刻。他可以非常精确地读懂人的面部语言和肢体语言，他可以判断这个人值不值得信任。”

我们到了这栋房子的顶楼，法语里面称之为天台，不知道美国怎么称呼。总之就是中央公园附近，某座大楼的顶层。

“我想把这里当成我的花园。”一个高瘦的秃顶男人站在窗边，手上紧紧握着一根手杖。他并不介意让人知道他得了关节炎，不利于行走。

“这里的风景的确不错。”我说的是真心话。

“对的，正因如此，这些周围的楼才越盖越高。请坐。”

这里用一个词来形容，就是奢华。施坦威钢琴、真皮沙发、立灯、吊灯、红木桌子，一切看起来都很昂贵。艾格尼丝舒舒服服地坐在沙发上，并且向我指了指桌前的一张椅子。海德里希在桌子的另一边，不过他是站着的，在看窗外。她鼓励地朝我点点头，让我坐过去。

海德里希一直看着窗外的中央公园。

“你是怎么活下来的，汤姆？”他终于转过头，冲我问话。我意识到他很老。如果他是个普通人，是个艾格尼丝口中常说的蜉蝣，可能已经 70 多岁了，甚至是 80 多岁了。而他是我们这类人，因此他的年纪就显得更为可怕。

“你已经活了很久，从我听到的你的事迹来看，你的生存欲望并不够强烈，甚至还想过自杀，那是什么支撑你活到现在的呢？”

我看着他，他的面颊下垂了，眼睛上还有很大的眼袋。让我想到一个词——风中残烛。

我并不想告诉他真实的原因。我无端地不想让海德里希知道，我有个女儿叫玛丽恩，她可能还活着。我不相信任何人。

“放轻松，我们会帮助你的。汤姆，你出生在法国，从小家境优渥。我们会让你过上以前的生活，还会让你找回女儿。”

我感到一阵震惊：“我的女儿？”

“我看到了哈金森医生的报告，关于玛丽恩的。别担心，我们会找她的。我向你保证，我们会帮你找到她，只要她还活着。我们会找到每一个同类，也会搜寻每一个新生的后代。”

我吓了一跳，不过必须承认，他说会帮我找到女儿的提议，让我很是动心。我感到自己终于不是孤立无援的了。

他桌上有一瓶威士忌，还有三个杯子。他没有问我们是否需要，径自倒了三杯酒。不过，为了舒缓自己紧张的神经我欣然喝了。

他看着酒瓶上的标签：“看，上面写着经典爱尔兰麦芽威士忌白酒配方，带您领略古典风味。古典的风味！在我年轻时，世界上可还没有威士忌啊！”他的口音有点奇怪，不是完全的美式口音，“我可比酒老多了。”

他叹息，在办公桌后坐下了。

“感觉很奇怪吧？我们能见证这世上一切事情的诞生：从建筑、印刷术、报纸、枪、指南针、望远镜、时钟、钢琴、名画，到各种各样的艺术品、照片，以及拿破仑、香槟、半殖民地、广告牌、热狗，等等。”

他看到我脸上的困惑。

“好吧，艾格尼丝，估计他还没吃过热狗呢。我们有空可以带他去一趟科尼岛，那里有全国最好吃的热狗。”

“的确不错。”艾格尼丝在他面前少了几分犀利和桀骜，多了一些温顺。

我问：“是一种食物吗？”

“对的，”他促狭地笑，“是一种很特别的香肠、腊肠，里面有特制的熏猪肉，条形的，城市化的工业文明的产物。我小时候在佛兰德的时候，从来没想过自己有一天会吃到热狗，味道真的好极了！”

感觉很奇怪，我漂洋过海，间接害死了一个医生，跑到美国来，跟这个人讨论——香肠？

“不过，你来这里，还有很多事物等待你去体验，享受这世界上一切美好的事物，食物、酒精、艺术、雪茄。”

他从桌里抽出一根雪茄，手上还拿着一个打火机。

“来一根吗？”

“不用，我不抽烟。”

他看起来有点失望，把它转递给了艾格尼丝：“偶尔抽一根会让人神清气爽。”

“我已经很好了。”我小口喝着杯中的威士忌，回答他道。

他点燃雪茄，对我说：“还可以更好，我越来越觉得，这种感官的愉悦是无可取代的。”

我问：“类似于爱吗？”

“你在说什么？”

海德里希和艾格尼丝相对一笑，我感到他们神情中蕴含着讥笑。他转移话题：“我现在也不知道你为什么去找一个医生，告诉他你身上的情况。你可能觉得，现在人们没以前迷信了，你不会再被认为是女巫的邪术之类的，但这样你就觉得自己是安全的吗？”

“我觉得这样可以帮助和我们一样的人了解他们身上的状况，找出这种现象的科学解释。”

“我想艾格尼丝已经告诉过你，你的想法非常天真了。”

“对的，她对我说过一些。”

“真相是，这样会让我们更加危险。只有这些方面的医学发现会受到人们欢迎：细胞和细菌的学说，微生物学，免疫系统。去年他们发现了伤寒疫苗。在研究发表之前，在柏林的研究机构，疫苗的发现者做了非常多的实验和论证。”

“发现伤寒疫苗当然是件好事情啊，难道不是吗？”

“可是他们的研究是损人利己的。”他握住拳头，遮掩话中暗含的愤怒。艾格尼丝此刻的默不作声也让我有点紧张。说不定他的桌子里有把枪，现在是他对我的考验，我的回答稍有不慎他可能就会射穿我的脑袋。

“科学家，”他语气里满是厌憎，“和原来的女巫猎人又有什么区别？你知道什么是女巫猎人吧？你知道吧？我觉得你应该知道。”

“他知道。”艾格尼丝此刻肯定地答道，她嘴里悠悠地吐出一口烟圈。

“类似当时的女巫审判，从来没停止，只不过现在换了个更好听的名字。我们就像是小白鼠，任他们宰割。他们知道我们。”他靠着桌子，把烟灰弹到一本最新的《纽约论坛报》的复印本上，看着烟灰把书烧穿，“你懂吗？科学研究者里面，有不少人知道我们。不是大部分人，但也有相当一部分人了。在柏林，他们觉得我们不是人类，根本就不把我们当人看。他们囚禁了我们两个同伴，在实验室里圈养他们，用他们做实验，甚至把他们当成猪猡。这两人一男一女，女的逃走了，现在已经是我们的一员，只是她仍待在德国，现在在巴伐利亚乡下的一个小村庄里。我们给了她全新的身份和名字。在我们有需要的时候，她也帮我们做事情。我们之间互惠互利。”

“我之前从没听说过这些。”

“当然，你也接触不到。”

我注意到中央公园里有一些倒下的大树。

还有一只鸟停在窗棂边。

我还发现，这里的鸟也是不同的，我之前没见过这种鸟，它短小精悍，黄色，灰翅膀。它把头伸进窗户，我对它们在陆地上的移动方式有点儿感兴趣，爪子抓地，一跳一跳的。

“你的女儿可能处在危险中，我们的情况也好不到哪里去。我们需要团结起来，一起应对，你懂吗？”

“我懂。”

“还有最后一个问题需要问你。”海德里希说着，又喝了一口威士忌。

“请问。”

“你想活着吗？真心实意地，想要活在这个世界上吗？”

我曾无数次问过自己这个问题。答案一般是肯定的，我还有个女儿，她很可能活在这世界的某个角落，所以我还不想死。自从露丝让我知道这种可能性之后，我就有了希望。在纽约这座奢华的公寓里，看着眼前我从未见过的小鸟，我更加坚定了自己的想法。这个阴沉的城市、灰蒙蒙的天，对我来说一切都是崭新的。我感觉自己找到玛丽恩的希望变得更大了。美国就是这样一个让你感到希望的地方。“是的，我想，我想要活着。”

“很好，为了更好地活下去，我们必须团结起来。”

那只鸟飞走了。

“对，对的。团结一致。”我附和道。

“别紧张。我们不是什么宗教组织，我们的目标仅仅是活下去，享受人生。我们不信奉神，即使硬要说有，也是阿佛洛狄忒[1]这样的爱神，或者酒神狄俄尼索斯[2]。”他的话里带着睿智和禅意，“艾格尼丝，你接下来打算去哈勒姆了吗？”

“对，我打算去见一个老朋友，然后在那边好好休息，睡上一周。”

玻璃酒瓶在灯光的照耀下熠熠生辉，闪出近乎珠宝的光泽。海德里希好像被取悦了，说道：“太阳下山了，不如我们去公园里走一走？”

路上有一些被连根拔起的枫树。

“最近有飓风，”海德里希冲我解释，“几周前不少人因此丧生，主要是出海的水手。公园清洁工打扫这些的动作慢了不少。”

我看着树木的根部，密密麻麻的根须，由衷地感叹：“一定是很严重的天灾。”

海德里希朝我微笑：“像是一场舞台剧。”

他凝视着路上的泥土和落叶。

“一场迁徙的经历。这里，风刮过的时候，你突然就离开了地面。你曾经深深埋在地底的根部脱离了地面，会因此感到陌生和怪异，对吗？毕竟你之前曾驻扎于此，突然被连根拔起，难免会有这种怅然若失的感觉，对吧？”

我点头：“对的。”

“看得出来。”

我想把他的话当作对我的恭维，但是细细想来好像也并不是什

1 阿佛洛狄忒：希腊神话中司爱与美之女神。

2 狄俄尼索斯：希腊神话中的酒神。

么好话。

“主要是保持自我。你知道如何在被连根拔起换了地方之后，一直保持自我吗？”

“怎么做？”

“你必须适应飓风！你自己就是自己的风暴！你必须……”

他停顿，他可能意识到自己的比喻有点没边际了。我看到他的鞋子闪闪发亮，我以前没见过这样的鞋。

“我们生来不同，汤姆。”他最后下了个结论，“我们不像其他人一样，我们背负着自己的过去，无处不在，无法逃避。有时这会很危险，所以我们要互相帮助。”他的手放在我的肩膀上，好像要对我说什么非常重要的话，“过去永远存在，永远不会消失，我们只能把它藏起来。”

我们在枫树林中走得很慢。

前边的路上有很多灌木，看起来像是一片防风林。

“我们必须跨过那些过往，你懂吗？有时候我们为了能活下去，不得不自私一点。”

我们经过一对穿着大衣的夫妇，他们窃窃私语，彼此之间会心微笑。“你的生活会改变，世界在改变。只有我们是永恒的，所以我们必须保证大多数蜉蝣永远不知道我们的存在。”

我想起泰晤士河上漂着的尸体，终于忍不住说道：“但就这么杀了哈金森医生……”

“汤姆，这是场战争，无言的拉锯战，一场持久战。我们必须保护好自己。”

两个骑自行车的年轻人经过，他不由得降低声音。自行车的前轮和后轮完全一样，我觉得很稀奇，这真是一个非常现代化的进步呢。

“欧迈是谁？”海德里希低声问道，他的眉毛紧蹙。

“什么？”

“哈金森医生的报告里提到过他，好像是来自南太平洋。可他是谁？”

我笑了，有点紧张，世界上突然有个人知道你的大秘密，这感觉很怪。“他是我的好朋友，我是在上个世纪末认识他的。他来伦敦待过一阵，不过他不想被人们找到。我差不多有一百年没见过他了。”

“好吧，”他说，“好吧。”

然后海德里希从他夹克口袋里掏出两张票，给了我一张。

“今晚，柴可夫斯基的音乐会。现在这票非常热门，没准儿你看见过海报。汤姆，我带你去见见世面，一切现在流行的，但你还没见过的东西。放心吧，你总有机会见识到的，还有你的女儿、你自己。相信我，总有一天……”他靠过来，冲我笑，“要做跟得上时代的人呀。”

我们坐在豪华的红色座椅上，有个女的穿着精致的深红色裙子，高领泡泡袖，她就站在海德里希旁边，矜持地和我们打了个招呼之后，就回休息室了。随后，海德里希神神秘秘地给我指到场的观众。

“阳台上的男人，靠在那里的，旁边有个绿裙子的女士，他们很引人注目吧？对，皮肤很白、圆脸、整洁白胡子的那位男士。他就是美国钢铁大王安德鲁·卡耐基，工业巨擘。他比洛克菲勒还要富有过、慷慨过……不过你看，他现在已经老了。再过十年，他会是怎样呢？再久呢？可能到时候只剩卡耐基的企业生产的一截截铁轨，会在他之后继续存在着。这个雄伟壮观的大厅也是一样，很多年依然会屹立不倒。这可能是他建造这些的原因，有钱人总想让自己的名字流传后世。他们不仅希望自己过得好，更希望荫庇后代，让后人在他们的光环下同样过得好。可你不觉得这有点可悲吗？光环是最无用的东西。这东西在他们不在了之后，能有多少用处呢？哈泽德先生，你觉得呢？他们的一切奢望，只不过是我们拥有的最平常的东西。钢铁、财富、奢华的音乐大厅，都不能给人带来永恒。”

“我们也不是永恒的。”

他脸上又浮现出那种看透世事的笑：“汤姆，看着我。我看起来和他差不多老。但是事实上我比今天任何一个婴儿都将活得长，即使到 2000 年，我也还能站在这里。”

我忍不住讥讽道：“但你的内里呢？听到你的话我只觉得可怕，我要像一个老人那样活整整好几百年。”

我觉得我的话可能冒犯到他了，我觉得我已经触到了双方的底线。但我也不清楚真相如何，他只是看着我，微笑着：“生活就是生活，我还活着，能继续听音乐、吃龙虾、喝香槟。而那些真正的老人，可没我这么好运。”

“你不觉得痛苦吗？”我问道。

“我骨头确实不太好，有时候晚上经常反反复复地醒来。我现在也很容易头疼脑热。你会发现，在你逐渐变老的时候，信天翁的一切优势都在慢慢衰退。你会生病，会变得更像人类，你生理上的优势逐渐消失。但这种痛苦根本不算什么，只要能活着，这些都是很小很小的代价。”

他继续说道：“生命在本质上来说还是一种特权。在这个地球上，我享有了远远超过其他生物的这种特权。你应该对此感激。你能进入下一个千禧年，你能活得比我和艾格尼丝都要长。汤姆，你很接近于神了，活着的神。我们都是神，而他们是蜉蝣。你应该学会享受自己永恒的存在。”

一个长相文弱、外表特别、头发稀疏的男人走到舞台中间，他面对观众微笑。整个大厅爆发出一阵热烈的掌声。他在原地安静地看着我们，没有说话，然后他——柴可夫斯基走上台，拿起指挥棒，准备开始。他先是停顿了一会儿，好像在回想谱子，或者酝酿情感。

整个大厅鸦雀无声，我从来没有经历过这么安静的时刻。所有人好像屏住了呼吸，我感受到了文明和现代，感受到了大家的优雅和专注，就像是高潮之前的空白一秒。

这一秒，时间慢了下来。

然后音乐开始了。

我很多年没有欣赏过音乐了，所以我坐在座位上，努力放空自己。

小号、小提琴、大提琴纷纷发出声音，开始很高亢，逐渐变得低沉柔和，多种乐器之间交相辉映。

开始没什么感觉，然后我开始渐渐地沉浸在音乐中。

不，不能算沉浸，这是一种错误的表达方式。音乐不光是沉浸，音乐是一种融入和融合。音乐会揭开一些平时你没有注意到的情绪，唤醒它们，让你恍然间重新认识自我。音乐，是一切的新生。

我闭上眼睛，感受其中的渴望和能量。我不能完全描述出当时的感受，音乐存在的理由，就是描述一些不能用言语描述的事物。我只能说一句，那一刻，我重新感受到自己活着。

小号、圆号、低音鼓的声音响起，我的心跳加快，思维混乱，目眩神迷。我睁开眼，看见柴可夫斯基拿着指挥棒，音乐从空气中喷薄而出，仿佛四周本身就存在一个个音符，随着他的指挥找到落地点。

然后，结束的时候，作曲家好像一瞬间失去了所有精力。大厅里满是掌声，人们欢呼喝彩，而他只是浅浅鞠躬，微笑离去。

“他比勃拉姆斯[1]强好几条街，你觉得呢？”这一刻，海德里希冲我低声说道。

1　勃拉姆斯：德国音乐史上最后一位有重大影响的古典作曲家，被视为19世纪浪漫主义音乐时期的“复古”者。

我没有概念，我只记得这种感觉非常非常震撼。

当时我就意识到，这次带我来音乐大厅，比之前他们说的任何话都管用。海德里希的手段完全把我降住了。他不但承诺帮我找到女儿，还带我体验了更好的生活。在我自己都还没意识到的时候，我已经被他治得服服帖帖。其实，从他第一次提到玛丽恩开始，我就已经动摇了。不过现在，我开始完全相信海德里希的各种吹嘘，信天翁社会不但能帮我找到女儿，还能帮我找回自己。

第二天，在海德里希的公寓，我们结束了香槟早餐，又进行了一次谈话。就是那次谈话给了我很深的思考。

“首先，你要遵守的是，不能让自己陷入爱情。需要注意的事情还有很多，但是这一条是最主要的。不要陷入爱情，不要沉溺于爱情，不要对爱抱有任何幻想。只要做到这一点，其他的都是小问题了。”

我看着他吐出的烟圈，“我想我还是会再爱的。”我答道。

海德里希回复我：“当然，你当然可以，爱食物，爱音乐，爱香槟美酒，爱十月的午后。你可以爱瀑布飞流直下的雄浑壮阔，可以爱旧书散发出的纸张清香，但是不要再去爱一个人。你懂我的意思吗？不要把你的爱投注在普通人身上，少在他们身上浪费你的感情，越少越好。不然，你的理智就会逐渐被蚕食……”

他停顿了一下，继续说：“八年，是我们的准则。一个信天翁待在同一个地方，最多只能是八年。这是我们的‘八年守则’。你可以在一个地方安定八年，然后我会给你一个任务，然后你必须重新换个地方，开始新的生活。”

我信任他。不然呢？失去露丝之后，我不就丧失了自我吗？难道我不想重新找回自己吗？也许这能让我过上更好的生活，有组织，有归属感，有目标。

“汤姆，你知道希腊神话吗？”

“知道一点儿。”

“好，就这么解释，我就像是代达罗斯[1]，建造迷宫来保护米诺陶诺斯[2]不被人发现，我也在建造保护我们所有人、保护信天翁社会的迷宫。但是代达罗斯的问题在于，人们不听从他的智慧，不相信他的智慧，甚至连他的儿子都不相信他。你听过那个故事吗？”

“对，他和他的儿子从希腊的岛屿上逃跑——”

“克里特岛。”

“对，克里特岛，当时他们收集羽毛，用蜡封牢做成翅膀。然后父亲……”

“代达罗斯。”

“对，代达罗斯告诉儿子，别飞得太高或者太低，如果太靠近太阳或者海，翅膀可能会被熔化或者打湿。”

“当然，他的儿子没有听从他的劝告。他飞得太高，翅膀上的蜡被熔化了，他掉进了海里。我们也一样，不可以活得太高调，也不必活得太卑微，找一个平衡。我会帮助你找到这个平衡。你怎么看你自己呢，汤姆？”

“起码，我不会是那个儿子。”

“然后呢？”

“然后问题就比较复杂了。”

“不过这个问题很重要。”

“其实我也不清楚。”

---

1 代达罗斯：希腊神话中的建筑师和雕刻家，曾为克里特国王建造迷宫。

2 米诺陶诺斯：关在克里特迷宫里的怪兽，牛首人身，以人肉为食，最后被忒修斯所杀。

“你是那种只想旁观别人生活，还是想要参与其中的人？”

“两者都有吧。我想要看到，也想参与生活。”

“那你会什么呢？”

“什么？”

“你去过哪里？”

“我环游过世界。”

“不是这么简单，我的意思是，你在哪里深入生活过？你做了些什么？你在那儿和多少人打过交道？”

“为什么问我这个？”

“因为在我们的规则里，每个人都需要有自由。”

我感觉不太舒服，我本该相信自己的直觉，但当时我只是又喝了一口香槟。“需要自由来做些什么？”

他微笑：“我们活得很长，汤姆。我们的生命很长，漫长而又隐秘的人生。我们做一切该做的事。”他的笑容慢慢变大，他的牙齿很好，尤其是想到他用了好几百年，就感觉更好，“至于现在，该做的事情就是享受热狗。”

[伦敦，现在]

–

“汤姆，我们活得足够长……”

加利福尼亚有一棵刺果松，从年轮密度来看，已经活了 5065 年。

对我来说，这棵树很老。这些年，每当我对自己的情况感到沮丧，需要一些例子来证明我也不过是个普通人时，我就会想起加利福尼亚的那棵树。它的寿命从法老时期开始，从人类刚刚发明度量衡开始，从青铜时代开始，从瑜伽发明开始。

它安静地矗立在那里，缓慢生长，春天抽芽，秋天枯萎，春去秋来又是一个轮回。荷马写出了《奥德赛》，埃及艳后的美貌枯萎了，耶稣被钉上了十字架，释迦牟尼王子离开宫殿修行，罗马帝国兴盛之后倒下，中国人驯化耕牛犁地，南美的古印度安人建造城市，我和露丝相恋又失散，美国为自己的独立而奋战，世界大战爆发，Facebook 创立，无数的人甚至动物来过、活过、繁衍、死亡。他们也曾经迷茫困惑，终究只留下一抔黄土。而这棵树，枝丫亦如铁般铮铮然，无言于此。

这是时间给我们上的一课。好像一切都在变化，可是如果把时间线拉得足够长，又好像什么都未曾改变。

我在这群青少年面前站着，头痛病又犯了。他们松松垮垮地靠在椅子上，有的玩笔，有的偷偷看手机。他们真是顽固的人，不过这么多年来我比他们更加冷硬。毕竟，他们再怎么拧，也比不上我以前在酒馆里打交道的醉醺醺的水手、小贼、渔夫。

一切都在变化，什么也都未曾改变。

“伦敦东区之所以是多元文化区，是因为它融合了许多不同国家、民族的文化。”在讲到 20 世纪之前的移民文化时，我向他们介绍，“没有人是土生土长的伦敦人。罗马人、凯尔特人、诺曼人、撒克逊人纷纷来到这里，伦敦本身就是由很多其他地方的人组成的。即使我们认为只有现在刚来的那些人是新移民，但三百年前，说不定你的祖先就是从东印度公司船上载过来的黑户呢。后来还来了德国人、俄国人、犹太人和非洲人，不过这些移民现在都成了英国社会的一部分。长时间以来，这些移民因为肤色而被当作异类。比如 18 世纪，来自太平洋岛屿的欧迈，库克船长第二次远航时把他带回英国……”

我停了下来，我还记得和我的老朋友欧迈一起坐在甲板上的情景，我给他看我女儿留下的硬币，教他说“钱”这个单词。“欧迈刚来的时候，非常尊贵，受人追捧，从国王到贵族，都竞相与他共进晚餐。”我记得他的脸，在烛光里明明暗暗的样子，“当时最著名的艺术家甚至为他作画。他是当时的贵族，欧迈。”

欧迈。

我已经很久没有在众人面前说过他的名字了。上一次提到他，还是1891年，跟海德里希谈话。但我经常想起他，想起他身上发生过的事。我现在想起他，好像进一步加剧了我的头痛，我眼前的东西开始恍惚。

“他……”

前排的女生丹妮尔，嘴里嚼着口香糖，皱眉看我：“老师，你还好吗？”

后面的人哄堂大笑，丹妮尔扭头，笑声停息了。

稳住你自己。

我努力冲着课堂上的学生微笑：“很好，我很好。在这一时间段，伦敦受移民的影响很深。比如，那里——”我指着窗户西边继续讲道，“十五、十六世纪，不少法国人来此。他们就是当时的一代新移民，当然不是所有人都留在了伦敦，很多人去了坎特伯雷，还有一些去了乡下地方，比如肯特郡，”我停下来深呼吸，“还有，萨福克郡。法国人发挥自己的才能，建设了斯皮塔佛德[1]。他们在此开始了丝绸产业，不少人做丝绸编织者。很多法国贵族为了适应新环境，开始新生活，在此定居并且制造丝绸，想要恢复他们从前优渥的生活。”

---

1 斯皮塔佛德：伦敦东区历史悠久的时尚精品中心，也是艺术气息浓厚的伦敦东区的名声所在。旧时定期举办古董和时装市场，是购物的绝佳场所。

坐在中间的男孩安东，他平时乖巧内向，这时表情严肃地举起了手。

“安东，怎么啦？”

“既然他们从前生活就很优渥，他们为什么要来这里呢？”

“他们是基督教新教徒，一般被称为胡格诺派新教徒，不过他们自己并不这么称呼自己。他们信奉加尔文的说法，认可因信称义。在那时候的法国，新教徒的处境是很危险的。而在英国，天主教很盛行，所以他们中很多人……”

我闭上眼睛，想要挥去那些回忆。我的头痛越来越严重。

他们感觉到了我的不适，我听到底下的嗡嗡声越来越响了。

“所以，他们中的很多人，不得不逃离法国。”

我睁开眼，安东听得很认真，他冲我扬起鼓励的微笑。但我觉得，他可能已经和班上其他人一样，看出我的心不在焉和魂不守舍。

我的心脏跳得杂乱无章，感觉教室里的事物都歪歪扭扭，变了模样。

“等一分钟。”我说。

“老师？”安东关心地问我。

“没事，我很好，我很好。只是——麻烦你们等我一分钟。”

我走出教室穿过走廊，经过其他两个教室，看见卡米拉在上课，她站在黑板前，上面写了很多动词时态。

她看起来对怎么掌握课堂纪律得心应手。她看见我，对我微笑。我忍着头痛回应她。

我进了洗手间。

我看着镜子里自己的脸。

我对自己的模样太了解，几乎很久没有再端详过，因此恍然间我的脸给我一种陌生感。

我是谁？我是谁？我是谁？

我用冷水拍自己的脸，慢慢呼吸。

我叫汤姆·哈泽德、汤姆·哈泽德。我的名字是汤姆·哈泽德。这个名字承载了太多。那些我遇到的人和事，我的妈妈、露丝、海德里希，还有玛丽恩。但是显然这个名字并不代表什么，它只是一个代号。我仍然是漂泊无依的。我能接着走下去吗？漂泊的小船最终能找到港口停靠吗？我真的想找个地方停下来，找到自己最终的归宿。过去这些年，我成了很多不同的人，很多不同的人共用这一个躯体，成了我。

我当过自己向往的人，也做过自己讨厌的人。我开心过、疲倦过、幸福过，也痛苦过。我有时顺应历史的潮流，有时又站在相反的方向。

我，早已经失去了原本的自己。

“没事的。”我告诉镜子里的自己。我想起欧迈，我想知道他在哪儿，我觉得自己不该在他离开的时候没有留下联系方式。世界很大、很孤独，有个朋友会好很多。

我深呼吸，让自己心情平静下来。我用纸巾擦干脸。

走出洗手间，我穿过走廊回到教室，一路目不斜视，不去看卡米拉上课的教室。我努力表现得像是个 40 岁的、普通的历史老师。

我回到讲台上，笑容勉强：“抱歉。”我努力想说点什么活跃现在的气氛，让一切轻松起来，“我年轻的时候吸毒过量，所以有时候会有点儿幻觉。”

他们哈哈大笑。

“所以你们可千万别吸毒，它会毁了你的生活，给你的精神带来痛苦，也让你没办法好好上历史课。好了，这节课我们要说的是……”

那天下午我在课间休息的时候又看到了卡米拉。在办公室里，她正和一个语言老师在说话，约阿希姆，奥地利人，教德语，平时说话也带着舌音。她看到我端了杯茶进来，就结束了他俩的交谈和我打招呼："下午好，汤姆。"

"下午好。"我惜字如金，连笑容也很吝啬。

不过她不介意我的冷淡："你早上还好吗？你当时看起来有点儿……"她斟酌了一下用词，"紧张。"

"我当时有点儿头痛，其实是老毛病了。"

"我也是。"

她的眼睛眯着，我担心她又开始想弄清楚她在哪儿见过我了。于是我赶紧说道："我现在头也还挺痛的，所以我想回来坐坐。"

她看起来有点儿尴尬，有点儿受伤，只好点点头："好吧，祝你早点儿好起来。医药箱里有消炎止痛药。"

假如你知道关于我的真相，你可能会有危险。

"我会好起来的，谢谢。"

我不再看她，恹恹地想等她走开。我感觉到她有点儿生气，我很内疚，不只是内疚，我还突然涌起一阵乡愁了。这种感觉，我已经很久没体会过了。她走到办公室另一边的地方坐下来之后，冷着脸也不再看我，我感觉什么东西未曾开始就消逝了，有点儿怅然若失。

晚上，我又牵着亚伯拉罕去那个公园。回到伦敦之后，我散步常常走这条路。

因为那是我第一次见到露丝的地方，教堂街、水井巷对我来说都太过痛苦。我需要摆脱她，摆脱过去的一切。我想在别人提到那个年代的时候保持淡定。但是过去无法消失，你唯一能做的就是接受它。这也是我想做到的，和过去的自己和解。

我一边走一边想着现在这个地方以前是什么，一边帮亚伯拉罕铲屎并装进塑料袋里。伦敦历史悠久，整体变化很大，但又处处可以看出时代的烙印。

“亚伯拉罕，你真的不该在路上随地拉屎，这真的很不文明。所以等下我们去公园，你找到草地，在那上面解决个人问题吧。”

亚伯拉罕对我的话无动于衷，牵着我继续溜达。

我环视四周，想要仔细观察哪里是我和露丝第一次见面的地方。可惜徒劳无功，什么也看不出来。教堂街、水井巷，过去的每一栋建筑现在都不见了。某处，我透过玻璃窗，看到很多人在跑步机上挥汗如雨。他们齐齐盯着一个地方，我猜他们头上可能有一排电视机之类的。有些人插着耳机，还有个人边跑边看自己的手机。

这是一个对别人漠不关心的地方，每个人都有自己的事情。身在哪里都不是重点，人们一心多用，同步处理很多事情，只有电子设备是无处不在的。

我想找到蛛丝马迹，找出过去的鹅圈在哪儿。我就是在那里，碰到了拿着水果篮子的露丝。

然后我找到了。

我在那儿站了一会儿，亚伯拉罕很焦躁，扭着身子想走。我头痛得厉害，一阵眩晕，不得不靠在墙上。

我告诉亚伯拉罕：“稍等一会儿，等一分钟，等一分钟就好。”

记忆就像洪水决堤，我的头比之前上课的时候还要痛。有那么一刻，我听不见街上汽车的轰鸣声。我好像回到了过去，回到了1599年，空气里满满都是我当时的无助和痛苦。那时候，我只知拼命逃跑，终日惶惶不安，想要得到别人的帮助。

第三部分

露丝

鲍尔城，伦敦旁 1599 年

伦敦 现在

哈克尼区，伦敦旁 1599 年

伦敦 现在

伦敦 1599 年

伦敦 现在

伦敦 1599 年

伦敦 现在

伦敦 1599 年

哈克尼区，伦敦旁 1599 年

伦敦 现在

巴黎 1928 年

伦敦 现在

第三部分

露丝

Part Three

[鲍尔城[1]，伦敦旁，1599年]

–

我没日没夜地走了三天。我的脚已经红肿起疱了，磨得非常疼。我的眼睛干涩，这几天我只在小路上或者高架桥上稍稍休息过，因此疲惫不堪。事实上，我几乎没怎么睡过。我身上还背着一把鲁特琴。我真的非常饿，这三天我只吃过路边的一些浆果和蘑菇，还有一个贵族老爷骑马经过我的时候，看我可怜赏我的一小块面包。

但其实这一切都还好。

事实上，这些插曲能够让我暂时忽略自己内心的焦灼。这种焦灼几乎要撕裂了我，眼前的草地和树木，每一条溪流都让我焦躁。每当我闭上眼睛，我都会想起我的母亲，最后一天她被人们高高甩在空中，她的头发被风吹起，她的哭声一直在我耳边响起。

这三天，我不人不鬼。我回到爱德华石头镇，回到我们原本居住的地方，但我不敢留在那里。这里的每一个人，他们都是凶手。我回到小屋，拿起母亲的鲁特琴，想要找到我们原本的存款，但一无所获。然后我离开了，逃走了，我不能再待在爱德华石头镇，我也不想再看到贝丝·斯莫或沃特·恩肖这类人，我甚至不敢再靠近约翰·吉福那一家。我想逃避这种恐惧和失落的感觉，这种根植于内心的寂寞感，但当然，我很难躲开。

我逃往伦敦，别人告诉我，我去伦敦的必经之路上，有一座鲍尔城，里面有一条费尔菲尔德路，那里有食物，也可能会有危险。终于我来到了鲍尔城这条路上，我的第一印象就是，一只猫站在路中间，向我怒目而视，好像它想对我透露些什么。

1　鲍尔城：现为伦敦东区的某个街区。

我走过那只猫，看着路两边的房子。这里和那些村庄很不同，屋子很密集，直直一排，不像村里那样散落着。我突然意识到自己进城了，这里就是伦敦。周围的人熙熙攘攘，街道上全都是人。

我记得妈妈讨厌人多的地方。我突然感觉到她好像还在我身边，我仿佛感受到她此时会有的情绪。

不远处一阵喧闹，商贩们吵吵嚷嚷，闹腾不休。有醉汉在笑，有动物在叫。

有人尖声叫嚷，有人唱歌，乱乱糟糟。

我从来没见过这样的景象，一片混乱，让我既紧张，又兴奋。

人很多，很多陌生人。他们的谈笑声像是飞出山洞的蝙蝠，四处奔窜。

一个红脸颊妇女像骡子一样气喘吁吁，她两只手臂上各挂着两个大篮子，里面装满了鱼和海鲜。

两个男孩在嬉笑打闹，后面有一群猪慢吞吞地朝他们走来。

馅饼摊，面包店，胡萝卜摊，鲜花。

一个女孩，看起来不满 10 岁，挎着个小篮子，里面全是樱桃。

道路两边很多烧鹅摊位。

水洼里面漂着莴苣叶子。

一个男人经过我，他指着不远处一个脚步虚浮的醉汉，对我说："男孩，小心点儿，躲着他，他已经彻底喝醉了。"

兔子。

两只鹅，扑棱扑棱扇着翅膀。

很多猪、很多牛，很多酒鬼，非常非常多的酒鬼。

一个穿着美丽的盲眼女人，被一个衣衫褴褛的孤女牵着走路。

衣冠整洁的乞丐。

一个女人神色暧昧，抓着身边每一个经过的陌生男人，对他们调戏引诱，低声说些什么。

闹哄哄的啤酒屋。

两个男人在卖艺，一个演来自“阴间”的巨人，另一个演来自“西边”的小矮子，站在一起，努力吆喝着赚钱。

有个男人在表演吞下一把剑。

有人在拉小提琴，有人在吹长笛，还有人在吹风笛。他们三个站在一起手指纷飞，偶尔对我撇来怀疑的眼光。

还有集市上的气味：烤肉、啤酒、奶酪、薰衣草、新鲜的狗屎。

我又感到眩晕，又对眼前的繁华景象感到震撼。

这么多食物的气味，让我的饥饿加倍，也让我很痛苦。我走到一个烧鹅摊，站在那里，深深吸气。

“鹅肉多少钱？”

“三先令，小伙子。”

我没有三先令。事实是我根本没有钱。

我向后退了一步，不小心踩到了身后一个男人的脚。

那人不悦道：“小心点儿，男孩！”

男孩，男孩，男孩。

“是的，我只是一个男孩。”我喃喃自语。虽然在那个年代，18岁已经算是中年了。

一切就是从18岁，从这里开始分叉的。

我一直长得很壮，从小到大我也没怎么生过病。我从没感冒过，从没发过烧，也从来没吐过。即使1599年黑死病席卷欧洲，我也没受到丝毫影响。虽然我觉得自己已经快要活不下去了。这天的天色蓝得正好，不久前才下过雨，太阳出来之后，天空一碧如洗。这样的湛蓝让我想起那天的拉克河，想起那天人们举着火把，想起他们的神色。

我有些恍惚，喃喃道：“妈妈，妈妈。”

我觉得自己应该去死，就这么死去。然后就在那一秒，我又获得了新生。

我看见了她。

她站在那里，手上拿着一篮水果，皱眉看我。她有着黑色的长发，眼睛像溪水里的石头一样清澈闪烁。

我走向她，看到她篮子里的李子。

我有种奇妙的悸动感。

“可以给我一个李子吗？”我问她。

她张开手掌，我突然想起曼宁的手，他牢牢把我母亲摁在水里。

“我，不是，我……”

之前见过的牛群正晃晃悠悠地穿过我们。我闭上眼，我妈妈在空中高高飞起的景象又一次浮现。我睁开眼睛，卖水果的小姑娘正皱着眉，不解地看着我。

我晃晃脑袋，眼前还是这条街。

她关切道：“你要好好照顾自己呀。”

这是她对我说的第一句话。

你要好好照顾自己呀。

但是我做不到。

我突然明白为什么我妈妈在听到我父亲死讯的时候，力竭靠在墙壁上。那种突如其来的悲痛将我劈裂。

所有的事情一瞬间突然清晰，然后又一片黑暗。

然后下一秒，也可能是五分钟后。我有意识的时候，自己已经倒在地上，半边脸在水坑里，边上有很多李子，它们也沾满了泥土。还有些被行人踩进土里，一只狗在转来转去吃地上的水果。

我慢慢地想要站起来。

一群男孩站在一旁嘲笑我。

那个女孩蹲在地上，努力捡地上的李子。

“我很抱歉。”我说道。

我退开一步，捡起一个满是泥巴的李子。

“嘿！你！看看你干的好事！”她抓住我的肩膀，鼻子气得通红。

我觉得自己又快要晕倒了，于是觉得自己还是应该走远点，省得晕过去又给别人带来麻烦。

“别走！你别想就这么走了！”

她一把夺过我捡起来的李子，狠狠地把满是泥巴的李子砸在地上。

“这个篮子是我一周的工资！现在都被你弄坏了，而且我还得给夏普先生赔这些李子的钱！”

“夏普先生？”

“反正你现在得把我的损失赔给我。”

“可我没有钱。”

她气得涨红了脸，看起来对现在的状况手足无措。可能我的衣服虽然脏了，但看起来比周围大多数人的衣服好，所以她不太相信。衣服是以前的，我妈妈一直觉得，即使我们搬到英国乡下了，还是应该在我们的承受范围内买最好的衣服，尽量和以前保持一致。事后一想，也许就是因为这样，我们才显得和村里的人格格不入。也许这不是他们排斥我们的主要原因，但明显是原因之一。

“那就这个吧。”她指了指我背上的鲁特琴。

“什么？”

“把这个给我，当作是给我的补偿吧。”

“不行。”

她捡起一块石头：“好吧，那我就砸碎它，就像你砸了我的篮子一样。”

我举手求饶：“别！”

她看到我的恳切，想了想：“你连饭都吃不上了，还在乎一把琴？”

“这是我妈妈留给我的。”

她的神色缓了缓：“那你妈妈在哪儿呢？”

“她三天前去世了。”

她收回了手臂。她看起来十八九岁，穿着一条非常普通的白裙子，人们一般把这种样式的裙子称为长袍。她皮肤很白，脖子上挂着一条简单的红围巾作为装饰。她很白净，简直跟周围的环境有点格格不入。她脖子右边有两颗痣，一颗大一颗小，像是月亮和月亮边上的一颗小星星。她鼻子上有一小片雀斑。她的黑发被帽子盖住，披着的尾部散落开来。

她就是那种不笑的时候给人感觉非常严肃的人。她笑起来的时候扯动嘴角，但是为了努力扮作成熟，她又会飞快地敛起笑容。她很高，大概比我高四分之一个头。不过，假如我再“长大长高”的话，应该会超过她。

“去世了？”

“对。”

她点点头，死亡在这个时代无足轻重，只是一件随意的事情。“那你现在还有亲戚吗？”

“没了，我们家只剩我了。”

“那你住在哪里呢？”

“我还没找到住的地方呢。”

“你无家可归？”

我点点头，有点窘迫。

“你会弹琴吗？”她指着我背上的琴。

“我会。”

“好的，那你可以来跟我们一起住。”她拍拍手，果断地说。

“不，我不能。”

一个年轻的女孩站到她身边，她挎着一个相似的完好的篮子。不过她是卖樱桃的，我之前在街上见过。她看起来十一二岁的样子，她俩很像，一样的黑发白肤，应该是姐妹。她俩同时瞪着我。这时一个醉汉想拿她的樱桃，她飞快地躲开了。

“我们才不是施舍你，”姐姐说，“你跟我们一起住，直到你还完债为止。除了篮子，还有水果的钱！当然，住宿你也可以付钱的。”

妹妹死死盯着我，眼睛里好像在喷火。

姐姐说道：“这是格瑞丝。我叫露丝·克莱布鲁克。”

“呃，你们好。”

格瑞丝嫌弃地说：“姐，他说话听起来好奇怪，身上也很臭。”然后她问我：“你打哪儿来的？”

“萨福克郡。”我在心里飞快地补充道，还有法国。不过我知道自己不必全说出来。对他们来说，萨福克郡已经很远了。

我又觉得很晕了。

露丝过来扶着我。

“萨福克郡？你从那里走过来的吗？格瑞丝，过来帮我把他扶回家里去，对了，给他吃点樱桃，他真的走了很远呢！”

“谢谢。”我虚弱地小声道，我脚步虚浮，声音颤抖，只好再说了一句，“谢谢。”

这就是我第二段人生的开始。

[伦敦，现在]

－

可能在小雨中，我靠着墙站了太久。这种喧闹的城市，不允许你在这里发呆，也不会仁慈到给你片刻不被打扰的宁静。

我没看到有人接近我。我出神了，一直在想露丝，在想我们的初遇。直到亚伯拉罕叫起来，我才看到面前有人。

五个男孩，或者说男人，总之介于两者之间。他们停下来看我，充满好奇地观察我。某个身材很好的高个头朝我走过来。他身后另一个人说："别这样！已经很晚了，我们还是走吧！"

但是那个大块头充耳不闻。他拿出一把小刀，刀锋在路灯下闪着明晃晃的光。他想从我脸上看到恐惧的神色，但是我没有。当你经历过一切的时候，这点小插曲也就不算什么了。

亚伯拉罕狂吠，亮出它的尖牙。

"管好你的狗，不然你们俩要一起倒霉！把手机和钱包交出来，我们就放你走。"

"你不想这么做的。"

他还是个男孩，我突然意识到，虽然他块头很大。他摇头："闭嘴！手机、钱包，通通交出来！"他环顾四周，有车开过但是没有停留。我看向这群人中最小的那个男孩，他半张脸都藏在兜帽下。他有点怕，眼睛睁得大大的。因为紧张，他踱来踱去，不住地把手机掏出来放进去。今天上课的时候，他就坐在下面——我的学生安东。

"别管他了。"安东开口，语气弱弱的，我的心因为他的话慢了半拍，"西蒙，我们走吧。"

我感觉时间是利器，漫长的等待让人变得软弱。随着时间的流逝，好像他们手上拿着的刀也不算什么了。

“都是小事。”我看着刀，说道。

“什么？”

“随着时间流逝，世界上我们所在乎的一切都会变得无足轻重，电脑、手机、刀、灵魂。”

“闭嘴！给老子闭嘴！”

“苹果公司过去是个巨头，现在你也看到了，也不过逐渐流于平庸。”

“你在说什么啊？闭上你的嘴！”

“你杀过人吗？”

“手机、钱包！不然我割破你的喉咙！”

我真诚地看着他：“我杀过。那种感觉非常糟糕，你不会想体会的。当你杀死一个人，他的死好像会影响你，让你变成一具行尸走肉，简直让人发疯。从此你就背负着这种感觉，再也无法摆脱。”

“闭嘴！”

我的眼睛死死盯着他。一场世纪的角力。

亚伯拉罕又开始叫，叫声越来越响了。

“它有狼的血统，保护欲很强。如果你杀了我，最好能确定你们能治得住它。”

那个男孩被我吓住了，他的刀开始颤抖。他不知所措，不自觉地把刀移开了一点。

“妈的！”他说完之后，就扭头快步走掉了，其他几个男孩跟着他。安东偷偷回眼看我，我报之以微笑，这让他更迷惑了。我想他是在好奇，我是如何在被别人抵着喉咙的情况下还能全身而退的。

[哈克尼区，伦敦旁，1599 年]

一

她俩并不住在鲍尔城，而是在更远的地方，哈克尼区里面，水井巷的一间小房子。那时候的哈克尼区，有一大片草莓地和很多果园。比起伦敦其他几个地方，这里的空气更加清新自然，不过和萨福克郡那种彻头彻尾的乡下也并不相同。原来，这里有一个剧院。不过露丝告诉我，在我来的前几个月就被拆掉了。当时英国最佳演员伯比奇还在这里表演过。

不知道是不是这里有过剧院的缘故，哈克尼区比爱德华石头镇更加开放和包容，这里不排斥外来者；除了一个叫亚当太太的老女人，她每次经过别人的时候都大喊着“傻子”或者“下地狱去吧”，还对别人吐口水。不过别人对她更多的也只是嘲笑。他们不惧怕也不厌恶外来者，而是以一个非常平等和普通的态度看待外乡人。

“她还朝我的苹果上吐口水，当时格瑞丝简直气得半死。”露丝第一次带我来这里的时候，对我介绍。

她们的屋子是用木头和石灰盖的，旁边有一堵低矮的石墙，这堵墙的名字倒是挺有志气，叫作石头长城。旁边的马厩，大概是叫“动物庄园”吧，我猜。

旁边还有一个谷仓，在果园旁边，被树木掩映着。更远些是一个用石头垒起来的水井。在 21 世纪，这番风景几乎可以算是田园风光，不过当时的我觉得还是很现代很先进的。

露丝和格瑞丝帮当地的一个果农卖时令水果，李子、樱桃、苹果、蓝莓等。赚来的钱要给夏普先生很大一部分，毕竟他是水果的供应商。据她们说，他是个“一毛不拔的铁公鸡”。

她们住的房子比我以前看到的屋子有更多的窗户，不仅跟我在法国看到的房子大相径庭，跟我在爱德华石头镇见过的屋子也有很大区别。

露丝板着脸，努力装作成熟地问我：“你叫什么？”

“汤姆。”我老实答道，然后又突然担心说真话会给我带来危险，于是我话到嘴边，转了个调，撒了个小谎，“汤姆 · 史密斯。”

“好，汤姆 · 史密斯，你多大了呢？”

我得小心给出这个答案。如果我说自己已经 18 岁了，估计她不会相信。但是把一切都和盘托出，又太危险了。我估摸着她应该觉得我十三四岁，于是先开口反问：“你多大了呀？”

她笑：“是我先问你的呀。”

“我 16 岁了。”

她没有对我的回答表示疑义，我不由得庆幸我长得够高够壮。她漫不经心地回我：“你的眼睛看起来可比 16 岁世故多了呢。”这让我感到了极大的宽慰，在爱德华石头镇，人们都对我……

“我 18 了，格瑞丝 10 岁。”她说道。

我觉得很好，我们之间的谈话自然得让我想流泪。那一瞬间我简直不想再掩盖自己的秘密，但我不能，不能承担可能带来的风险。她们最好还是对我一无所知。

她们和我一起吃饭，面包配着萝卜汤和樱桃。

露丝的笑容很暖：“你要是昨天来了就好了，我们昨天吃的是鸽子馅饼，格瑞丝特别会抓鸽子。”

格瑞丝比画了一下怎么用手抓住鸽子的脖子。

过了一会儿，一个无法回避的问题向我砸来。

露丝问道：“你为什么会来这里啊？”

“你请我来的啊。”

“我说的不是我家。你为什么自己一个人跑来伦敦？你是从哪里过来的呢？”

“萨福克郡，假如你去过那里你就知道了。那里的人都特别讨厌，一个个和猪一样，愚昧迷信。我们从法国搬来之后，就一直很不适应。”

“我们？”

“我和我妈妈。”

“你妈妈怎么了？”

我凝视着露丝：“我不想谈这个话题。”

格瑞丝注意到我紧紧握着汤勺的手，喊道：“他在发抖。”

“他就坐在这里，有什么话你可以直接对他说的。”露丝对格瑞丝说完，又看向我，“抱歉，我不是故意的。”

“假如因为吃了你的饭、睡了你的屋子，就一定要告诉你你想知道的所有事，那我宁愿睡在外面。”

露丝有点生气，奚落道：“那你何必跑来这里？睡外面，哈克尼区也可以啊！”

我放下勺子起身。

“喂！难道你在萨福克郡的时候都没人和你开过玩笑吗？”

“我跟你说过我来自法国，而且我现在也没有心情和你开玩笑。”

“你真是块又酸又臭的石头！顽固不化！”

格瑞丝夸张地嗅嗅空气：“而且他闻起来也是又酸又臭呢！”

露丝严肃地对我说：“坐下，汤姆！你根本没地方可以去，而且你还没还清欠我们的钱，在那之前你哪儿都不许去。”

我心里很乱很迷惑。经过三天的饥寒交迫、风餐露宿，我根本不该对这对好心收留我的姐妹发脾气，相反，我应该感激她们。可是我一闭上眼睛，又想起曼宁的手，一瞬间无心多想，感激的话又被我咽进了肚子里。

“在这个世界上，不是只有你一个人不幸。别摆出那副样子，比你还惨的人有的是！”

“对不起。”我诚恳道歉。

露丝点头：“算了，你太累了。今晚你就睡在男孩的房间吧。”

“男孩的房间？”

她告诉我，还有另外两个男孩住过那里，奈特和罗兰德，不过他们都死了。奈特12岁的时候因为伤寒死了，而罗兰德不到1岁的时候，就因为感冒离开了人世。他们的父母也死了，妈妈在生完罗兰德之后一个月时，因为产褥热（在那时候是一种很常见的病）去世了，也正因此得不到母乳喂养的罗兰德一直体弱多病。爸爸死于天花。露丝在陈述这些的时候，一直很平静，不过显然格瑞丝对提起这些还是有些害怕和恐慌的。

露丝最后不忘在我伤口上撒盐，总结道：“世界上很多人都活得很苦的。”

她带我走进那个房间，里面只有一扇小小的窗户，大概和1980年时候的那种电视机差不多大（1980年我住在圣保罗一家旅馆的时候，没事总爱看电视，每次看电视我都会想起这扇窗户）。房间摆设简单，很空旷，床上有毯子，底下垫的是干草，但是我实在太累了，即使把女王的天鹅绒床垫给我睡，我可能也没太多感慨。

我躺在床上，她帮我把鞋子脱掉，静静地看着我，带着母亲的严厉与柔和。然后她温声对我说：“睡吧，汤姆，一觉醒来，一切都会好起来的。”声音直达我的灵魂。

后来，我半夜惊叫着从床上弹起来了，窗外是一轮满月，我瑟瑟发抖，难以呼吸。恐惧一直埋在我的心底，从未远去。

露丝跑过来看我，抓住我的胳膊。格瑞丝站在她身后，睡眼惺忪。

“一切都会好起来的，汤姆。”

“不会的，不可能的。”我神经质地说。

“梦都是不可信的，尤其是噩梦，一般都是相反的。”

我没告诉她，我只是梦到过去发生的事情。我想逃避，想抗拒这段回忆。露丝把格瑞丝送回去睡觉之后，温柔地待在我旁边，她靠在我身上，亲吻我的嘴唇。其实只是轻轻地啄了一下，但是由于是嘴唇，就有了不一样的感觉。

“为什么亲我？”我问她。

我看见她的笑容在月光下发光，无关情欲，只是很平静很治愈。“让你除了噩梦，还有些别的东西可以想。”

“我之前，从来没见过像你这样的人。”我说道。

“这很好，假如有跟我一样的人，那我的人生过得还有什么意义呢？”

然后她的眼睛突然落下一滴泪。

“怎么了？”

“这里是奈特睡过的床。感觉很奇怪，这张床上再次躺着人，却不是他。好像他还在这里没有走，但其实他早已经离去了。”

我看到她眼里的伤痛，那一瞬间我突然觉得自己很自私：“其实我睡在哪里都行，睡地上也没关系的。”

她摇摇头，重新对我扬起微笑：“没关系，不用。”

早餐是黑麦面包和一杯啤酒，格瑞丝也喝啤酒。只有喝这个才是安全的，比水安全。这种情况下喝水就像是在和死神打赌。[1]

露丝对我说：“这间房子在我爸爸妈妈死去之后由我继承，所以你住在这里，必须听我的。首先，你必须先还清欠我们的钱。然

1　当时没有干净的饮水源，疾病横行。人们在能够负担的情况下，用啤酒来补充水分。

后住在这里，你一周付我们两个先令当房租。最后，你需要帮我们打水。”

只要你愿意让我住在这里。

这个情况对我来说，真的是非常好了，不能更好了。这间屋子干净整洁，桌子上摆着个花瓶，里面放着薰衣草，散发出香味。还有个壁炉，等天冷的时候可以烤火取暖。这里比我在爱德华石头镇的家还要大，我在这里有单独的房间，得到如同母亲一样的关怀和爱护。

尽管她们愿意让我留下来，我还是觉得很悲伤。

对接下来的生活我有预感：没有什么地方是可以常待的。

在那时，我还不知道未来会是什么样子，我对自己的情况一无所知，茫然无措。我不知道世界上是否有跟我情况相同的人，我以为自己会永远看起来这么小。可能你觉得永葆青春是件好事，但不是的，不会是的。我身体的异常，已经给我的母亲带来了不幸。我告诫自己不能对露丝和她的妹妹泄露丝毫，以免又给她们带来危险。但我这个年纪的青少年，通常发育得很快，到时候我又该如何遮掩呢？

“谢谢。”我告诉她。

“你在这里，对格瑞丝也是件好事。她一直很想自己的哥哥，我们都很怀念他们。不过假如你给我们带来什么麻烦，或者你做了什么坏事，或者你不肯给钱……”她恶狠狠地吞下一口樱桃，“那你可就要小心点了！”

“赶去睡大街？”

“还会往你身上扔狗屎。”格瑞丝喝完啤酒，插话道。

“不好意思，汤姆，格瑞丝有点没礼貌。”

我正儿八经地说道：“狗屎也还好，扔起来很有准头。”

“看来我们这间屋子是找不出一个文明人了。”露丝叹气。

“我又不是贵族老爷。”现在还不能告诉她们实话，其实我在法国袭爵，是个贵族。

露丝又是叹气。我一直记得她的叹息，里面没有悲伤，只有一种感觉：事情已经发生，那就是最好的结果。“好吧，今天又是新的一天。”

我很喜欢她们两个。她们叽叽喳喳，抚慰了我心中的悲痛，让我的世界重新鲜活起来。

我想待在这里，但我不想给她们带来危险。所以首先，她们不会对我的事情好奇，那就没问题了。

于是我撒了个小谎：“我的妈妈从马上摔下来，然后就去世了。”

“这可真是不幸！”格瑞丝说。

“对的，悲伤的故事。”露丝说。

“我有时会梦到这些。”

她点点头，她可能心里还有疑惑，但她选择转移话题。

“你今天最好休息一天，重整旗鼓。我们要去果园，你就待在家里，明天你就可以出去弹琴卖艺，然后赚钱给我们。”

“不，不，我会还清我的债务的。我今天就去挣钱。你的想法很对，我可以去街上拉琴。”

“什么街？”格瑞丝好奇地问。

“繁华的就可以。”

露丝摇头：“你得去伦敦，城南那边。”

她冲我指了指方向。

“人们看到一个拉鲁特琴的男孩，然后纷纷慷慨解囊。”

“你觉得这可能吗？”我不太相信。

“你看，太阳出来了，会有很多人出来逛，所以放宽心啦。”

阳光从窗户照进来，她的脸蒙上光晕，她的头发金光闪闪。这一刻，是这四天以来，我唯一得到宁静的一刻。

她妹妹提着篮子走进来，开门的那一刻，木头地板像金子一样闪着光。

“然后……”我好像想说些什么，露丝看过来，冲我微笑点头，我一瞬间又忘了自己到底要说什么。

[伦敦，现在]

凌晨3点。

我本来该躺在床上睡觉，还有四个小时，我就要起来去学校上班了。

但是我实在睡不着。我打开电脑，调到正在播放《探索》的纪录片频道，这期讲的是世界上最古老的生物圆蛤——“明”，已经570岁。

我坐在那里看着屏幕，其实这样对我的头痛没好处。但是我也很无奈，可能这就是一种对信天翁们的诅咒。这种病痛不是生理意义上的，只是由于漫长的时间中记忆太过纷杂，给人造成的精神压力过大，因此而感到头痛。

其实被那些孩子用刀指着并未让我很害怕，但是看到安东跟他们混在一起，我真的很担忧。

我浏览着BBC和《卫报》的官网。也许这时候活了439岁的好处就显现出来了，我很明白，历史不过是一种循环，人们永远不会从历史中得到教训。21世纪不过是20世纪所有糟糕面的延续，但我们又能做什么呢？人们都在渴望乌托邦，或许这就是一切灾祸的根源，因为每个人的利益出发点是不同的。人类对别人的同理心总是少得可怜，和平就像瓷器一样短暂易碎。

看完新闻，我又登录Twitter[1]。我没有注册账号，只是觉得浏览别人的观点很有趣。不同的人站在不同的角度，争论不休。同一件事，有人同情，有人愤怒，有人冷漠无视。而随着社交网络的发展，语言也变得越来越丰富。

我习惯性地开始在谷歌搜索栏里输入“玛丽恩 · 克莱布鲁克”和“玛丽恩 · 哈泽德”，不过依旧没有新发现。也对，假如她还活着，一定像我一样换了不少名字。

然后我登录Facebook，看到卡米拉发了一条状态。

“生活真是迷茫。”

就这六个字。我突然有些内疚，自己是不是对她过于无礼了。我想过正常人的生活，每次看到卡米拉，我这种想法都异常强烈。这种感觉来得很莫名，我会想到自己和她坐在长椅上，亚伯拉罕在旁边撒欢儿。我们坐在那里，什么都不做，只要静静待着就很美好。我已经有好几个世纪没有这样想过了。

不过我什么都不能做。我只是不由自主地给她点了个赞，然后评论道：确实（法语）。我刚评论完，又觉得很刺眼，有点想删掉。

不过我没删。我回到床上，亚伯拉罕已经睡着了，打着小呼噜。

很多年来，我一直觉得，痛苦的记忆比快乐的回忆多。这些年来，我好像在做数学题，吝啬投入感情，不管是友谊还是爱情。我活在信天翁的世界里，与世隔绝，不理世事。我觉得海德里希的想法是对的，我们最好不要让自己陷入爱情。

但是，现在，我觉得感情不是简单的加减法。为了保护自己以后不受伤，却让自己现在非常痛苦，这简直是个困境，比我的头痛

1　Twitter：国外的一个社交网站。

还要折磨人。

“生活真是迷茫。”

我觉得这句话说得很对，就这么想着想着，我逐渐进入了梦乡。

[伦敦，1599 年]

–

在那时的伦敦，岸边区就意味着自由。城墙之外，不再受到法律的约束，事实上也没有法律能够约束。这里三教九流无所不包，黑市、卖淫、逗熊[1]、街头表演、剧院，所有你能想到的娱乐项目及场所，这里都有。

这是一片自由的土地，不过我当时觉得自由的味道就是很臭。当然，当时伦敦卫生条件不行，到处都很臭，不过岸边区真的可以说是最臭的地方了。因为边上紧紧排着五家皮革厂，它们肆意排放污水。不过我后来了解到，除了皮革厂的污水，河里面还有人们的粪便。

我经过的时候觉得那个味道简直难以形容。动物的脂肪、骨头，加上化学原料，还有人们挤挤挨挨的汗味，真是个臭气熏天的世界。

我经过一个养熊的花园，我至今不知道为什么它会叫作“巴黎花园”。里面有只套着锁链的大黑熊，我觉得它是我看到过的最悲伤的动物了。它受伤了，坐在地上，却还在不停挣扎，想要反抗命运，逃出牢笼。这只熊在岸边区很有名，他们叫它“萨克森”。后来，我常常看到，这只粉眼睛的熊龇牙咧嘴，用爪子拍开扑上来咬它的狗。围观的人笑得残忍，有种狂热的兴奋。只有这时候这只熊才看起来鲜活着，它就这样一直抗争，直到自己死亡。我常常会想

1　逗熊：一种用狗去激怒和攻击被锁链捆绑的熊的娱乐活动。

起这只熊，不管受到怎样的折磨和痛苦，它从来没放弃斗争。

那是我第一次去岸边区，我跟着露丝，有点儿手足无措。我们当时离工厂已经很远，但我一直觉得自己闻到一股臭味儿。很多人在路上闲逛。有个穿着绿衣服的女人，皮肤粗糙，牙也很黑，她靠在一间石头房子的墙上，好奇地打量着我。那间石头房子的墙上有个红帽子的标志，我很怀疑那里是妓院。因为那里看起来特别繁华，人非常多。这里还有酒馆和客栈，外表看起来很新，但是客人来源就有待商榷了。

酒吧和妓院前面有一块空地、一小块草坪，不少人在那儿闲逛，我决定就站在这里。

我深吸一口气。

然后开始演奏。

音乐是最神圣和最纯洁的，演奏音乐当然也是。就连伊丽莎白女王也会一两种乐器。不过当众演奏，不管是在法国还是英国，都有点儿不够矜持。虽然我不算站在大街上，但是作为两个蓝血法国贵族的后代，沦落到在岸边区街头卖艺，确实有失体面。

但是我依然在弹琴。

我弹奏了不少我妈妈教我的法国歌，人们来来往往，偶尔看我一眼。慢慢地我越来越自信，开始弹奏英文歌，这下很快就有人为我驻足了，甚至还有人给我扔了一两枚硬币。我看到其他的人都是拿个帽子绕着围观的人走一圈求打赏，一直到今天街头艺人也还这么做。我没有帽子，所以我每唱完两首歌，就拿着我的左脚鞋子跳着围着人走一圈，这样效果还更好些。我的观众很杂，有船工，有小贩，有醉汉，有妓女和演员，还有街边阳台上和桥上的听众，他们很慷慨。围观的人很多，我发现闭上眼睛弹奏的时候，更有利于自己发挥。第一天结束后，我已经把我摔坏的水果钱给赚回来了。

一周后，我的钱就够买个新篮子了。

“汤姆·史密斯，你现在不用太着急啦！”露丝脸上挂着笑，嘴里嚼着我回家路上买的馅饼，“不过别忘了你还得付我们房租。”

“我们以后能天天吃肉饼吗？”格瑞丝两颊鼓鼓地嚼着馅饼问，“这比那些狗屁萝卜好吃多了。”

“格瑞丝，不许说脏话，萝卜很好。”

“我也不想吃萝卜啦，”我想着今天的收获，觉得很开心，“你见过女王和贵族吃萝卜吗？”

露丝眨眨眼：“我们又不是贵族，不过你说的话也有一定道理。”

对她俩来说，我只是萨福克郡来的汤姆·史密斯，借住在她们家里。我知道自己永远不可能找回自己的爵位，也不可能再住在豪华的大房子里，再也没有仆人了。我的父母已经死了，法国对我来说已是他乡，现在我只是伦敦的一个街头艺人。我一定要小心翼翼，省得惹祸上身。

到下个星期二的时候，我就已经赚回两周的房费了。从那刻起，她们就不再是我的债主了，我们更像是家人，我找到了久违的归属感。我不去想未来，不去想明天可能会有的那些烦恼。每次对着人群唱歌赚钱，或者看到露丝脸上扬起的明媚笑容，我就觉得很开心、很幸福。

格瑞丝想要学弹琴，所以有天晚上我开始教她。她的手指在琴弦上乱按，就像蜘蛛在房顶上乱爬。我只好纠正她的手指，放到正确的位置。

她想学《绿袖子》和《这个甜蜜快乐的五月》，这两首是她的最爱。我有点不知道该怎么教她《绿袖子》，这是一首名曲，但不适合小孩子。虽然我当时还不算很大，但我也依稀知道绿袖子会用来形容那些不检点的女人。因为女人经常在野外偷情，所以衣袖被染成了绿色。不过格瑞丝坚持要学，我觉得没必要做卫道士从而影响她的兴趣。她不是个好学生，没学会爬就想走路，总是过于心急，我俩艰难地磨合着。在盛夏夜我们一起在屋外练习，露丝就静静倚在窗户上看着我们，脸上满是笑意。

秋初的一天晚上，露丝走进我的房间。她的神情很疲惫，她看起来有点儿不一样，有一点儿迷惘，有一点儿沉默。

“怎么了？”

“都是些小事，不要紧的。”

我觉得她好像想和我说些什么，但她最终还是没有说出口。她坐在床边，问我能不能也教她弹琴，她可以给我降房租以作为报答。我同意了，不是因为钱，而是因为我喜欢她坐在我旁边。

她除了脖子上长了两颗痣，拇指和食指之间还长了一颗小痣。她的指尖染上了一点樱桃的颜色。我想握住她的手，真是个傻乎乎的念头！我觉得自己就像个小孩子。

“这真是一把很漂亮的琴，我从没见过，上面的装饰真是美极了。”她轻声道。

“是我妈妈的……朋友送给她的，你看过这里吗？”我指了指琴箱，弦下面的木板处，“这把琴是玫瑰木的。”

“这里面是空的啊。”

我失笑：“对啊，这样才有声音啊。”

我握着她的手拨弄琴弦，心头好像被什么东西飞快烫了一下。我碰到了她的手，我紧张地闭上眼睛，感觉有些胆怯。

“音乐和时间是相关的，”我对她说，“音乐可以控制时间。”

她若有所思：“我有时会想要停止时间，在快乐的时候，我会希望这一刻永远停下，教堂的钟声停在这一秒，我不用再去集市卖水果，天边的鸟也停止飞走。这些欢乐的瞬间，就是时间给我们的馈赠。我们就是自己的弦，弹着属于我们的乐章，对吗？”

也许她最后一句话是对的：我们是弦。但只能任岁月拨奏。

露丝很擅长摘水果，她简直是个哲学家。我觉得她是我认识的最聪明的人（不过我后来又结识了莎士比亚，此为后话，按下不表）。她对我说话时，让我感受到平等和被尊重，我很喜欢这种感觉。当我和她在一起的时候，我感到很平静，其他的一切事情就都不用挂怀了。她是天平，我只要看到她就觉得平静，可能这就是我常常看着她发呆的原因。我的眼神会很紧张，人们一般不会这样看别人。我的每一个细胞都渴望她，我从各种意义上都需要她。人类渴求的往往是他本身所缺失的，我觉得这句话很对。我妈妈沉入水里那一刻，我的心也仿佛陷入空旷虚无的寂静之处，不断地下坠。只有看到露丝，我才重新感受到自己活着，脚踏实地，重新感受到存在的意义，重新获得平静。

“汤姆，我希望你留下来。”

“留下来？”

“对，留在这里。”

“嗯！”

“我不想你离开，格瑞丝喜欢你在这里，我也是，我也一样。你的存在让我俩都很安心。以前这间屋子我老是觉得太大了，你来了之后，我就觉得刚刚好。”

“好，我也喜欢待在这里。”

“太好了。”

“但是有一天我不得不离开。”

“为什么呢？”

那一刻我想告诉她，我身上的情况是多么奇怪和不可思议。我不能像其他人一样变老。我想告诉她，因为我，我妈妈被当成女巫，被人活活淹死；我想告诉她威廉·曼宁；我想告诉她失去最爱的人，是怎样一种心碎的滋味；我想告诉她我被当成异端，甚至连我都搞不懂自己究竟是什么情况，我的每一个笑容，都深藏着对未来的担忧；我想告诉她，我的名字叫艾蒂安，我的家族姓氏是哈泽德，不是史密斯；我想告诉她，我母亲去世后，她是唯一走进我心里，也帮我走出阴影的人。我的这些想法像肥皂泡一样在我心里膨胀，愈演愈烈，然后消失不见。

“我不能说。”

“好吧，你很神秘呀！”

我们之间一阵沉默。

屋子外有鸟叫声。

“汤姆，有人亲过你吗？”

我马上想起第一天晚上，她给我的那个安慰的轻啄。她好像一瞬间看透了我的心思，补充道：“一个真正的吻。”

我尴尬的沉默是最好的回答。

她说：“亲吻，就像音乐一样可以停止时间。我原来恋爱过，他在果园工作。某个夏天，我们接吻了，然后做了新婚该做的事，但是我对他一直没感觉。人们说，如果你对某个人有感觉，一个简单的吻会让你觉得一切都停止了。你觉得真的有这种事吗？”

她把鲁特琴放在一边，亲吻我。我闭上眼，感觉世界一片寂静，万事万物都消失不见，只余她的身影。她是天空，是大海，是星辰。时间变成一小块碎片，爱的种子悄悄埋下，但还来不及发芽，这个吻就结束了。她的发丝在我的脸颊拂过，安静的世界突然重新嘈杂，一切又归位了。

[伦敦，现在]

我在给九年级的学生上课，非常疲倦。凌晨三点才睡觉的后遗症着实不轻。窗外有彩虹闪耀。上节课说完了移民，这节课准备讲都铎王朝后期的历史，主要是伊丽莎白女王时期。

“有人知道英国伊丽莎白女王时代吗？”我问，“那个时代的人有什么共同特点吗？”我心里暗自琢磨自己下次应该试一下找个小岛放松，比如撒丁岛，或者马略卡岛的树林也不错。在印度尼西亚找个海滩，或者马尔代夫的某个小岛上。

一个女孩举手：“他们现在都死了。”

“谢谢劳伦。还有别人吗？”

“他们用不了 Snapchat[1]。”

“霓娜，你说得也很对。”

“冒险家法兰西斯[2]什么的！”

我点点头：“对，法兰西斯 · 德瑞克。那你们觉得谁能代表当时的那个时代呢？”

很多年、很多年、很多年来，我听别人抱怨他们觉得自己老了。我现在觉得有了好办法，当老师，让自己的心永远保持年轻。

然后我看见一个让我有点惊讶的人。

“安东，你知道伊丽莎白时期的名人吗？”

安东很害怕、很内疚，胆怯地看着我：“莎士比亚。”他的声音微不可闻。

“对，那是莎士比亚的时代！那你知道莎士比亚吗，安东？”

---

1 Snapchat：一款由斯坦福大学两位学生开发的照片分享应用程序。

2 法兰西斯 · 德瑞克：英国探险家、著名海盗，据知他是第二位在麦哲伦之后完成环球航海的探险家。

劳伦快人快语："老师，他死了！"

"对，但老师希望有人能给我们介绍一下他。"

"好的，老师。"

安东的语气逐渐平静下来，他说道："《罗密欧与朱丽叶》，还有我们在课本中学过的十四行诗。"

我看着他的眼睛，直到他羞愧地低下头："那你觉得他是个什么样的人？你觉得他的生活是怎样的？"

安东答不出来。

"首先我想说的就是，莎士比亚首先是个人，普通人、男人。他真实存在着，跟你我一样。他不仅是个作家，还是个商人、社交达人、制片人。他和我们一样，会走在下雨的街头，会喝酒会吃饭。他戴耳环，抽烟，吃喝拉撒睡。他也是有一双手、两条腿，对了，他还有口臭。"

"但是，"劳伦卷着手指问道，"你怎么知道他有口臭呢，老师？"

我想组织语言，让我的话既有说服力又不至于泄露太多。不过我很快就放弃了，用当时整个社会没有牙膏来搪塞他们，然后继续讲课。

[伦敦，1599 年]

–

我在街头弹鲁特琴，从夏天到秋天。我每天都工作到很晚，直到他们不得不关城墙门才走，然后走很远的路回家，差不多得花一小时在路上。

变天了，人流逐渐减少。我跑遍了几乎所有的酒馆，想要找一份工作，但是无果。做酒馆的常驻表演者比街头艺人要好得多，但是我不怎么受欢迎，因为已经有个乐队跟这些酒馆长期合作了。

听说我在找工作，这个乐队有个小提琴手上门来找我了。他有着乱七八糟的大胡子，天刚黑的时候，我们在墙上有个红帽子的石头房子（妓院）门口碰到了。

他一把揪起我，把我推到墙边上。

爱莎叫道："快放开他！"她是个红头发的好心肠妓女，我们常常说话，是好朋友。

"闭嘴，臭婊子。"然后他扭脸对着我。我发现他牙齿很烂，像乱七八糟的鹅卵石。我简直分不清那股臭味是他嘴巴里的还是旁边污水处理厂的。"抢生意的臭小子，你听好！你不能在这里任何一家酒馆驻唱，岸边区的任何一家都不行！小心你的脑袋，这里是我们的地盘，容不得你这种野小子出来撒野。"

我朝他脸上吐口水。

他一把抓起我的鲁特琴。

"放开我的琴！"

"嗬，我先砸了你的琴，然后毁了你的手！"

"还给我，你这个卑鄙的……"

爱莎也冲着他喊："沃斯坦，快把琴还给他！"

他把琴高高举起，想要朝墙上摔去。

这时候，从身后传来一个尖亮雄厚的声音。

"沃斯坦，住手！"

沃斯坦这才转头，看着背后刚出现的三个男人。

爱莎突然变得很兴奋："天哪！"她揪着裙子想要抚平上面的褶皱。这里好像瞬间变成了剧场，变成了舞台，让她竭力想展示出完美的一面。"是理查德三世来了。"

当然不是理查德三世，是理查德·伯比奇，他是我知道的最有名的演员。他外表很严肃，和我们现在流行的那种明星的帅不太一样。他的头发是褐色的，不太浓密；他的脸形棱角分明，也不太周正。不过他很特别，有一种21世纪人们缺乏、伊丽莎白时期特有的气质。这种气质很抽象很缥缈，但又的的确确存在着。

“晚上好，伯比奇先生。”沃斯坦放下琴，向他打招呼。

“我希望以后这种事情不要再发生了。”伯比奇先生对他说。

我注意到其他两个男人，一个身材很圆，胡子浓密，不过比沃斯坦看起来要整洁许多。他吸鼻子的样子非常夸张，我想他应该也是一个演员。他看起来有些喝醉了。

“你个浑蛋蠢货，还不快把鲁特琴还给这个男孩！”

还有另一个，英俊瘦削，嘴巴很小，头发束起来扎在后面。他的眼睛很柔和，像猫。他穿的衣服跟另外两个人很像，不过我觉得可能颜色是偏金色的，天色太暗了，我看不太清。他还戴着波西米亚风格的大大的耳环。他们应该都是演员，看起来也很有钱。我想他俩跟伯比奇一样，都是宫内大臣剧团的一员。

“看这里，看看这些。地狱空空如也，魔鬼都爬到岸边区来了。”他们中那个比较英俊的男人，用一种苦涩的口吻感叹道。

爱莎告诉我：“这个人叫莎士比亚。”

莎士比亚轻轻颔首，向我们浅笑致意。

爱莎对那个胡子比较浓的人说：“我也知道你是谁，你是威尔，威尔·坎普。”

坎普矜持地点点头：“对，是我。”

“把我的鲁特琴还给我。”我又冲沃斯坦说了一句。这一次他知道自己大势已去，把琴乖乖给我，然后转身溜走了。

爱莎嘲讽地挥挥手，对他比小指：“告退吧，你这个恶心的虫子！”

那三个演员哈哈大笑，坎普说：“那我们过来是不是该对女王行礼了？”

莎士比亚皱眉，似乎是对他有点头痛：“够啦，你这个醉鬼。”

爱莎冲理查德·伯比奇悄悄咬耳朵，好像在对他们的帮忙表达感激之情。

莎士比亚走过来对我说：“沃斯坦这个人确实比较粗鲁讨厌。”

“是的，莎士比亚先生。”

他身上混合着花香、酒精和烟草的味道。“真是恶心他狐假虎威仗势欺人的样子。咦，小伙子，你弹得好吗？”

我还有点蒙蒙的，没反应过来：“弹得好？”

“我是说鲁特琴。”

“还不错吧，先生。”

他靠近我：“你多大了呢？”

“16 岁，先生。”年龄和我跟露丝说的一样。

“你看起来至少还要小两岁呢！不过也可能是大两岁，你脸上的气质很神秘。”

“我 16 岁了，先生。”

“没关系，没关系。”他脚步有点晃，撑在我身上。他们三个喝酒了，不过他很快就站直了。

“我们是宫内大臣剧团的人，现在正在找配乐的人。我最近写了一部新戏，名字叫《皆大欢喜》，正在找配乐的人。里面有不少曲子，鲁特琴手也是需要的。我们之前有琴手，但是他生病了。”

我看着莎士比亚，他的眼睛里有两团火焰，从附近燃烧的火把折射出来的。

坎普把伯比奇从爱莎的身边拉开，然后很直接地对我说：“明天上午你过来面试，环球剧院，11 点钟。”

莎士比亚没理他，对我说：“你现在就拉琴给我们听吧。”

"现在？"

"对，趁热打铁。"

爱莎开始唱一首我没听过的歌。

坎普好像有点儿同情我："这个可怜的小伙子现在还没缓过神来，吓得发抖呢。"

莎士比亚说："没关系，让这个男孩试一下。"

"我不知道自己该弹什么。"

"没关系，任何你想弹的都可以。无视我们，你自己想就好。"

他朝爱莎那边走过去。他们四双眼睛齐齐看着我。

于是我沉下心来，拉我最近演奏的一首曲子，我脑海里想着的人，是露丝。

每天，太阳给我希望
让我看到远方
给我勇气给我鼓励
她微笑，是我的春天，让我快乐
她皱眉，我悲伤的冬天就来临了

我停下来的时候，看见他们安静地看着我。

坎普大喊："啤酒！给我来杯酒！"

伯比奇说："这个男孩太棒了，当然，这首歌本身没什么营养。"

爱莎说："他唱得很好。"

莎士比亚一锤定音："琴弹得也很好，明天上午直接来环球剧院上班吧，11 点钟。一周十二先令的薪水。"

"谢谢您，莎士比亚先生。"

“十二先令一周？”露丝听到之后难以相信。那是第二天早晨了，我们上工之前出去打水。露丝惊讶得停下来，把水放下。我把我手上的东西也放地上了。这些水是从井里打上来的，只是用来清洁，不用来喝。打水的地方离我们有一千米远，我们刚好在路边休息。朝霞是橙红色的，非常好看。

“对，十二先令一周。”

“为莎士比亚先生工作？”

“对，宫内大臣剧团。”

“真是太棒了，汤姆！”

她像个姐姐一样抱住我，但她对我来说不仅仅是姐姐。

不过很快她又有点儿难过，重新拿起地上的水桶，我们继续往家赶。

“怎么啦？”

“我们以后可能就不能经常见到你了。”

“我每天晚上都一样会回来的，和以前一样的。”

“我又不是这个意思。”

“呃，那你是什么意思？”

“以后你的生活会很丰富多彩，你会遇到很多女孩，眼睛不会再放在一个卖水果的平凡女生身上了。”

“露丝，你不平凡。”

“但是你见过花园之后，就再也看不上墙缝里的小草了。”

“对，小草很平凡。但是你根本不是小草。”

“汤姆，我们留不住你的。你从法国到了萨福克郡，又到了伦敦，将来还会去别处，你不会安定下来。我吻你的时候，我就感觉到你害怕跟我安定下来。”

“露丝，假如我看起来有那种想要逃离的想法，那也一定不是因为你不够好。”

“那你会因为什么逃走？汤姆，因为什么呢？”

我没办法回答这个问题。

手上提着的水很重，不过我们快到家了。我们经过马厩，看到里面的马儿目不转睛地看着我们。露丝很沉默，我很内疚，因为我之前对我母亲的死说谎了。我需要告诉她我的真相，我必须这么做。

我们回到家，我看到有两个女人在街上，一个是亚当老太太，她在训斥辱骂另一个人。

露丝认识那个挨骂的人，她也在怀特查佩尔集市工作，她名叫玛丽·彼得。

她一直很安静，不多辩解，表情很悲伤。她可能 40 岁了，不过也不一定，我们不能靠外表来推断别人的年纪。她身上穿着一件寡妇的黑袍。

亚当老太太如狂风骤雨般把她喷了一顿。玛丽看起来有些愠怒，只是强忍着没有对老太太回嘴。好像是一只猫突然对眼前猎物失去了兴趣。

玛丽穿过水井巷，朝我们这边走过来。

看起来偶遇亚当老太太并且挨骂并没有怎么影响她的心情。我注意到露丝看到玛丽的时候神情变得紧绷，看起来有点紧张。

“早上好，玛丽太太。”

玛丽朝我们笑了笑，然后看着我说：“这就是你的汤姆吗？”

你的汤姆。

这个词让人有点尴尬，但感觉又是那么好。原来露丝和别人提起过我，在别人眼里我是她的。我突然有种踏实感，内心觉得十分满足。

“呃，对的，对的。”露丝脸红了，和天边的朝霞一样的颜色。

玛丽点点头，一副了然于胸的样子：“他今天不在，你和格瑞丝一定会很高兴听到这个消息。”

“是吗？”露丝看起来松了一口气。

“他发烧了，真希望得的是痘症，是吧？”

我有点困惑：“你们在说谁呢？”

玛丽耸肩，好像她什么都没说过的样子。

“威洛先生，”露丝说，“市场的督察员。”

玛丽走了：“待会儿见。”

“好的。”

然后我们回到家，我问露丝关于威洛先生的事情。

“没事啦，就是他有点儿严格，其他的就没了。”

这就是露丝对我说的全部，然后她开始对我说关于玛丽的事情。玛丽女士是好几年前来的，是一个非常注意隐私的人。她不喜欢谈起她的过去，所以人们一般不太清楚也不过多议论。

“她是个很善良的人，不过来源是个谜，就跟你一样，不过我还有很长时间慢慢熟悉你。等着你告诉我更多关于你的、我不知道的事情，小事也可以，一点点慢慢来。”

我心想，我曾经是个贵族，可以买下几座城市，但如果能和你生活在一起，我宁愿在水井巷住着小房子。我这么想着但没有说出口。

“昨天我看到泰晤士河那里有个船夫落水了，很多人在围观，我真希望你当时也能在，这样我们就能一起看热闹了。”我对她慢慢说着。

“我可不觉得这有什么有趣的，这很残忍。”

“放宽心啦，他还活着。”

她表情有点儿怀疑，有点儿严肃。然后我换了个话题。

“我喜欢你照顾格瑞丝的样子，喜欢你说起自己的样子，喜欢你工作的样子，喜欢你照顾家庭的样子，喜欢你失去过很多说起来又那么淡然的样子。你可以从细小处发现美，你让普普通通的小水坑都闪着好看的光。”

“水坑？”她笑了，“不好意思，你接着说。我还想听你夸我，你接着说。”

“我喜欢你思考的样子；我喜欢你不随波逐流，认真对待生活的样子。”

“我不是那些剧院的漂亮女孩，只是个摘水果、卖水果的，我很普通啦。”

“才不是，你是我见过的最不普通的人了。”

她的手握紧我：“我的衣服也很破很旧。”

“但是你的心灵美啊。”

“真的吗？”

“真的。”

我站得离她很近，迎着她的目光没有躲避。我没办法告诉她，我之前一直就在找一个像她这样的人，现在终于找到了。我不知道以后会发生什么，我只是一粒种子，随波逐流，没办法掌握自己的命运。

“走了，”她说，“收收你的傻笑，你快迟到了。”

我们亲吻，我闭上眼睛嗅她发间的香气。我觉得很怕，原来爱和恐惧一样，都牵扯着我们的情绪，让人觉得怅然。

[伦敦，现在]

–

我记得当时的感受，我因为爱情而目眩神迷，又隐隐怀着对未来的担心和恐惧。我记得她发间的香气，我想她。这时下课铃响了。

“大家安静，现在下课。”

我看到安东正准备出教室。

“安东，等一分钟。”

他看起来很害怕，他整节课都是这个表情。他刚掏出耳机想要放在耳朵上。

“你喜欢音乐吗？”

他对我的第一个问题有点疑惑，他可能觉得我会先问别的。他佯装镇定，但他的眼睛早已暴露了他紧张的内心。“对，我喜欢。”

“你会乐器吗？”

他点头：“我会弹钢琴，一点点。我更小一点的时候，我妈妈曾经教过我。”

“那你要小心了。音乐会给你很大的影响，里面包含的各种情感会让你脑中的化学反应发生变化。”

他看起来有点儿迷惑不解地看着我。

我循循善诱：“你妈知道你的那些朋友吗？”

他不好意思地否认了。

“因为你应该有更好的朋友。”

他掩饰不住，有些生气，他噘起嘴：“西蒙不是我的朋友，他是我认识的人的哥哥。”

“认识的人？学校里的同学，还是班上的人？”

他摇头：“以前的同学。”

我问：“以前？”

他解释：“以前是这里的同学，后来被开除了。”

我点点头，难怪。

一阵沉默。他鼓起勇气问：“你昨晚说的是真的吗？我是说杀人的那个事。”

“哦，对啊。在亚利桑那州的沙漠，很久之前了。悄悄告诉你，我现在一般不对人说。”

他笑起来。他不确定我是不是在开玩笑，不过不是。“你被抓住了吗？”

“没有，如果你是指那种的话，没有。不过等你年纪大了，你就会意识到，安东，你是逃脱不了自己的良心的。每个人的内心自有监狱。你做的每个选择，日后都会受到鞭笞和拷问。”

“好的，我知道了，老师。”

“你没办法选择自己在哪儿出生，你不能决定谁会离开你，你能做的决定很少。时代的车轮碾过，我们无法螳臂当车。但是每个人在做出自己的选择时，尚有腾挪的余地，你可以为自己做决定。”

“应该吧。”

“就是这样的。你现在做的错误决定，在随后的很多年都会环绕着你，就像 1919 年的《凡尔赛合约》，最后在 1933 年成了希特勒掌权的重要基础。现在每一刻的每个选择，都会在未来某个意想不到的时刻让我们付出代价。一个错误决定可能让你损失惨重。对现在的你来说，有些事你可能当时觉得没什么，但是不要怀有侥幸心理，终有一天会有后果的。”

“听起来好像是这样。”

“人们常常说道德观，不外乎如是。我们知道自己的对错。你要相信自己的三观，安东。会有人带你走向错误的方向，让你误入歧途，你不要相信别人，甚至不要相信我。就像是汽车广告说的都是些什么呢？汽车导航精确，让你再也不用走错路。但你自己要知道什么是对错，这才是再也不用走错路的唯一办法。”

他点点头，我自觉已经说得非常诚恳，没有什么想再说的了。他可能是累了，也可能是害怕，想尽快离开教室。

“好的，老师，你说得真的很对。”

“好。”

其实我本没必要对一个蜉蝣说这么多，好像我真的很关心他们一样。海德里希常常对我说，对这些普通人投入过多关注非常危险，因为我们“更加高贵，不需要和他们一般见识”。虽然海德里希自认为高贵，但我自己觉得并非如此。和他开诚布公说这一番话，我觉得自己又像个人了。整整四百年了，我感觉自己又活过来了一次。

于是我和颜悦色地说：“安东，你喜欢学习吗？”

他摊手：“有时候还行，有时候觉得完全无感。”

“无感？”

“对，什么三角函数还有莎士比亚，都是些什么呀！”

“好吧，莎士比亚，《亨利四世》。”

“我看了第一幕。”

“对，是有很多幕，那你不喜欢这个吗？”

他不屑：“我们去看是因为学校办活动的时候要求的，真的特别无聊。”

“你不喜欢剧院吗？”

“唉，那些都是给上了年纪的有钱人看的啦。”

“以前不是的，以前每个人都看戏。在过去的伦敦，剧院是最受欢迎的地方。所有人都去那里，不光是绅士名流，只是这些人会更习惯在专门的雅座。入场可能只需要一块钱或者更少，一块面包就能进去。剧院里面以前还有人表演决斗，有时用刀剑。假如观众不喜欢表演，就会往舞台上扔东西，牡蛎壳、苹果，什么都扔。莎士比亚以前也上台表演，威廉·莎士比亚，就是学校海报上的名人，他就曾经在舞台上表演，都不是很久之前，离我们不到几百年吧。安东，历史无处不在，只要你有心，生活中到处都是知识。”

他笑容浅浅的，是那种学生面对老师时的乖觉：“您说的好像之前在这里看过莎士比亚演戏似的！”

我说：“我看过啊。”

“老师，您说什么？”

我露出微笑。这种感觉很微妙、很爽，简直想让人说出真相，看他惊掉下巴的样子。

“我认识莎士比亚啊。”

然后他笑了，觉得我在开玩笑。

“好的，哈泽德老师，明天见。”

明天，我一直很讨厌这个词，不过现在这种感觉好像稍稍淡了一些。

“明天见。”

[伦敦，1599 年]

–

我坐在舞台乐队的上面，我的旁边是一个年纪大的、傲慢干瘦的男人，他叫克里斯托弗，他演奏的是维金纳琴（小键琴）。事实上他应该不到 50 岁，我说他年纪大，是因为他是宫内大臣剧团里面年纪最大的人。假如观众往乐队上方看的话，我们的位置其实很显眼，不过是在灯光照不到的阴影位置。我觉得这样我很有安全感。即使不是在表演的时候，克里斯托弗也很少跟我说话。

我还记得有一次跟他的一段对话。

“你不是伦敦人，对吧？”他有点儿鄙视地问我。不是伦敦，别的地方就是乡下，乡下就是落后的不繁华的，只有伦敦生机勃勃一直在发展。

“对，我是法国人。我妈妈逃难过来的，因为宗教的关系。”

“天主教徒？”

“对的。”

“那你妈现在在哪儿呢？”

“她去世了。”

他对我的回答没有丝毫的同情或者好奇，只是故作姿态地看着我：“你弹琴看起来就像外国人，不像是伦敦本地的。”

我看着自己的手：“是吗？”

“对的，你扫弦比拨弦多，这样会有一些不必要的噪声。”

“对，但是莎士比亚先生很喜欢这种杂音呢。”

“从你的年纪来看，你的技巧算是不错的，甚至可以说是很难得。但是你不会一直年轻，没人会一直年轻。除非是传说中的那个东边郡里面的男孩。”

但我就是那个男孩。

我突然意识到，即使伦敦是一个很大的城市，我仍然要小心守护自己的秘密。

“他有个女巫母亲，人们杀了那个女巫。”

我的心开始不受控制地狂跳，我竭力想让自己冷静下来。

我反驳道：“但她已经被淹死了，她被证明是清白的！”

他怀疑地看着我：“我没提过淹死。”

“我只是假设，他们杀女巫的话一般不都是用这些方式行刑的吗？”

他的眼睛眯起：“你对这件事看起来很感兴趣啊，你的手指在发抖。说实话我自己都不知道这些细节，是霍告诉我这件事的。”

霍是我俩前面的长笛手，他之前一直装作没听到我们的对话。他俩之间应该也不熟，大概只是一起合作过几次演出。

“那个小孩不会长大，”霍的脸色苍白，嘴巴小小的，慢悠悠地对我们说，“那个女人用了巫术，杀了一个男人，好让自己儿子永远年轻。”

我不知道自己该说什么。

克里斯托弗还想观察我，不过随着后面的一阵脚步声，莎士比亚到了。

“我能加入你们的对话吗？”

莎士比亚抽着雪茄，把烟灰弹进手上的牡蛎壳里，小心翼翼地不弄脏自己的戏服。说这话的时候，他眼睛看着克里斯托弗。

克里斯托弗回答道：“当然可以。”

“好的，我想你会让小汤姆过得像在家一样轻松舒服的。”

“当然，小汤姆一直也还挺适应的。”

莎士比亚扔了牡蛎壳，冲我们笑着说：“那好极了。”

我可以看到克里斯托弗把满腔话咽进肚子里。这一刻感觉真的很好，我站起身，回到舞台，霍也回去了。我坐下之后，忍不住向我的雇主感激道谢：“谢谢您，莎士比亚先生。”

他摇头，无所谓的样子：“我又不是做慈善的，没必要道谢。现在所有人都给我打起精神来，今天有大人物要过来。”

我的位置视野很好，可以把观众看得很清楚。晴朗的下午，几千个人坐在位置上，这种剧院比今天的剧院能容纳更多的人。席地而坐的区域，观众挤挤挨挨，时有口角和矛盾。差不多三便士，就可以坐到上等座位。上面的看台上，不少衣冠楚楚的名流坐在那里观看。不过我发现那种贵宾区的人素质也不见得就比底下的人好到哪里去。

总的来说，就是这里三教九流什么人都有。小偷和贼、捣乱的闲汉，还有面容苍白的女人，戴着人造的黑牙，模仿上流社会女人们因为过度吃糖患上的龋齿。（我记得很清楚，当时很流行这个，就和现在我们流行将牙齿美白抛光一样。）

我们的节目让观众席的氛围快活了起来。我特别喜欢一首《树荫之下》，一个棕发的表演者唱的，我不记得他的名字了。这首诗歌是戏里的一个法国贵族被他的父亲驱逐流放之后所吟唱的。

谁愿与我高卧
唱着愉快的曲子
与鸟儿甜美的歌应和
归来吧，归来吧
这里的生活
没有仇恨
只有冬季和偶尔糟糕的天气

在我的印象中，我小时候常常会去法国北部那边阿登高地的树林游玩。我们坐在大树下野餐，她为我唱歌，然后我会看到树影摇曳，种子落下。那是个静谧和谐的世界，同岸边区完全不同，岸边区只有啤酒、死鱼和尿臭味。台上的这幕戏，还让我想起一些别的，我和戏里的主人公一样，也是被驱赶、被放逐、被迫改换身份流亡到别处，然后遇到了自己所爱的人。

这是个喜剧，但我觉得很烦躁。

我觉得戏里有个人物让我不爽，他基本在里面毫无用处，是个随公爵一起被流放到森林里的大臣。我已经看了八十四次这出戏了，但我还是想不出他在情节里究竟有什么作用。他只是走来走去，在一堆乐观的年轻人中间，故作睿智地给他们泼冷水。这个角色是莎士比亚自己演的。每次他开口说台词，我就觉得其中渗出的寒意直浸入我的骨子里，好像预示着我的未来。

整个世界是个舞台

所有男男女女不外是演员

各有登场和退场

一生扮演着那么些角色

莎士比亚是个奇怪的演员。他很安静，我不是说他念台词的声音小，而是他的行为和存在感在台上不强。而伯比奇和坎普却常常大出风头，成为焦点。他在舞台上给人的感觉，真的是和他本人很不一样。尤其是他在悲伤时，也是静默的、克制的，仿佛世界之于他，不过是无关紧要的身外之物。

周四的一天，我回到家，发现格瑞丝在哭，露丝抱着她，在安慰她。原来是威洛先生把她俩卖水果的地盘给他的姘头了。他原来还想借此得到露丝的身体，但在被拒绝之后恼羞成怒，对露丝和格瑞丝恶言相向。

“没事，都会好起来的。我们还可以在市场上卖东西，换个地方就好了。”露丝安慰地说道。

我觉得很愤怒，胸中藏着一把火。第二天，在去剧院之前，我找到威洛先生。我做了件蠢事，我打了他，还把他推进了卖辣椒的香料店里。他在一堆香料和粉尘中摔倒了。

这下格瑞丝和露丝彻底被赶出市场了。而且我们知道，他之所以没有进一步赶尽杀绝，是因为他心里还有龌龊的念头罢了。

露丝对我的头脑发热很生气，但在我看来，即使我什么都不做，她也没办法继续在那个市场待着。

这是我们第一次吵架，我记得当时我们争执得多么激烈，她忧心忡忡不知该怎么对夏普先生解释。

“汤姆，假如我们光摘水果工钱是很低的，我们把水果卖出去才有提成。现在我们去哪儿卖水果呢？”

“我会想办法的，是我搞砸的这件事，我会想办法的，露丝，相信我。”

于是我就去找莎士比亚，想问他能不能让露丝和格瑞丝在剧院里卖水果。他表演结束之后，走去女王酒馆。路上有个男人认出了他，想和他搭话，但是他没有理。

我一路跟着他，他们认得我是剧院的人，一路畅通无阻。我找到莎士比亚，他独自待在一个安静的角落。

我正愁不知道怎么和他搭话，只见他招手喊我过去。

“嘿，小汤姆，来这边！”

我过去坐在他对面，我俩中间有个小桌子。旁边还有一桌人在下国际象棋。

“日安，莎士比亚先生。”

一个酒馆女服务生在清理桌子，莎士比亚冲她招手：“给我朋友点一杯麦芽酒。”

她点点头，然后莎士比亚开始问我：“你来自法国是吗？你可能会更喜欢小麦做的啤酒。”

“没有啊，我更喜欢麦芽酒。”

“那你聪明极了，汤姆，这里有全伦敦最好的麦芽酒啦。”

他喝了一口，享受地闭上眼睛。“麦芽是很难得的，”他说，“这个酒一周左右就会变得很酸，啤酒的保质期倒是很长时间。人们说，啤酒花的酿造时间是很讲究的，麦芽酒就更是了。人生也是这样，过犹不及。我爸爸以前也很喜欢麦芽酒，他教了我不少。”

麦芽酒上来了，很甜。莎士比亚熟练地塞完烟草，点亮烟斗。剧院里的人压力很大，钱又来得容易，所以他很爱抽烟（时谚说“烟草可以治愈一切病痛”），他说烟还能给他带来不少写作灵感。

“你在构思新的剧本吗？”我问他，“我现在该不会打扰你创作了吧？”

他点头：“我确实在想，不过你没有打扰我。”

“呃，好的，好吧。”（我觉得世界上没人能比莎士比亚更让你噎得说不出话来。）

“主人公应该是尤利乌斯·恺撒。”

“是关于恺撒大帝的故事吗？”

“不是。”

“这样啊。”

他喝了一大口酒，又惬意地吐出一口烟圈：“我讨厌写作，真的。”

“但你很擅长这个啊。”

“所以呢？我在这方面的天赋还不如麦芽酒来得有价值。一点儿用都没有。擅长写作，意味着你擅长抓耳挠腮揪掉自己的头发。这个天赋除了给你带来痛苦还有什么呢？看上去花团锦簇，其实就是狗屎一堆。上辈子做妓女，这辈子写书，我真是烦透了。”

我可以感受到他今天的心情不太愉快。

“我写作，是因为我得保证剧院有戏演，让所有人有钱赚。钱是好东西，没钱人会发疯的。”他看着我，神情有点悲伤，“我还小的时候，就看见我爸爸的痛苦。我当时比你还小。他是个好人，他虽不识字，但很会做生意。他喝麦芽酒，卖手套，买卖羊毛，还有些别的。他真的擅长经营。我们每次吃饭都很开心。后来他破产了，每天晚上带不回一分钱。他的妻子、七个孩子的生活的重担压在他身上。他后来一直活得畏畏缩缩，胆怯猥琐。所以我开始写作，我只是想摆脱那时候的现实。”他叹气，看看周围，问道，“那你呢，你爸爸是个什么样的人呢？”

“我不知道。我很小的时候他就死了。他在法国，在战场上死了。”

“是因为宗教吗？”

“对的。”

“所以你来了英国？”

我不想多谈我自己，但是莎士比亚好像对我很感兴趣。我想要他帮忙，所以不得不顺着他的话往下说。

“对，是这样的，我和我妈妈因此来了萨福克郡。”

“你喜欢英国这里的天气吗，汤姆？”

“我觉得还好，没什么大问题。”

“那这里的人呢？”

“他们活着自有他们活着的道理。”

他又喝了一口酒，吸了一口烟，然后探究地看着我：“你看起来很小，但是说话却老气横秋。这样很令人讨厌的，别人会觉得你在轻视他们。”

我有点紧张，那瞬间我担心他把我看穿了。我想起上次在乐团里别人谈起关于有个男孩“不会老”的事情。

“你知道‘女王大臣’吗？”他问。

“是那个剧团吗？”

“对的，那个剧团曾经来了个新人，亨利·海明斯。他之前在别的剧团待过。他简直得天独厚，一直保养得很好，几乎没怎么变老。然后每次观众对他厌倦了，他就会去别的剧团。但后来他去‘女王大臣’剧团，有了一些不好的流言。剧团里面有个演员和他认识，据说十年前他们在北部就是同事，然后他们打了一架。据说当时打得很凶，最后还变成了群殴。”他弹了弹烟灰，青烟袅袅，烟雾缭绕。

“你当时在场吗？”我问。

他摇摇头：“我不认识他，不过我还要谢谢他。”

“怎么了？”

他笑得有点疲惫和厌世：“他死了，然后‘女王大臣’剧团失去了他们重要的台柱子。我发现了他们的窘境，然后意识到我的机会来了。我说自己想加入他们，然后跟他们一起喝酒，混熟了，谈天说地。然后很幸运，我真的加入了他们，也是他们带我来了伦敦。”

“原来如此。”

他叹气：“对，这就是开始，虽然他的死跟我没什么关系，但我经常感受到他给我带来的阴影。现在即使我到了这个地位，也经常会感觉，我不该在这里，我所得到的都是侥幸，是不光彩的。亨利·海明斯没有犯错，他只是有一张不容易老的脸，就招来了别人的猜忌。他何罪之有？他只是有点与众不同。而正是他的无辜而死，给了我一个最初的机会。我觉得我是踩着别人的苦难开始这一切的。”

这一刻，他看上去很脆弱，然后他又闷了一大口酒，闭上眼睛深呼吸，又开始吞云吐雾，我也小口地喝了一些酒。

“这和你没什么关系的。”

“对，但我确实从中得利了，好像是吃了人血馒头。这个故事既不好笑，也不悲伤，就是平平淡淡，一如人生。”我不知道他此刻是不是把我看成了亨利·海明斯。我也不知道亨利·海明斯是不是和我一样，不知道是被眷顾还是被诅咒，身体一直停在一个年纪没有继续发育。我不知道莎士比亚有没有听说爱德华石头镇发生的事，有没有把我和萨福克郡那个不回来的男孩联系起来。不过我从他的语气里感到久违的善意。“所以，你来找我做什么呢，汤姆？”

我深吸一口气。

“我认识一对姐妹，格瑞丝和露丝。她们需要工作，很着急。她们之前是卖水果的。”

“我在卖水果这方面也没有门路呀。”

他摇摇头，对我想让他做什么感到有点疑惑。

“说点别的事吧，不然就回家吧。”

我想起露丝着急的脸，只好再次开口：“真的很对不起，先生，我欠那个女生一大笔人情债。她们之前在我一无所有的时候，收留过我。拜托您了，先生，您想想办法吧。”

莎士比亚又叹了一口气，我感到自己逾越了。我很紧张他接下来要说些什么。

“露丝是谁？你说起她的名字，语气真是温柔极了。”

“她是我的爱人。”

“哦，亲爱的，你是认真的吗？”

他指了指爱莎，她现在在酒馆里揽客，身边挽着个男人。他问我：“你说的是这种爱吗？”

“不是的，是另一种。”

莎士比亚点头，他的眼睛里面有水光，也许是雾气。“我会帮你说情的，你跟那两个小姑娘说，让她们来剧院卖水果吧。”

于是这事就这么成了。

天是那么蓝，一切都是那么轻松愉悦。即使我再听到莎士比亚在台上念台词，我也不担心了。我在此刻像一个演员，竭力完成自己的演出。不去想我的下一个角色会是什么，什么时候这幕戏会结束，当我不得不结束这一切离开露丝的时候又会意味着什么。

那天晚上，我告诉露丝和格瑞丝，莎士比亚先生特批她们可以在剧院里卖水果，她们开心极了。我回家的时候买了一大堆东西，我们庆祝了很久，吃肉饼，喝啤酒，一切都是那么开心。

我们讨论格瑞丝该怎么打扮才能看起来更成熟一点，然后她很耿直地无心中说出了事实：“我很快就会超过你的。”

然后她大笑，她真是喝了太多酒。其实她酒量不错，但是今天整整喝了四大杯。

不过露丝没有笑："说来也对，你好像都没怎么长过。"

"因为我一直很开心，所以老得慢啊，"我弱弱地解释，"不开心的人才容易长皱纹。"

我不敢说出真相，这是我和她们之间的鸿沟，即使再过十年我也不会长皱纹。

我常常在换幕的时候偷看露丝，然后她也看我。在人群中，我俩的目光交会，自有一股甜蜜，我俩有着小秘密。

日子一天天过去，观众越来越多也越来越闹腾。一天晚上，女王和她的随从也来了，不过现场很有秩序。以前每次结束的时候，都会有点小混乱。比如有一次，一个男人把另一个男人的耳朵给割破了。我很担心她俩安不安全，是否适应，不过她俩活得挺好的。现在她们卖水果的数量是以前的四倍。

一天下午，天空灰蒙蒙快要下雨的时候，麻烦来了。

当时一出戏正进行到一半，我在台上演奏，正有点犯困，突然看到一个长相猥琐、嘴角下垂的男人从椅子上起来，偷拿了格瑞丝的一个苹果，还不肯给她钱。他赖账想赶走她，但是格瑞丝很坚持，一直站在旁边让他付钱。我听不见她在说啥，但我能想象她的话。然后又一个男的站起来了，格瑞丝有麻烦了。他头发灰白，黄牙，看起来很凶，把格瑞丝推倒在地。她的水果也撒了一地，这让我想起第一次见面的时候，我也弄撒过她们的李子。不少人去捡地上掉的苹果。

格瑞丝爬起来，第一个偷格瑞丝苹果的人揪着她表情狰狞，大声斥责些什么。

这时候我停下我的演奏了。

旁边的霍还在继续吹他的长笛，他用脚轻轻踢了我一下来提醒我。底下的演员也还在继续表演。我听到克里斯托弗在我后面叹气，对我的举动不满。我只好继续开始弹鲁特琴，然后我看到露丝跑过去，她一直照看着妹妹这边的情况。她跑到格瑞丝旁边，想帮她，但那个小偷一下子把露丝也抓住了，还把手伸进她的裙子里。露丝打了他一巴掌，他扯露丝的头发。我看到她惊慌失措，格瑞丝也在拼命用拳头打他，他的鼻子这时候流血了。我不知道后面怎么了，因为我这时马上沿着阳台的栏杆爬上去然后跳到了舞台上，鲁特琴被我当成了趁手的武器。

我落在舞台上，跟莎士比亚擦肩而过，然后从舞台上跳下去，朝露丝和格瑞丝的方向跑过去。

我推开人群，踩过地上乱七八糟的杂物。我身后，舞台上还在继续表演，但我觉得即使最后排的观众都能听到台上人的惊呼。阳台上的人也在咒骂着我，把他们桌上的食物朝我这边丢。

露丝这时已经脱困了，她挣脱了那个猥琐老男人，想要去帮格瑞丝，格瑞丝这时还被人掐着脖子。

我赶到了，我和她一起救出了格瑞丝。

我牵着她俩的手想走："我们现在必须马上离开。"

不过现在麻烦更大了。

贵宾区有个观众堵在我们离开的路上。我之前没看见他，但好像在我制造那场混乱的时候，他就认出了我。

他站得笔直，强壮结实，比之前穿得更好了。他稀疏的头发在头皮上梳成一缕一缕的，宽厚的手掌交叠放在身前。

是曼宁。他居高临下地看着我："我没看错，你来伦敦了。想起我们上次见面是在多久以前，恍如昨天呢。你真是依然一点儿都没有变，和以前一样呢，不是吗？"

其实他说得对。

我不确定克里斯托弗是否怀疑过我。我也不知道露丝和格瑞丝遭遇的危险是不是有这个男人在暗中推波助澜。

“看起来你有了一些朋友呢。”

“没有。”好像我否认了就可以掩盖真相。

他怀疑地看了一眼露丝和格瑞丝：“没有？”

“他们不是我的朋友。”我回答道，我要让他离这对姐妹远远的，不能让他知道我们的关系，“今天之前，我还不认识她们两个呢。”

我给露丝使眼色，想让她先走，不过她没有走。

“哈哈，他还是这么爱撒谎，小姑娘，防着他点。他可没看上去那么简单。他可不是一般人，他是个怪物，是女巫的儿子。”

“我妈妈是无辜的，她是被你害死的！”

“谁知道呢。说不定她只是假死，说不定她现在换了副壳子还活在我们周围。”

他定定地看着露丝和格瑞丝，神情探究。我觉得待不下去了，我长久以来的噩梦成真了。我的存在会给身边的人带来危险和灾难，我的存在本身就是个诅咒。我们周围没人说话，人们对我们的交锋比对舞台的兴趣还要大。人群中，我还看到另一张熟悉的脸，我不知道他叫什么，但我记得他是个磨刀工。行刑的那天早上，他也在桥上。

他脸色苍白，很瘦，看起来不到20岁，腰带上一直挂着锃亮的小刀。

我想抓住他俩报复，不过只能想想，因为那样只会让我死得很快、很惨。

不过现在已经太迟了，比起我独自离开而留她们和曼宁待在这里，让曼宁知道我认识她们的危险更小些。

我拜托露丝：“我们必须离开。”

舞台上的演员还在敬业地表演：“我有一百五十种方式杀死你，

颤抖吧，恐惧吧，逃窜吧！”

不过很快表演就进行不下去了。曼宁抓住格瑞丝的头发，大吼大叫：“这个女孩，今年多少岁了？”

格瑞丝悬在空中，对他拳打脚踢。

“她20了？30了？说不定她已经60岁了吧！但她看起来还像个小孩子，巫术，不是吗？”

格瑞丝用力挣扎，用力捶他。

“放开我，你个浑蛋！浑蛋！”

情况不妙，周围的人好像被曼宁蛊惑了，已经准备联合起来对付我们了。我们被包围了。曼宁得到了不少人的支持，很快他说不定又要来一次审判女巫的把戏。都是因为我，露丝和格瑞丝才会遇到这种危险。现在，只有一个办法能够让我们摆脱这个困境了。

这时，莎士比亚从舞台上跳下来冲他大吼：“喂，把你的手从那个女孩身上放开！”

曼宁坚持：“我是威廉·曼宁，我是——”

莎士比亚打断他：“管你是谁，我们都不在乎，环球剧院也不在乎！放开这个女孩和她的朋友，假如你还要继续打扰我们的演出，请你出去！”

危机暂时解除了。这样的威胁足够了，观众花了钱可不是为了来看曼宁的闹剧的，虽然他们都挺想看热闹的。莎士比亚深谙群众的心理。

这时观众开始嘘威廉·曼宁，还有人朝他砸东西。他的脸色青一阵白一阵的，他只好松开格瑞丝。我们赶紧趁机离开了。最后，我转头看了眼舞台，莎士比亚已经回到了上面，他看到我的目光，然后他对观众说，剩下的表演是献给一个对他帮助良多的人——亨利·海明斯。我知道他这是想对我说的，告诫我。

我知道我再也不能回环球剧院了，也不能回岸边区了。

[哈克尼区，伦敦旁，1599 年]

–

流言。

流言疯传，而且这不会随着时间流逝而平息，只会愈演愈烈。

这种小道消息，人们窃窃私语，谣言四散，越传越离谱，就像苍蝇一样嗡嗡烦人。

比如，主妇们不出半天，就知道玛丽·彼得疑似离开了。露丝变得很难过，整整一天没说话。因为我的“暴脾气”，全城大街小巷的人都在谈论有个琴手在环球剧院演出时跳下舞台砸场子了。

“但当时你和格瑞丝有麻烦啊！”我辩解道。

“我们可以照顾好自己，我们一直都是这么做的。可现在，我们不得不回到集市上去……”

她话锋一转，我知道她想要知道什么。我早知道她迟早会问，曼宁是谁。

“我不认识他。”

“你撒谎。”

“反正我不能告诉你他是谁。”

“他说你妈妈是个女巫，这是什么意思？”

“他可能是弄错了，可能认错人了吧。”

她的绿眼睛看着我，有点生气：“汤姆·史密斯，你把我当傻子吗？”

我真的很抱歉。就连名字我都只告诉了她一半，我觉得很愧疚，所以我打算告诉她一些事情。

“原谅我，露丝，也许一切都是个错误。我不该来这里，我当时赚到钱就该走的。我不该放任我对你的感情，我也不该让你对我动心。”

“汤姆，你到底在说什么呀？你说话真是太奇怪了。”

“对，你说得对。我这个人就是个怪人，你永远也不会懂我，我自己都弄不懂我自己。”

我站起来，烦躁地踱步。格瑞丝在她的房间里睡着了，我压低声音，语气急促。

“你去找别人吧。露丝，看着我，你看看我，我对你来说太小了！”

“两岁而已，汤姆，这不是什么大问题。”

“但是我们之间差距会越来越大。”

她看起来很困惑：“怎么会呢？汤姆，你这是什么意思？为什么差距会越来越大？你在说什么胡话？”

“我现在跟你说也没有用，我不能再回剧院那边去工作了。”

“没有用？没有用？你这话真让我伤心，汤姆。”

我重重地呼吸，我想叹气，想说出真相，想让她再也不要为我流泪。我想让她讨厌我，我不能再爱她了。

“真的很对不起，我要辜负你了。”

“汤姆，跟我说说你的母亲，告诉我真相。”

她的眼睛让我没办法撒谎。

“他们因为我，杀了她。”

“什么？”

“露丝，我身上有些不一般的地方。”

“是什么？”

“我不会变老。”

“你在说什么呀？”

“看着我。时间会流逝，但不会在我的脸上留下痕迹。我爱你，我真的爱你，但是那有什么用呢？我就像个男孩，不停地追逐时间，但是它却离我越来越远。”

她听到我的答案，有些慌了，她只说：“我不会让你追逐我的。”

“可是，等你 50 岁的时候，我还是现在的模样。那我们最好还是分开，你离开，或者我离开。”

她吻我，她不想再听我说下去了。

她半信半疑，刚开始她觉得我在胡言乱语。但日子一天天过去，我依然没有任何变化，她开始意识到我说的都是真的。

这已经超出了她的理解范围，确实，确实让人难以理解。

我的情况。

[伦敦，现在]

–

我不知道安东到底有没有把我说的话听进去。我已经活了 439 年，太久了，看不出来现在这帮年轻小孩子心里到底在想什么。

时间已经不早了，等我去午休的时候，已经 12 点 20 分了，我闻到屋里有速溶咖啡和火腿的味道。我的头痛今天非常严重，还伴随着耳鸣。上次，西班牙内战（1936—1939）的时候，我离炮火太近了，几乎被震得失聪。

我再也没去超市买过饭，每天早上我自己做三明治。不过我现在不饿，所以我只是坐在那里闭目养神。

我睁开眼睛的时候看到了地理老师艾沙姆，他正给自己泡茶。

我也看到了卡米拉。

她在房间的另一边，正在打开她的沙拉盒，旁边还摆着一瓶苹果汁，底下垫着一本书。

达芬妮从公共的茶点区拿了一个小橘子，冲我笑笑，我感觉她的笑有点虚伪。她问我：“汤姆，怎么样，还顺利吗？”

我答道：“挺好的，我觉得还不错。”

她点头，假装不知道我说的是假话。“没事，会越来越好的，万事开头难嘛！”她笑起来，然后回自己办公室去了。

我对卡米拉的感觉很复杂。我觉得我俩上次说话的时候，我对她太粗鲁了。我注意到她从她口袋里拿了些什么东西出来，是一片药，她就着苹果汁吞了药。

我其实应该坐在位置上什么都不做。

海德里希应该会希望我这么做，身为信天翁社会的一员，这么做才是最妥当的。反正卡米拉应该不会再跟我说话了。

但我还是站起来，走到她那边去了。

“我想跟你说，我真的很抱歉。”

“怎么了？”她看起来毫无异色。

我坐下，以便说话的声音更小，不致引起别人的注意。数学老师——斯蒂芬妮——正吃着李子，皱着眉狐疑地看着我俩这边。

“我上次有点过分了，很不礼貌，不好意思。”

“没事，有时候情绪不好是会那样。我能理解的。”

“好吧，我真的不是故意的。”

“我俩说的可能不是一个意思，不过没关系，有时候做个刺猬会更好地保护自己。”

她漫不经心地回答我。我一时间感觉一拳打在棉花上，很是纠结。

我想和她解释些什么，但又没什么可以解释的。“我只是，我只是事情太多有些烦躁罢了。不过我的脸还是挺大众的，很多人会觉得我是他们的朋友，或者朋友的朋友，甚至还有人说我像哪个明星。”

她点点头，但不是很认同：“可能是吧，就这样吧。”

然后我注意到卡米拉用来垫沙拉的那本书，是一本小说。好像是我第一次在公园见到她时她读的那本小说。弗朗西斯·菲茨杰拉德的《夜色温柔》，很经典。封面还有一张作者的照片。

她注意到我的目光：“你看过这本书吗？觉得怎么样？”

我不知道该怎么说，关于这本书的记忆又决堤了。好像电脑被巨大的数据冲击而瞬间死机，又好像小船在惊涛中被水打翻。

我头痛欲裂。

“我、我，我没看过。”我的每一个字都像是硬挤出来的，我鬼使神差地说了一句，“逆流向上的小舟不停地倒退，进入过去。”

“小舟进入过去，你说的是《了不起的盖茨比》的结尾吗？”

我无法呼吸，我感到自己被拉扯着，一半坐在伦敦的办公室，一半在巴黎的酒吧里。中间相差了好几个世纪，不同的时间和空间，但我却诡异地感受到一种相同的感觉。

[巴黎，1928年]

我独自一人，从工作的酒店走路回家。在那里，有很多有钱的美国人或者欧洲人喜欢在饮茶或者喝鸡尾酒的时候，听人弹钢琴。我觉得孤独，我需要待在人群里面，好填满自己的内心，让自己看起来不再那么寂寞。所以在半路上，我转道去了一家热闹的酒吧，哈里的酒吧。我经常去那里。那里几乎每个人都是外地人，我喜欢那种人群的感觉。

我到了酒吧，随意找了个位置坐下，旁边坐着一对俊男美女。

那个男的看了我一眼，好像看出了我内心的孤独。

“喝一杯血腥玛丽吧。”他说。

“那是什么？”

“好东西，一种鸡尾酒，你会喜欢它的，”他扭头问身边的女生，“你说是吗，宝贝？”

那个女生看着我，她眼皮沉重，看起来有些晕乎。不知道她是醉了还是困了，或者二者皆有。他俩看起来都喝了不少。这时她点头认同他的话了："对，是战场上的好伙伴。"

"战场，什么战场？"我大声地问她。

"对抗无聊的战争啊，这可比真实的战争还要激烈。我们在生活中，简直是被敌人包围了。"

我点了一杯血腥玛丽。我有点惊讶地发现，比起酒，这更像番茄汁。那个男人紧紧盯着那个美女，目光很有侵略性，很难分辨其中几分真情几分逢场作戏。"你这样跟别的男人说话，我会吃醋的，宝贝。"

"哎，斯科特，你可真是让人无语，好好享受这个夜晚嘛。"

然后那个男人对我伸出手："我是斯科特·菲茨杰拉德，她是塞尔达。"

活了四百年有个好处就是，基本上你很少会再去追星了，但是突然间碰到你在看的书的作者，还是有点让人激动。

"我刚刚读完你的《了不起的盖茨比》，等你的《人间天堂》出版，我就准备马上去买回来拜读！"

他看起来一下子就沮丧了："那你觉得《了不起的盖茨比》这本书怎么样呢？每个人都更喜欢《人间天堂》，我的编辑品位也不怎么高，真遗憾啊。"

塞尔达一脸病恹恹的样子："你想的那个书封确实不好看，欧内斯特虽然大部分时候不靠谱，但这次可没错。一次对抗审美的战争。"

"亲爱的，不是什么东西都是战争的。"

他们旁若无人，你一言我一语。我不得不打断他们："其实我觉得很棒很特别了，那本书。"

塞尔达点头，她看起来有点孩子气。他俩都是，看起来像是偷穿了大人衣服的小孩，带着一种脆弱的、让人想要保护的纯真。

“我之前就想告诉他那本书不错，你可以跟他再多说几次。不过据我来看，估计也没什么用的。”塞尔达说。

听到我喜欢他的书，斯科特看起来很开心：“看我的书比看《先驱论坛报》强多了。来，喝酒干杯！”他给我一杯血腥玛丽。

塞尔达说：“这种酒是这里发明的呢。”

我喝了一口这种奇怪的饮料：“是吗？”

斯科特打断我俩：“来跟我们说说，你是做什么的呢？”

“弹钢琴的，在仙乐丝酒店。”

“巴黎仙乐丝酒店？”他问我，“旁边是不是还有个剧院？真是棒极了，你赢了！”

塞尔达喝了一口杜松子酒：“你害怕什么？”

斯科特有些歉意地笑：“她每次喝酒都会问这个问题，每一次。”

“害怕什么？”

“每个人都害怕某些东西。我畏惧去睡觉，畏惧收拾屋子。我害怕做那些女佣要做的一切事情。斯科特害怕看评论，害怕海明威，害怕孤独。”

“我可不害怕海明威。”

我努力回想，想给他们一个诚实的答案。“我害怕时间。”

塞尔达微笑，微微向我这边倾，一副倾听的姿态，眼睛里有同情。“你的意思是你害怕变老吗？”

“不是，我的意思是——”

“斯科特和我永远都不打算老去。”

“对的，”斯科特附和，语气很严肃，“我们的计划是，永远保持少年时代的状态。”

我叹气，试图表现得严肃以及成熟，毕竟我已经活了很久，有很长时间的阅历。“但问题是，假如你活着，总有一天少年时代是会结束的。”

塞尔达给了我一根雪茄，我接受了（那时候所有人都抽烟，为了表现得不太特殊，我也抽）。然后她点了一根，放到斯科特嘴里，给自己也来了一根。划亮火柴时，她的眼里闪烁着一种疯狂：“长大，或者垮掉，我们别无选择。”她深深地吐出一口烟圈。

然后她的丈夫斯科特补充道：“除非我们能找到办法，让时间停止。这是我们需要做的，让快乐的时间停下来。张开网，像抓蝴蝶一样留住那些欢乐的时光。”

“但是，问题在于，蝴蝶被抓住的时候，也是它的死期。”塞尔达看着周围，她好像在找某个人，“舍伍德走了，啊，快看，是格特鲁德和爱丽丝！”

过了一会儿，他俩端着酒去了别的地方。虽然他们邀请我一起过去见他们的朋友，但是我没动，只是默默喝着伏特加和“番茄汁”，一个人安静地待着，隐没在历史的尘埃里。

[伦敦，现在]

–

有时候真的很奇怪，明明是时间离得很近的过去，但当你猛然间回想，又觉得好像离你很远。但也很奇怪，一段过去会在某个契机下，冷不丁跳出来给你重重的一拳。一个东西、一句话，都可能是这个契机。

过去不是单独存在的，它无处不在，游离在我们现在的生活中。有时候是 1590 年，有时候是 1920 年，时间尽管隔了那么远，但它们都是相关的。过去存在于现在，记忆翻滚涌动不停息，提醒你物是人非。路标、公园的椅子、一首歌、一个名字、一张脸、一本书，都会让你想起一些很久以前的事。有时甚至是一棵树、一抹清晨的微光，都会让你恍惚间想起过去的一些日子，猝不及防地把你拉进回忆里。你防不胜防，因为你不可能避开树，避开阳光，你无处可逃。

“你还好吗？”卡米拉问我，她的手放在那本书上，语气显得对我很关心。

“对，老毛病了，我总是头痛。”

“你去看过医生吗？”

“没，打算去了。”其实不到万不得已，我是不会去看医生的。

我看着她。她是那种让人不自觉去信任、说出心里话的人，真是危险的气质。

“可能你需要多睡觉多休息。”她说。

我好奇她的意思，她也看出我的不解，于是补充道：“我看到你凌晨 3 点的时候给我的 Facebook 点赞了。上班日，你可能是没休息好吧。”

“哦，好的。”

她的笑容里有一点好奇：“你经常这么做吗？深夜的时候看女生的 Facebook。”

我觉得很不好意思。

“呃，只是，我只是碰巧刷到了点进去的。”

“我跟你开玩笑的，汤姆，你需要放松一点。”

假如她知道我身上背负着什么，可能就不会这么说了。四百年的时光，让我艰难跋涉。“我很抱歉，我这么严肃古板。”

“没事啦，生活有时就是需要这样啊。”她表现得有点理解我了。

“我只是在人群中会觉得很尴尬。”

“我懂了，他人即地狱。（法）”

“是萨特说的吗？”

“对，是他说的。”

我努力微笑，但不知道该说什么。我脑海里全是她的脸，这张之前让我担忧抗拒的脸，此刻给我很多安慰。所以我突然想问她些什么，我问了她一个我过去很多年问过很多人的问题：“你认识一个叫玛丽恩的女孩吗？”

她皱眉，好像不懂我为什么突然问这个。

“法国人还是英国人？”

“英国人，”我答道，“也可能是法国人。”

她回想：“我上学的时候有个朋友叫玛丽恩，玛丽恩·瑞，她教了我不少关于生理期的事情。我的爸爸妈妈太古板了，没跟我说过这些，所以当我身上流血的时候，我一度很困扰。”

她说这话的时候，没有压低声音，屋子里还有其他人。斯蒂芬妮依然皱着眉头苦大仇深地看着我们。艾沙姆在两个位子旁边玩手机。我就喜欢她这种坦坦荡荡毫不害羞的态度。

我知道我跟她打个哈哈，这个问题也就这么过去了，我也知道这里这么多人，我应该，也只能闲聊一些没营养的话题。但此刻，我什么都不想管了。

“还认识别的玛丽恩吗？”

“不认识了，抱歉。”

“没事，是我不好意思才对，一直很想跟你说抱歉。”

她微笑地看着我，好像从我的目光里能看出些什么。我觉得，她好像又在想她在哪里见过我。

“人生一直是个谜，”她说，“只不过有些人比其他人的谜团更大一些。”

一时寂静，我努力冲她露出一个笑容，然后走开了。

第四部分

钢琴家

比斯比，亚利桑那州 1926年

洛杉矶 1926年

伦敦 现在

伦敦 现在

伦敦 1607—1616年

伦敦 现在

坎特伯雷 1616—1617年

伦敦 现在

巴黎 1929年

伦敦 现在

第四部分

钢琴家

Part Four

[比斯比，亚利桑那州，1926 年]

–

8 月。此时，我住在一个小村庄边缘的木屋，待在客厅里，因为海德里希的安排。每八年他会交给我一个任务，这是一笔交易。你完成这个任务，然后海德里希帮助你去一个新的地方，改变身份，以确保安全。这些年来，唯一的危险来自任务本身，不过我很幸运。在这次之前，我已经做了三个任务，都成功了。任务就是，设法找到那些落单的信天翁，说服他们加入我们。通常我们不采取暴力手段，也不对他们的人品做任何评测。但在这里，比斯比，一切有所不同。这次我想得比以前更多，我要搞清自己究竟是什么，我还要等多久，才能找到我的玛丽恩。

现在是晚上，夜色笼罩着窗外的群山，让人看不真切。天气很热，好像外面在被火炙烤着，我想是不是有谁把一整个沙漠的热量都集中到了我的小木屋。

汗水从我的鼻尖滑落，落入地面蒸发不见。

“你不习惯这么热的天气是吧？你该待在哪里呢？阿拉斯加？或者躲在哪个防空洞里面？”他曾经这样问过我，那个瘦得皮包骨头、没有牙的男人。他左手少了两根手指，他叫路易斯。他当时开了一瓶威士忌，眉头都不皱就一饮而尽。

“我是热得不行必须得躲起来了，我真是必须这么做了。”当时我是这么回答的。

另一个人，琼，听到我的回答就笑了。他块头更大，也更聪明。“哈哈，我们其实是很乐意和外乡人打交道的，尤其是那些兜里有钱的阔佬。不过你甚至不是科奇斯县（亚利桑那州）那边过来的。这很容易分辨出来，你看，当地人衣服上有不少洗不干净的泥点，因为那边尘土真的很大，还有矿山。你看起来真的是太干净了，不像是比斯比这边的人。看看你的手掌，也是细皮嫩肉白白净净的。”我看了看我的手，最近这些天经常不自觉地看他们，尤其是我弹琴的时候。过去的八年，我一直在自学钢琴。

“手就是手啦。”我说道。

我们打了一小时扑克牌，我已经输了 120 美元。我喝了更多的威士忌，感觉胸中像有一把火在烧。我觉得火候差不多了，是时候说些什么了。

“我知道你们是谁。”

“什么？”琼不明所以。

钟嘀嗒嘀嗒地响。屋外远远的地方，不知是狼还是狗在叫。

我清清嗓子：“你们和我一样。”

“我们当然一样了。”琼一阵干笑。

“琼 · 汤普森，这是你的名字吗，真名？”

“你在问些什么呢，先生？”

“不是比利 · 斯泰尔，或者说威廉 · 拉金吗？”

路易斯站起身来，表情严肃，面若冰霜：“你是谁？”

“我，是很多人，和你们一样。我该怎么叫你呢？是路易斯，还是杰斯 · 邓洛普、约翰 · 帕特森，又或者说三指杰克呢？哪个才是你真正的名字呢？”

四只眼睛和两管枪口齐齐对准我，我从没见过像他俩这么反应机敏、心有灵犀的人。他俩真是非常默契。

他俩指着我带着的那支枪：“把枪放在桌子上，轻轻地，动作轻一点儿。”

我照做了。“我来这里不是为了找你们麻烦的，我来这里是为了你们的安全。我知道你们是谁，我知道你们过去的一些身份，我知道你们不是一直在矿上打工，我知道你们之前抢过火车，我知道你们甚至抢到了一大笔钱。你们两个谁都没必要，也不是一个普普通通的矿工。”琼的牙齿咬得嘎吱作响，我觉得他的牙可能会有危险，但我没有就此打住，“我还知道你们两个本该在二十六年前，就被枪毙了。”我从口袋里掏出一张海德里希给我的照片，“我还知道，这些照片是你们三十年前拍的，从那时开始，你俩都没有再变老过。”

他们没有分心看我手里的照片，他们对自己的经历再清楚不过了。他们此刻也明白我已经摸清了他们的底细，所以我只好继续说下去。

“听着，我无意找你们麻烦。我只是想告诉你们，这种情况其实很正常，世界上还有很多人跟你们一样。我不知道你们全部的生活经历，但是你俩看起来年龄相仿。我猜你们应该都是在 17 世纪左右出生的。我不知道在这些年里，你们是否见过其他跟你们很像的人。不过我可以告诉你们的是，除了你们还有很多我们这样的人，成百上千。我们其实很危险，有个英国的学者把我们称为‘时光逆行者’。当人们发现我们的时候，不管是我们主动告诉的还是他们察觉的，我们都很容易遇到危险，我们在意的人也会因此陷入同样的危险。我们很可能会被科学家关进精神病院或者监狱里面观察，那些迷信的人甚至会铲除我们。我想你们已经经历过了，我们的情况真的很危险。”

路易斯挠挠胡楂儿：“没错，从你现在离这把枪的距离来看，你离危险确实挺近的。”

琼皱眉：“所以你来这里找到我们说这些，是为了什么呢，先生？”

我深呼吸：“为了给你们一条出路。比斯比这里的人们已经开始怀疑你们了，有不少风言风语。这个时代有相机，我们的存在会被记录下来。”我听到自己的声音慢慢有一些恐惧，我之前说的这些不过是对海德里希依样画葫芦，空洞的话里什么意思，其实我自己知之寥寥。“我们有个集体，一个社团，把我们集合起来，我们希望有相似情况的人都能团结起来加入我们，‘时光逆行者’都能成为我们的成员。这样我们可以守望互助，帮助每个人定期变换身份，重新成为其他人。这种帮助可以是物质上的一笔钱，也可以是身份证明或者档案记录之类的。”

琼和路易斯互相使了个眼色。路易斯有点茫然，他头脑比较简单，看起来没有想那么多，比较容易被人影响，也是那种很容易被坑的人。琼看起来不管是体格还是头脑，都比路易斯强太多。从他端枪的手就可以看出，非常稳，非常冷静。

“你说的物质帮助，大概会是多少钱？”路易斯很直接地问。

“看你们需要多少，我们一般会根据个人的具体需要给相应的钱。”我觉得我这句话说得更像海德里希了。

琼摇头：“路易斯，你真的相信他的这些鬼话吗？他劝我们从比斯比搬走，不要再工作。我们现在在这里过得好好的，和人们相处融洽。我们原来在国内居无定所，四处游荡，好不容易找到这样一个地方，我可不会因为别人的三言两语就搬走。”

“如果你搬走当然会更好。信天翁的社会信条就是，一般每八年……”

琼语气质疑：“信天翁社会？信条？我们不属于你们的社会，我们不属于任何团体，你懂我的意思吗？”

“我很抱歉，但是——”

“我想让你的脑袋开花。”

“听着，我们信天翁社会已经联系过本地的政府人员，他们知道我来了这里。假如你杀了我，你会被逮捕的。”

他们大笑起来。

“路易斯，你听见了吗？”

“我听见了，哈哈。”

“也许我们该对这位不知道真名是什么的彼得先生说说现实情况了，告诉他，他说了个多么好笑的玩笑。”

“你可以叫我汤姆，不过我确实和你一样，有过很多名字。”

琼无视我，继续他的话：“没关系，你说的笑话可笑之处就在于，这里根本没有法律可以约束我们，这里不是个普通的地方，我们过去可是给唐尼警长和菲尔普斯先生帮过不少忙呢。”

菲尔普斯·道奇，我来之前看了不少他的资料，他是比斯比主要矿产公司的幕后掌控者。

“事实上，”琼继续道，“我们还帮他们带队遣返过比斯比的矿工。你知道这件事吧？”

我当然知道，略有耳闻。1919 年，很多矿工被粗鲁地赶出了比斯比。

“所以你来这里告诉我们，你们那个不到千人的小团体，在本地能对我们有什么影响？上一个对付我们的人，我们已经把他们全都赶去墨西哥了。而当时，警长也默许了我们的做法，还亲自为放逐令盖上了红章。现在你看起来更热了，还有那么点儿小慌张。不如我们出去，让你凉快一下。”

天色已晚，在无边无际的沙漠里，就更显得漆黑一片。

夜风习习，但我一直在流汗，嘴唇干疼，之前喝的威士忌此刻已经蒸发殆尽。我一个小时前自作聪明，此刻终于尝到了苦果。

子弹不是病菌，不是瘟疫，也不是肉体凡胎可以抵抗治愈的。信天翁也不能。我们活得再久，也无法从枪口逃生。我不想死，我要活着找到玛丽恩。海德里希让我相信，我们就快要找到她了。

他们两个轮流用枪指着我，逼着我挖出一个洞——我的坟墓，他俩一直窃窃私语，像是在商量些什么。

“现在，”琼开口了，他们一直监督我不停地铲土挖洞。我靠在铲子上已经筋疲力尽，“你应该不需要钱了，把你口袋里的钱和所有东西都掏出来，放在地上。”

我知道我唯一的机会来了。我装作疑惑，看他们胯下的马，于是他们也下意识地低头看。琼冰冷如刀的眼睛一从我身上移开，我马上就把铲子朝他的头顶挥去。他摔倒在地，意识有点模糊，手里的枪摔了出去。

琼大喊：“开枪杀了他！”

路易斯，我当时觉得他有点懦弱，反应也更慢。他开枪时我就地一滚已经拿到了琼的手枪。枪声响起，我感觉我右肩一阵疼痛。不过我反应很快地回身给了路易斯一枪，他又试图开枪，不过这次没有打中。我随即对琼一连串射击，琼满身是血。我强忍疼痛，把他们两个的尸体拖进我刚刚挖出来的洞里，并且盖上土。本来是我的坟墓，现在成了他们的。我赶走了一匹马，然后跳上另一匹离开了。

伤口比我以前任何一次受伤都要疼，我努力忽视疼痛，不停赶路，赶路。我穿过沙漠，翻山越岭，感觉自己像是在和死神赛跑，从来没有感觉自己离死亡这么近过。我驾着马，从无边夜色中仓皇逃窜，终于在清晨第一缕阳光升起之时到达了图森。到了旅馆之后，艾格尼丝用酒精给我的伤口消毒，我咬着湿毛巾，勉强在子弹被挑出皮肉的时候，不让自己尖叫出声。

[洛杉矶，1926 年]

–

我的枪伤痊愈了，但肩膀还常常隐隐作痛。我待在好莱坞大道旁边的皇家花园公寓式酒店的餐厅里，这里富丽堂皇，非常气派。不远处，一个女人化着黑色的嘴唇，脸上白得像鬼，真是让人惊讶的妆容。她和两个穿着西装的男人在说话，他们在恭维她，是丽莲·吉许，一个好莱坞电影明星。我看过她演的《暴风雨中的孤儿》，这部电影的背景是法国大革命时期。

有一段时间，我对电影很入迷。

上一个八年，我一直待在阿尔伯克基[1]，那时候我对电影很痴迷。因为我可以一个人待在一个封闭的空间，欣赏一段故事，这一个小时完全忘了自己是谁，只随着主人公的命运起起落落。

“他们都会经常来这里。”海德里希坐在我对面，正在给他的三文鱼浇酱汁，“葛洛莉娅·斯旺森、道格拉斯·范朋克、罗斯科·阿巴克尔，还有鲁道夫·瓦伦蒂诺（均为默片时代著名影星）。就在上周，卓别林还在我们这张桌子上吃饭了，他当时就坐在你现在的位置上。他就喝了汤，整顿饭他就只喝了一些汤。”

海德里希咧嘴笑了，我以前并不讨厌他的笑容，直到此刻。

“怎么了，汤姆，这个牛排不好吃吗？我也觉得有点老了。”

“牛排很棒。”

“那是因为在亚利桑那发生的事吗？”

我几乎要因为他的若无其事发笑了：“所以呢，接下来会发生什么？我杀了两个人。”

“安静。你想让吉许小姐也听到我们的谈话吗？谨慎点，汤姆！”

“好吧，我不明白为什么我们非得在这个人来人往的餐馆里谈事情，我觉得你家的阁楼就挺好的。”

他看起来有点困惑：“我喜欢这家餐馆，而且在人群中的感觉也很好。难道你不享受身在人群中的感觉吗，汤姆？”

1　阿尔伯克基：美国新墨西哥州中部城市。

“我觉得其实我并不是那么喜欢……”

他的手在空中冲我比画了一下，看起来像是邀请。“没关系，告诉我你不喜欢哪些东西，你高兴就好。”

我靠近他，低声说道：“我不喜欢被迫卷入谋杀案，右肩膀带着子弹在马背上急奔一夜。我不喜欢子弹，还有……”我失语了，有点控制不住自己的情绪，继续说道：“我不想做这些事情，我不想杀人。”

他叹气：“塞缪尔·约翰逊[1]怎么说的来着，‘把自己变成野兽的人，就会摆脱做人的痛苦’。你知道我是怎么想的吗？我觉得你正在找回你自己。过去你一直很茫然，你不知道自己是谁，是什么。你漫无目的、生活贫穷，在这个世界游荡，不惜燃烧自己，试图借此来感知生活的意义。看看现在，你的生活有了目的。”他停顿了一两秒，“这个龙虾的味道真是不错。”

侍应生走上前来为我们倒酒，我们看着食物不再交谈，直到他走开。大堂里传来钢琴的声音，有些用餐的客人微微侧目，目光扫过弹钢琴的人。

“我只是说我不喜欢这样。他们不打算加入我们，你早该知道的。海德里希，你早该告诉我的。”

“不好意思，请记得叫我塞西尔。我现在的名字是塞西尔，来自旧金山的房地产商人，正在帮助本市地震之后的修缮和重建。我看起来不像是绅士塞西尔吗？总之，我现在是人们口中的塞西尔·德米拉。我很有权势，只要我想，我手上的资源可以捧明星。”

他沉思了一会儿：“我很喜欢这个地方，人们不断往这里赶来。那些小镇姑娘来这里逐梦。不管是来自南达科他州、俄克拉荷马州，

1　塞缪尔·约翰逊：1709—1784年，英国文学评论家、诗人。

还是欧洲，这个城市对她们一视同仁。冰河世纪的时候动物迁徙，不小心陷进了沥青坑[1]，再也无法挣脱，就永远陷在了里面。随后它们的肉的味道又引来更多的动物送死。我不是温和无害的草食动物，这里的人觉得我 78 岁，78 岁！该死的，我真正 78 岁的时候他们还不知道在哪儿呢。我一直很浪荡，结过很多次婚。我还是……”

我喝了一大口红酒：“海德里希，我不能再做这些事了，我不能了。”

“请叫我塞西尔。”

“我很抱歉，我原来曾经去找过哈金森医生。我真的为我过去的无知而抱歉，但我只想回到我过去的生活，我只想重新做回从前的我。”

“恐怕是不可能的了，已经太晚了。我们享有几乎永恒的时间，但也无法改变过去的事情。我们不能停止时间，就像是列车，一去不能回头。在这点上，我们和蜉蝣区别并不大。个人对历史进程的影响是微小的，谁都无法螳臂当车。你该明白这些的吧，汤姆？想想你的女儿，汤姆，我们很快就会找到她了，再坚持一会儿，我们很快就能找到她了。”

“但是还没找到。”

“对的，汤姆，我们现在还没找到。我能感觉到她就在那里，汤姆，我知道她就在那里。她一定还在某处活着，汤姆。”

我无话可说。我很生气，我经常觉得愤怒，但伴随着更深的还是恐惧。信天翁的社会不值一提，它在现代社会既没有组织机构的存在，也没有办公地点。这个组织只有海德里希和相信他的人们。其实，有海德里希这个精神领袖就够了，他有才华和能力，也正是

1 沥青坑：沥青坑是地表中天然沥青的聚集场所，尤指使动物不慎陷入其中并保存了它们的骨骼的天然沥青聚集点。从地层中冒出来石油，当石油干涸后，只留下半固态的焦油沥青。烈日照射下，焦油变软，无论什么东西接触到它，会永远陷在其中。

因此，我才因为他的三言两语盲目地相信着他。也许他不是吹嘘，也许，他真能感受到玛丽恩还活在这个世界的某个地方。

然后我随即想到：“如果你的直觉真的那么准确，为什么这次你没有提前预料到呢？没有提前预料到他们可能会杀了我？”

“他们没有杀死你。假如他们真的杀死你，这将会是我犯下的一个严重错误。但事实上，这次是有惊无险，你活着回来了，我们都还好好地站在这里。你……我觉得你身上有一些特别的地方，你有强烈的求生欲望。大多数人活到你这个年纪，对一切都看得很淡。但从你身上，我看得到你对未来的向往和追求，你对女儿的思念以及对一些别的事情的渴望。我看不透你。”

“未来的生活是怎样的呢？每八年，改头换面放弃现在的身份和一切？”

“你总是要变换身份的，有什么区别呢？”

“区别就在于，以前是我自己决定的，是我自己决定我的生活的。”

他摇头，露出严肃复杂的微笑：“并没有，你过去也在逃避，逃避生活本身，甚至逃避你自己。”

“所以信天翁社会的意义是什么呢，帮助我们逃避吗？”

“不是的，汤姆，不是这样的。你误解了一切。你看看我们，我们坐在这个城市中心最有名的餐馆里，每一个人都想来这里，我们没有在藏，我们没有躲在落后小村庄的铁铺里辛苦劳作。信天翁的社会是为了给我们一个组织、一个系统，让我们可以过尽可能丰富多彩的人生。你只需要偶尔完成一些事，帮我们做一两个任务，就可以过上富足无忧的生活。你该感激我的。”

“上个八年，我一直待在阿尔伯克基的一个农庄里，身边除了三头牛和一些仙人掌，什么都没有。这种无忧的生活，可真是让人喜欢。”我揶揄道。

海德里希摇头：“我有一封信给你，落款是雷金纳德·菲舍尔，你还记得他吗？就是那个你在芝加哥雇用过的男人。”

他给了我一封信，我打开读了。那是一封长信，信的末尾写道：假如不是你，我可能早就结束了自己的生命。不过现在我觉得很快乐，因为我知道自己不是孤独一人活在这个世界上，我不是怪物，我还有很多同伴。

“好吧，这次的亚利桑那州是个错误，但并不是每一次行动都毫无价值。就像有人在战场上死亡，但这并不意味着我们不应该斗争。你有一架钢琴，你现在还弹钢琴吗，汤姆？”

“一天弹五个小时。”

“你现在会使用多少种乐器了呢？”

“大概三十种。”

“真是棒极了。”

“也没有。大多数乐器现在在场的人都没听过，也不会想听。人们不会想听用鲁特琴来演奏现在的一些歌。”

“也是。”海德里希吃完了他的鱼，然后专注地看着我，“汤姆，你杀了人。假如不是信天翁社会保护着你，你现在已经身首异处。你需要我吗？但我也不希望你仅仅是因为需要我们而留下来。汤姆，我知道你的意思了，我懂你的意思，真的。我从来没忘记过你把他们带回信天翁群体，让他们得到救赎。从现在开始，我会多考虑一些你的实际需要和感受，我会用更多的人力和物力去找玛丽恩。我们已经有了不少新人，伦敦、纽约、苏格兰、维也纳，都有我们的同伴，我会努力的。不仅仅是你，还有他们的需求，我都会尽力去倾听，去满足，我会尽我所能来帮助你，我想让你在这个世上活得自在快乐。汤姆，我希望你不光能找到玛丽恩，更能找到你未来想要走的路。”

四个男人结伴走了进来，坐在同一张桌子上。他们中有一个熟面孔，现在世上没人不知道他，查理·卓别林。他认出了丽莲·吉许，并且走过去和她说话。他表情很镇定，偶尔有一些局促紧张的微笑。她的笑容优雅淡定。我曾经和莎士比亚身处同一片天空，现在，我又和卓别林共处一室。这让我如何能更贪心，如何能不满足自己的境遇呢？

“我们对历史来说，是潜在的威胁。”海德里希仿佛看出了我内心的想法，如是对我说。卓别林的目光蜻蜓点水般扫过我们这一桌。

“看，我就告诉过你，他喜欢坐我俩现在的位置。还有我们的糖，也是他喜欢的口味。现在，你还有什么想要做的吗？你想好你的下一段人生要怎么过了吗？”

我心里在想卓别林当时在看什么，对他的话心不在焉。我没有想到，我的这个选择会给后来造成那么大的影响。然后，我看着不远处那个弹钢琴的乐手，他穿着白色的外套，闭着眼睛，陶醉在音乐的世界里。他手指翻飞，音符随之跃出。除了我，大厅里没人注意到他。

我用目光盯着钢琴的方向，说道：“就那个吧，那里就是我接下来想要做的事情。”

[伦敦，现在]

–

“为什么当时国际联盟不阻止墨索里尼[1]入侵埃塞俄比亚呢？”

阿米娜坐在前排，一脸认真，皱着眉头不解道。她手上拿着一

1　墨索里尼：活跃在1922—1942年意大利法西斯的独裁者。他镇压一切反对势力，把意大利塑造成了一个整齐划一、歌功颂德和严密控制的社会。

支铅笔，身上的T恤上还印着“骄傲的雪花”几个字。

我这节课正在给他们讲“二战”，不光是1939年，还讲了20世纪30年代的一些时代背景。比如1935年意大利入侵阿比西尼亚，也就是今天的埃塞俄比亚。还有1933年的大萧条，希特勒当权和西班牙内战。

“当时国际上确实有这样的尝试，但是态度不够积极。经济的萧条使各国无暇顾及他国政治，而且当时，大部分人没有意识到这件事情的严重性。我们今天回顾历史，是知道前因后果的一种上帝视角。但在当时，人们无法判断未来会发生什么，因此无法做出全面正确的选择。”

课堂进行得还算可以，我的头痛也有所缓解。也许是因为卡米拉给了我不少指导和点拨，也许是因为我现在讲课已经完全成为流水化作业。我对课程内容按部就班，基本上不怎么过脑子。

“埃塞俄比亚受到侵略，在当时是一个转折点。人们开始意识到，事情没有他们想的那样简单。不光是德国，还有意大利也是潜在威胁。在当时的世界秩序下，我还记得，有一天早上我看到报纸上写着墨索里尼宣布胜利……”

该死。

我停了下来。

突然意识到自己说了些什么。

然而阿米娜敏锐得就像她手里的铅笔尖，她意识到我刚才话里的漏洞，说道：“老师，您说的好像您当时经历过那些似的。”

另外几个学生点头赞同她的话。

“当然没有，但是我经常感觉到自己经历过那段历史。这是对历史的同理心，过去真实发生过的事情，实际上就是另一种现在。”

阿米娜表情有点困惑。

我强行圆场之后，继续自己的讲课。我犯了一个过去自己绝对不会犯的错误。

课间休息的时候，我看到卡米拉在走廊上跟别人说话。她身后靠着的墙上，有一些学生模仿野兽派后现代风格的习作。看起来笔触明亮，非常有 19 世纪后期的野兽派风格。

她在和马丁说话，马丁是音乐老师，个性比较悲观。马丁穿着黑色牛仔裤和黑 T 恤，留着胡子，头发比一般男老师的更长。我不知道他们在说什么，但卡米拉显然在谈话中很开心。我有种奇异的不适的感觉，然后我走过他们，马丁先看到我，他笑得有点骄矜，好像我身上有什么好笑的地方。“嘿，蒂姆，你看起来有点失落，他们表现得还行吗？”

“是汤姆。”我纠正道。

“你说什么？”

“我叫汤姆，我的名字是汤姆，不是蒂姆。”

“好吧，不好意思，太容易搞错了。”

卡米拉朝我微笑。“上节课怎么样？”她问我，她的目光在我脸上移动，像个侦探，一个伪装出和蔼可亲笑容的侦探。

“挺好的。”我答道。

“汤姆，每周四，我们几个人都会去小聚一下。晚上 7 点，我、马丁、艾沙姆、萨拉，你真该一起过来。跟他说说在哪儿，马丁。”

马丁耸肩：“那是个非常自由的地方，你可以尽情放松自己。”

我有且只有一个答案能给他们——不去。不过当我看到卡米拉的眼睛时，我情不自禁地说：“好的，今晚 7 点，听起来很不错。”

[一段关于钢琴的插曲]

在漫长的时间洪流里，我走过一个又一个地方，像没有爪子的鸟、永不落地的箭。

不过事情变得更好了一点。

起码我的肩膀痊愈了。

我回到伦敦，在海德里希的安排下成了一家酒店的钢琴师。生活很好。我喝酒，和衣着考究的女人调情，在每个夜晚和那些花花男女在舞池里游荡：非常惬意的一段时光。不管是友谊还是情欲，都很充盈，只是这种充实就像是泡沫。人们称之为“咆哮的 20 年代（Roaring Twenties）”[1]。比起以往那些年代，人们确实是在咆哮。当然，以前的伦敦也很吵闹。比如说 17 世纪 30 年代资产阶级革命前夕的暗潮汹涌，还有 1750 年间工业革命下快速发展的志得意满，但以前的喧嚣和现在的是不同的。这是第一次，呼声从上而下，贯穿整个伦敦，每个人都参与进来。汽车发动机的轰鸣、影片的播放、收音机的广播，以及大街小巷人们嘴上谈的。

这是吵闹的时代，音乐突然变得重要，并且有了和以往不同的地位。演奏者在一首曲子里，可以通过音乐掌控世界。在现代社会中，有了音乐，就好像可以让人逃避生活中的一切，得以有短暂一秒的解脱。在音乐的世界里，你就是国王，是造物主，是一切秩序的创造者，是所有慰藉的源头。

我享受自己现在扮演的这个角色——丹尼尔 · 霍尼韦尔。生于伦敦，跟有钱的观光客做象牙生意，“一战”之后就一直生活在邮轮上。这个人物还有一段悲伤的往事，他深爱的女人在许多年前去

1　咆哮的 20 年代：是指北美地区 20 世纪 20 年代这一时期。十年间，它所涵盖的激动人心的事件数不胜数，因之有人称这是“历史上最为多彩的年代”。

世了。虽然他的怀恋和追思都已经徒劳无功，但我觉得这样痴情的背景故事很符合现在这个年代的腔调。

我想做些什么，不仅仅是为了我自己，也想为了别人。我毕竟还是个人，我的同情心不光只给那些不知道是受到诅咒还是祝福的信天翁。他们有超常的寿命，用艾格尼丝的话来说，“时间的小偷”。她在我的这个八年结束的时候，来伦敦看我，我跟她谈话。这段时间她生活在巴黎的蒙马特地区，也经历过许多，不过她还是一样有趣。

“我觉得非常恐惧。”我俩躺在我住所的床上，一起抽雪茄。她的脚懒洋洋地架在我的肚子上。当时我们在的位置，是伦敦的高级住宅区。“我一直做噩梦。”

“你看过弗洛伊德吗？”

“没有。”

“很好，那就别看，那只会让你觉得前途更加糟糕。显然，我们还无法控制我们自己。我们被不知名的力量庇佑着，有了长生，我们唯一可以期盼的只有梦境。他说，大多数人并不想得到自由。因为自由意味着责任，而大多数人并不想承担责任。”

“我觉得弗洛伊德大概不会像我们一样，每八年就不得不开始一段崭新的身份和生活。”

然后我们就结伴，动身对海德里希在电话里布置给我们的任务做准备。艾格尼丝更喜欢将其称为冒险。这个任务需要我们两人一起，我们开车去了约克郡。在阴冷的郊区，找到一家灰蒙蒙的哥特金属风格的庇护所，名叫高罗伊兹医院。在那里，有个女人因为告诉别人她身上的特殊情况，被关了起来。我们挟持着把她救了出来。艾格尼丝用上了她屡试不爽的麻醉手帕把她迷昏了，之前还有三个成员享受过这个待遇，芙罗拉·布朗是第四个倒霉蛋。不过可以理解她的惊慌，毕竟不是谁看到两个蒙着脸的陌生人陡然出现都能保持淡定。

不管怎么说，我们没费什么劲就带着她逃了出来。不管原因是什么，医院想要掩盖自己的失职，还是医院根本对少了个病人漠不关心，又或者是当地政府粗心没有追究，总之这件事情后来没有见报。我们很安全，海德里希只会看到结果，而不考虑我们可能承担的风险，这让我很难过。

总之，芙罗拉很年轻。她才 18 岁，看起来也是十七八岁的样子。在我们找到她的时候，她已经因为高度紧张而成了结巴，不过信天翁社会救了她，就如之前救助过的许多人一样。她曾经以为自己是个疯子，用精神失常来解释自己和常人不同，以获得些许慰藉。后来，她和艾格尼丝一起出发去了澳大利亚，开始一段崭新的生活。第二个八年，她又回到了美国。信天翁社会确确实实在做好事，在救人。芙罗拉 · 布朗、雷金纳德 · 菲舍尔，还有很多很多、更多更多的人，当然还有我自己。我意识到海德里希是对的，我们做的一切是有意义的。我不会一直都信任他，但是大部分时候，我认同他让我们做的这些事。

我不想回到伦敦。

我打电话告诉海德里希，我跟我的雇主商量好了，在他们巴黎某家酒店的连锁饭店里，继续帮忙。于是我来到了蒙马特这边，住艾格尼丝之前住过的地方。我的身份是她的“弟弟”，我俩的身份有了微妙的交集。在此之前我们有一段谈话，她跟我说，当你逐渐变老的时候，大概是信天翁五百岁的时候，会是一个分水岭。信天翁会逐渐有深刻的洞察力。

“什么样的洞察力？”

“难以置信，就好像第三只眼睛。信天翁对于时间会有非常深刻的理解，好像在一秒内就看到了所有的事情。不光是过去，甚至是未来。仿佛所有的事情就在一秒停止，就在那一瞬间，你就知道万事万物随后的走向。”

“这是好事吗？听起来有点可怕。”

“不好也不坏，这就是一种技能、一种令人难以置信的强大洞察力，无所谓好和坏，只是一切事物在你面前都变成摊开的平面。”

她走了之后，我一直忘不了这段话。我只希望弄清楚自己时间的奥秘，我连自己的现在都理解不了，更遑论将来。

我最终搬到了塞纳河左岸的蒙帕纳斯，在这里创作了许多诗。我曾经在公墓区，靠着波德莱尔[1]的墓碑写过一首诗。每天晚上我都弹钢琴，并且认识了当时许多著名的诗人、画家和艺术家，虽然通常这种友谊到第二天他们就忘记了。

我沉浸在音乐里。除了工作的地方，我有时还会去一个爵士俱乐部兼职。说起来我差不多已经连续弹了三十年钢琴，弹琴已经成为我的本能、我身体的一部分。钢琴可以承载很多，悲伤、快乐、浅薄的欢愉、后悔、沮丧，有时甚至可以抒发这些全部的情绪。

我的生活很有规律，早上起来点上一支烟，然后去咖啡馆吃早餐（通常我会睡到日上三竿才出门）。我有时候喝咖啡，一般是喝白兰地。喝酒不光是用酒精麻痹自己，更多的时候会让你自由。红酒和白兰地是必不可少的，我日复一日、年复一年，喝着，喝着，喝着，差点要说服自己我真的很快乐。

有些东西经常会闯入我的世界，让我面对现实。世界上许多事物在衰退老去，在承载压力，在不断变化。可能一墙之隔，就是快乐和悲伤、贫穷和富裕。世界节奏变得越来越快，越来越喧嚣。社

1　波德莱尔：法国 19 世纪最著名的现代派诗人，象征派诗歌先驱，代表作有《恶之花》。

会体系混乱无序，支离破碎。所以，开始了一部分人追求简单，崇尚秩序，一部分人把责任归咎于他人，还有一部分人迷信权威崇拜强者。国家开始流行宗教信仰，人民是狂热的教徒。这些事情，无时无刻不在发生。

在 20 世纪 30 年代，整个人类正处于危急关头，当然今天也差不多，很多人想要投机取巧。这种观念弥漫的社会，真是太危险了，所以在巴黎过完八年之后，我就不再弹钢琴了，后来再也没弹过。钢琴好像从我的生活中剥离开了，我甚至不确定自己以后会不会再弹。直到有一天，坐在卡米拉旁边，我时隔多年才终于又一次从尘封的光阴里捡起钢琴。

[伦敦，现在]

–

"我喜欢过去的事物。"马丁如是说道，喝着酒，不住地点头，有些自鸣得意的样子，"比如亨德里克斯、迪伦、大门乐队、滚石乐队，那些我们出生之前的东西，一切都没有商业化，那时候是多么质朴。"

我不喜欢马丁。活了四百年，我已经可以轻而易举地看穿像他这种人的本质。每个年代都有他这样的人，他们都是一些脑袋空空的蠢货。还记得 1760 年左右，我认识的一个叫理查德的人，本质上跟马丁很像。我弹的每一首曲子，他都要摇头晃脑，和身边的人品头论足，批评我的音乐品位，或者是说谁谁谁比我弹得强多了。

不过我们现在毕竟是同事，而且坐在同一张桌上。这家店桌子很小，是木质的，木头材质和颜色给人感觉很像鲁特琴。我们点了一些饮料和小食，就把桌子摆得满满当当。这家酒吧的氛围很安静，很文明。也可能是因为我太久没有逛酒吧了，一直以来的印象还停留在那些吵闹的小酒馆。

“啊，我也是。”艾沙姆附和道，“不过地理老师一般都会喜欢摇滚乐。”

他自我调侃，说了句俏皮话，引得周围人都看向他。

“还有 80 年代的 hip-hop 也都很不错。”马丁补充道，随即说了一串那个年代的歌手。

“有更现代一点儿的吗？”卡米拉问他。

他不露声色，飞快瞄了一眼她的胸，然后对上她的眼睛：“没有了，基本上你们应该都不知道。”

“好吧，可能是的，毕竟我来自法国，我们那里音乐根本不发芽。”她的自嘲没有得到回应，也可能是马丁没听到。不过我听到了，并且很欣赏。

“那你喜欢什么呢？”马丁问。

“我喜欢电子风格的。比如碧昂斯、大卫·鲍伊等，迈克尔·杰克逊的《战栗者》是我最喜欢的专辑，我觉得《比利·金》是里面最棒的歌。”

“《比利·金》？那的确是一首很棒的歌。”我插话道。

马丁转头问我：“你呢，你对音乐感觉如何呢？”

“会一点儿。”

他的眼睛睁得大大的，像在判断我话中的含意。

“那你会用什么乐器吗？”卡米拉问我，她表情很认真，好像问了我一个什么很难得的问题。

我耸肩。撒谎藏拙很容易，但这不是我的风格。“我会一点儿吉他、钢琴。”

“钢琴？”卡米拉饶有兴味。

体育老师萨拉穿着一件运动背心，指着旁边的一个角落，说道："他们在那里放钢琴，客人可以去用。"

我看着那架钢琴，我一直想要表现得像个普通人，不想太出风头。不过我自己都还没意识到的时候，我的脚已经不自觉地走向了钢琴。

"好的，你可以给我们来一段。"吧台的人看到我，对我说道。他看起来 20 多岁，留着稀疏的小胡子。

我有点焦虑，就像是任何一个戒毒成功的人，有一天看到了他心心念念的源头的那种感觉。"好的，谢谢。"

马丁比卡米拉更先感受到我的紧张和尴尬，故意激将道："加油，汤姆！我上周四也来了一段！加油啊！"

卡米拉这时好像察觉到点什么："没关系，不用勉强。不一定非要弹琴，如果你不愿意的话。"

"没事，"我听见我自己说道，"很快就好了。"

我不想在她面前丢脸，所以我起身来到这架又旧又破的钢琴前。除了我们，这里只有另一桌的三个客人，他们头发灰白，看着面前的酒杯相对无言。

我坐在琴凳上，氛围一瞬间安静下来。大家期待听到我的作品，只有马丁不合时宜地嗤笑起来。

我看着琴键。离开巴黎之后，我再也没有弹过琴，差不多也有一个世纪了。比起吉他来说，钢琴对一个人的要求更高，需要投入更多的感情力量。

我不知道自己应该弹什么。

我卷起袖子。

我闭上眼睛。

放空脑袋。

决定弹自己刚刚想到的第一首曲子。

《绿袖子》。

我在东伦敦一家小酒馆的钢琴上弹《绿袖子》。马丁在笑我的不合时宜，但我不理会他。从《绿袖子》到《树荫之下》，我想起了我的玛丽恩，于是我还弹了李斯特的《爱之梦》第三首。当我弹到格什温的《我爱的男人》时，马丁已经不笑了，而我只是自顾自地弹琴。我找回了过去的感觉，我在巴黎的酒店里弹琴的感觉。钢琴让我短暂地回到了那时候。

然后是别的记忆，我的大脑随着其他回忆和情绪变得沉重不堪。

当我最后停下回到座位上的时候，他们都惊呆地张着嘴，卡米拉带头为我鼓掌。酒吧里其余的三个客人以及工作人员也一起鼓掌。

马丁嘴里还念叨着"绿袖子"，艾沙姆告诉他那是一首曲子，萨拉对马丁说："你真是太落伍啦！"马丁生气了，让萨拉闭嘴。

我坐回到卡米拉身边。

"你弹琴的时候，我又有了那种感觉，我以前好像看过你弹琴。真的，那种似曾相识的感觉。"

我只能耸肩："好吧，他们说似曾相识就是确有其事。"

"只是错觉而已。"马丁说。

"但是真的，"卡米拉用手指着我，然后在别人看向她之前又缩回去了，"真的是太棒了！"

我有点解脱，又有更深的希冀。已经很多年，我没有被普通人牵扯过情绪了。但当我看到卡米拉，我听到她的声音，我感受到她的手和我的肌肤相触，我看着她的唇，我心里就涌起一种强烈的渴望。我想要和她在一起，想要抛下一切，想要在她耳边诉说自己的渴望，想要和她一起在欲望中湮灭。我想和她从同一张床上起来，我们说话，我们笑闹，我们享受着相同的沉默。我想要和她一起吃早餐，吐司、火腿、果汁、西瓜，一切在盘子里摆得整整齐齐，赏心悦目。她会笑。我在心中幻想着这一切，她经历这一切的时候的笑容，然后我就从她的笑容里感到快乐。

这就是弹钢琴带给我的情绪变化。

音乐给我带来危险。

它，让我重新变得像个人。

“汤姆？”她的话让我回过神来，“你还想喝点什么吗？”

“不用了，谢谢。”我有点尴尬，我还沉浸在对她隐秘而不可言喻的幻想中，仿佛有种秘密被戳破的感觉，“我已经够了。”

艾沙姆掏出手机：“有人想看扫描吗？这是3D的。”

“当然！我想看。”卡米拉响应道。

艾沙姆和他的妻子一直想要个孩子。我们凑过去看那些变化的B超图像。我还记得1950年左右，超声的概念第一次被提出来，当时感觉还是很久之后的事，现在也如此。即使这种技术已经日臻完善，但还是给我一种不真切感。你看到一个潜在的未出世的人，如何从黏土变成半成品雕塑，再一点点完善起来，最后变得跟你我一样。

我看到卡米拉注意到我胳膊上的伤疤，我把袖子放下来。

“我们还不知道性别，佐伊说想要一个惊喜。”

他眼里泪光闪闪。

“我觉得会是个男孩。”马丁指着屏幕某个尖尖角猜测道。

“这里不是小鸡鸡。”艾沙姆说。

马丁耸肩：“就是。”

我看着屏幕，我想起当时露丝告诉我她怀孕了。假如露丝也做了B超，她也会猜测男女吗？我坐在椅子上，郁郁不语。我感到内疚。我对露丝以外的人有了欲望。

真是荒诞的人世。

我又神游了，我忘了自己的头痛，忘了这家酒吧，想起那些过去的时光，我和露丝还有玛丽恩的那些时光，想起这几百年我刻意不肯再想的那些事情。

[伦敦，1607—1616年]

—

1607年，我26岁。

我看起来当然不像26岁，不过比起在岸边区的时候，我已经有了些微的成长。我发现自己并不是一成不变的时候，简直要喜极而泣。我身体在变化，只是非常非常缓慢。比如说，毛发。我的胯下、胸部、腋下和脸上长出了更多的毛发。我从12岁开始进入变声期就一直很嘶哑的嗓音终于慢慢变得低沉。我的肩也变宽了。我的胳膊更有力，一次可以从井里打更多的水。我对自己的勃起，有了更强的掌控力。和露丝站在一起的时候，我的脸终于更像是一个男人，而不是她的弟弟。我变得更像个成年人之后，露丝提议我们结婚。我们办了一场小型的、没有父母在场的婚礼，格瑞丝是我们的见证人。

格瑞丝也结婚了。之前，她和一个腼腆虔诚、容易脸红的鞋匠学徒订婚了，现在他们在另一个镇子里一起生活，很幸福。

我们结婚之后，露丝和我也搬走了。原因很简单，我们待在同一个地方的时间越长，就越容易露馅儿。露丝想要搬去一个离得很远的偏僻村庄，但之前的经验让我知道这可能更会为我俩带来危险。于是我建议我俩搬到城里，隐没在人群里才是最安全的。于是我们搬去了伦敦东市场路，并且度过了一段很幸福的时光。

虽然我们住的地方又小又破，还有老鼠，但我们有彼此。唯一的麻烦只在于，虽然我也在慢慢变老，但是这个速度远远赶不上露丝。她现在27岁，但是，慢慢地，我们之间的差距逐渐从姐弟变得像母子。

我告诉别人我18岁。我在一家小酒馆工作，有一天露丝过来找到我，告诉我她没有来月经，可能是怀孕了。我觉得我自己给她带来了危险，但不管我怎么想，她确实怀孕了。我不知道这个消息是好是坏，她怀孕了，我们没有足够的钱养活自己，更别说一个新生命。

当然，除了这个，我还很担心露丝。我听说很多女人都是因为分娩的时候难产或者产后的疾病而死。我别无办法，只好一直紧紧关着窗户，想让屋子里暖和一些，然后只能祈祷上帝保佑我的露丝平安。

生平第一次，上帝听到了我的呼声，没有任何坏事发生。

我们有了一个女儿，为她取名为玛丽恩。

她还在襁褓里，我把她抱在怀里，在她哭的时候对她唱法文歌，大多数时候真的很有效果。

我一下就爱上了这个小生命。当然，大部分父母都会爱他们的孩子，但我特意提一句，是因为我觉得这是一件挺不可思议的事。这种毫无缘由、毫无保留的爱来自哪里呢？我们如何得到这种爱呢？它好像一夕之间，突然就出现了。可能身为人类，这也是一个奇妙的谜团吧。

她很小。婴儿都很小很脆弱，但在当时，她的幼弱更容易让人想到一些不好的后果。

“她能活下来吗，汤姆？”露丝常常在玛丽恩睡着之后，忍不住问我。她想从我这里得到一个肯定的答案，找到一些安慰。“上帝不会带走她的，对吧？”

“不会的，她的呼吸强壮得像鹅。别担心，没事的。”我一直这么回复她。

露丝还一直记得她小小年纪就去世的弟弟，奈特还有罗兰德。每次玛丽恩咳嗽，或者发出任何一点儿哼唧，露丝都会特别紧张：“之前罗兰德也有过这种症状”！

晚上，她看着星星。她不知道她在看什么，只知道星星能够见证我们还有玛丽恩的命运。只有衰老和死亡，才是我们最终的归宿。

露丝在接下来的几个月里，一直被焦虑折磨着。她脸色苍白，一直很疲倦，并且不停地指责自己是个不称职的母亲，但她才不是。我觉得这可能是一种产后抑郁。她经常无来由地难过，而且比她以前更加相信宗教，有时候她甚至抱着玛丽恩祈祷。她一直没有食欲，有时候一天只吃几口粥。她现在不工作了，也不去市场上卖水果，而是全身心围着玛丽恩打转。我觉得她缺人陪伴，也缺少自己的生活，于是我叫格瑞丝来看她。格瑞丝每次来都会带些婴儿的衣服，还有些药膏，并用她质朴的幽默和俏皮来哄姐姐开心。

我们邻居人很好，伊泽基和豪威丝，他俩有过九个孩子，养活了五个，有许多育儿经验。正是因为这样，豪威丝即使已经50岁高龄，仍然在纺织厂打工。她给我们不少建议，比如开窗通风、不要给小孩洗澡、轻拍催乳，还有把玫瑰水点在孩子额头上，让她快速入睡。

不过露丝觉得一切举动都可能会让她的小玛丽恩遇到危险（她总是在玛丽恩名字前面加个小)。她会因为自己或者我的一些不经意的小举止而生气着急，比如说，额头不小心擦到了灰。

“这是个坏习惯，汤姆！你这样会让她生病的。”

“我觉得不会的。”

“你不能这样，汤姆，你必须小心点，还有你以后不能在她身边打嗝。”

“我没在她身边打过嗝啊。”

“还有你每次喝完酒要记得擦干净嘴巴，晚上回家的时候要保持安静。你总是吵醒她。”

“对不起，我错了。”

还有别的时候，玛丽恩睡着了，露丝会突然毫无缘由地哭起来，我会抱住她安抚。有一天晚上我在酒馆弹琴工作完回家，进门的时候就听到她在哭。

我不知道我为什么对这段时间记得这么清楚，其实只有短短几个月而已。夏天过去了，露丝就恢复正常了。我觉得我可能是有意想晚点提后面的事情，因为那让我更内疚。我知道自己实际上是很软弱的。露丝在我们两个中间，是比较强势的一方，她知道怎么做对我们两个都好。正是因为她性格中的果断，才能让她在知道一切之后还依然决定和我结婚。

但这次，她也彷徨了。即使玛丽恩活下来了，平安度过童年，然后呢？有一天，她长大了，然后比自己爸爸变得还要老。我们默契地刻意不提这些，但不安在我们心头蔓延。

我也有自己的担心。露丝担心玛丽恩早逝，或者平安长大但有一天老得超过我。我比她还要担心，我担心玛丽恩是不正常的。比如她长到 13 岁，然后就停止生长。我担心玛丽恩要跟我面对相同的问题，甚至更糟。毕竟我是个男的，而她很可能被指认为女巫，被逼投河来证明自己的清白。

我夜不能寐，酒喝了一杯又一杯，数量随着时间的流逝有增无减。我一直在想曼宁，他还活着，并且有很大可能还在伦敦。虽然我们现在还没碰见他，但我经常能感觉到他。我有时会觉得他离我们很近，很可能就在我们注意不到的角落里，冷眼旁观我们的一切。

迷信无处不在。人们的成长，长远来看，就是逐渐从愚昧到启蒙、受教育、开化包容的过程。当然，我的成长曲线可能会特殊一点儿。詹姆斯国王的上台，加重了人民的迷信，他不光创作了《恶魔学》，还派人重译《圣经》。一时之间，人民的迷信和愚昧甚嚣尘上。

历史告诉我们，无知和迷信随时都有可能发展壮大。怀疑的种子一旦种下，很快就会疯长，并且传遍各地。

所以我们的恐惧也与日俱增。有一天晚上，在我工作的酒馆里有人打架，其中一方指责另外一方是魔鬼的追随者。还有一天，我跟一个屠夫说话的时候，他说他从来不在一个农民那里买猪肉，因为他养的猪肮脏邪恶，肉也会污染灵魂。他给不出证据，但他就是相信。这让我想起了萨福克郡，在那里人们也是毫无证据就进行审判。

我们再也没去过环球剧院，即使最近上映了很红的《麦克白》。这种政治和女巫的题材很受欢迎，大街小巷都在热议其中的隐喻。我觉得这不是巧合。我开始疑惑，莎士比亚是否没有我想象中的那样对我抱有善意。又或者，他对我有了其他的看法呢。但我的烦恼远不止这些。

玛丽恩长到 4 岁的时候，我们住的地方有个衣冠楚楚的男人，经常在街上大声读国王版《圣经》或者《恶魔学》的选段。我们一度相处愉快的邻居有时看我的眼光，也有点古怪。我不知道是不是因为他们注意到我一直没有变老，或者他们只是单纯觉得我和露丝之间看起来年龄差有点大。她看起来比我老了十几岁。

即使我们再也没有见过曼宁，他的名字依然阴魂不散。

有一次我走在街上，一个我以前没见过的女人跳出来，指着我的胸口说："曼宁先生已经告诉我们了，他已经告诉了每个人你的真面目……你甚至还有个孩子。他们应该在她刚出生的时候就掐死魔鬼的孩子，这样才能安全。"

还有一次，露丝牵着玛丽恩出去的时候，被人吐了口水，因为她和"巫师"一起生活。

玛丽恩现在已经是个知事的小姑娘了。她很聪明，很敏感，也正因此常常会觉得难过。发生这事之后她哭了很久，之后就变得异常安静，不爱说话。

因为她的缘故，我们慢慢改变了生活方式。我们不再一起出门，希望人们不要再对着我们指指点点。

玛丽恩是个女孩，又不是贵族，没办法上学。但我们都觉得让她识字很重要，可以拓宽她的眼界，丰富她的精神世界，以面对外界。读书在这时候还很难得，但还好我识字。我妈妈也识字（虽然是法语），我由她抚养长大，因此并不觉得女孩念书有什么不对。

玛丽恩确实是上天给我们的礼物，她非常聪明，也有好奇心。我们只有两本书，但她爱不释手。她 6 岁的时候，就能读埃德蒙·斯宾塞[1]的诗，8 岁的时候就能在蒙田的文集旁写下自己的看法。蒙田的书她读的是我从集市买来的英译版，书脊破损了，还缺页，正因此我只花了两便士。她在看到露丝和我握着手的时候，会说“如果世界上存在所谓好婚姻的话，那是因为它更像友情而非爱情”。如果我们问她为什么不开心，她会回答我们“我的生活充满了可怕的不幸，其中大部分从未发生”。

“这是蒙田说的话，对吧？”

然后她会狡黠地点头：“我把那些我觉得说得好的适合引用的都做了笔记。”我感受到了她的聪慧。

不过有一天，她读到了一些别的。

有时候她早上会自己出门去玩，那天她出去的时候，我正在学一首新的琴曲。她回来的时候，我看到她脸颊有些红肿，好像被人打了一巴掌。

“怎么了，宝贝？”

她呼吸有些急促，过了几秒，她皱着眉头看着我，有着不符合她年龄的认真和紧张：“爸爸，你是撒旦魔王吗？”

我大笑：“今天早上可以是。”

她没有和我开玩笑的心情，所以我飞快补充道：“当然不是啦，玛丽恩，你为什么这么问？”

---

1 埃德蒙·斯宾塞 (Edmund Spenser)：16 世纪英国文艺复兴时期非常重要的诗人之一。

然后她指给我看。

有人在我们家的门上刻了“撒旦降临处”。这几个充满恶意的字让我觉得非常恐惧，但更可怕的是，玛丽恩还比我先看到。

当露丝知道这件事情的时候，她飞快地做出了决定。

“我们得离开伦敦。”

“但我们能去哪里呢？”

对于露丝来说，这是次要的问题。她说道：“我们需要重新开始了。”

“去做什么？”

她指着挂在门后的鲁特琴。

“别的地方的人们，也会喜欢音乐的。”

我看着鲁特琴，看着琴枕和琴箱上的木质装饰，我突然有种荒诞的想法，或许里面也有一个世界。在鲁特琴里面，会不会也有一个小小的世界，里面的人们生活在那里。我们可不可以也去那里，不被所有人找到，与世无争地活着。

[伦敦，现在]

–

我把我的鲁特琴带过来，靠在桌子旁边，作为给九年级上课的教具。

“这是一把四百年前法国产的手工琴。在那时候，法国产的琴要比英国产的更加精致复杂。”

“这就是以前的吉他吗？”丹妮尔好奇地问道。

“准确说，鲁特琴不是吉他，它们看起来有点接近，但是鲁特琴的音色更加清亮。看它的外形，有点像泪珠。看它的深度和后背，是贝壳状的。琴弦是用羊肠做的。因此鲁特琴的音准细致，音色完美。”

丹妮尔做了一个恶心的表情。

“这是过去的一种乐器，更接近于电吉他加键盘。以前，甚至连女王都有一把鲁特琴。但是当时，当众奏乐是非常粗俗的，因此鲁特琴在底层人民中流传更广。”

我弹了一段《流淌吧，我的眼泪》，他们看起来毫无感触。

“这是那时候很有名的一首歌。”

马库斯好奇道：“这把琴是上世纪 80 年代流传下来的吗？”他戴着一块金表，和旁边坐的安东一样有非常复杂酷炫的发型。

“不，还要早。”

我突然想起点儿什么。

我开始弹一段 E 小调和弦，然后转到 A 小调。

“我知道这首歌，”丹妮尔叫起来，“我妈妈很喜欢这首歌。”

安东在笑，摇头晃脑。然后我开始唱这首歌的歌词，《比利 · 金》唱不上去的地方干脆用了假音。

整个课堂笑了起来，还有些人和我一起唱。

因为我们这边的动静，卡米拉和她带的七年级本来在操场上上法语课，这时也停下来看我。卡米拉打开门静静听着。

她隔着玻璃鼓掌，她微笑，然后闭上眼睛，轻轻跟我哼副歌。

然后她睁开眼看我。我打了一个激灵，有种惶惑的快乐，恐惧的快乐。这时达芬妮也过来走廊这边，我停了下来。不过课堂上的小孩子一下子没刹住，然后达芬妮和颜悦色地说：“没关系，不用因为我停下来。迈克尔 · 杰克逊的歌可以弹的，我很喜欢这首歌。”

“我也是。”卡米拉说道。

我当然知道她喜欢。

[坎特伯雷，1616—1617 年]

一

坎特伯雷居住着许多法国人，他们都跟我和妈妈一样，是胡格诺派教徒。当时，罗什福尔公爵建议我们要么搬去伦敦，要么搬去坎特伯雷。他真诚地对我们说坎特伯雷是“神眷之地”，这里非常欢迎过来避难的外来者。但是我妈妈没有采纳他的建议，而是去了更加安静的萨福克郡。这是个错误的决定，安静并不意味着安全，有时甚至可能是致命的封闭和保守，但我将这个建议一直记在心里。

于是，我们搬来了坎特伯雷。

我们找到了一所温暖舒适的房子，租金甚至比我们在伦敦的租金还要少。我们对这里的教堂和清新的空气很满意，但还有另一些问题有点麻烦。比如说，工作。

在这里，没有酒馆想雇用一个乐师，这里也没有剧院。我只能在街上拉琴卖艺，但也只有在市场上绞刑架行刑的时候才会有人聚集起来。

两周后，我们的钱财所剩不多。露丝和 9 岁的玛丽恩这时候得到了一份卖花的工作。玛丽恩在音乐和文学方面有着不可思议的敏锐。我经常对她说法语，所以她很快也学会了这门语言。只是露丝还有一点担心，玛丽恩接受的教育，会不会让她和人群更加格格不入。

玛丽恩有时候会哼着歌绕着屋子跑，沉浸在她自己的世界里，嘴巴里不知在嘟囔些什么。她经常看着窗外发呆，有时看起来游离在别处。有时她会蹙起眉头，不知道在担心些什么，但她从来不跟我说。她常常让我想起她的祖母，我的妈妈。她们都一样，聪明，敏感，擅长音乐，多愁善感。比起鲁特琴，她更喜欢笛子（从市场上便宜买来的锡笛），她喜欢那种可以通过“气息和手指”来控制的音乐。

她有时在街上吹笛子，边走边吹。我还记得，有个周六的上午，阳光暖暖的，玛丽恩和我把露丝的鞋子拿去鞋匠那里修，我跟鞋匠说话的时候，玛丽恩就站在外面，用笛子吹《树荫之下》。

过了一会儿，她跑进来，手上攥着一枚铿亮的硬币，亮得就像是日光。她脸上洋溢着大大的微笑，我从没看见她这么欢快的样子。

“一位太太刚刚给我的，我要留着这枚硬币，它一定会给我带来好运的！爸爸，你看呀！”

然而，好景不长在。

就在第二天，我们全家去教堂的路上，几个小男孩嘲笑我们，他们对我和露丝牵着的手挤眉弄眼，我们很快就松开了。我俩看着对方，我们是夫妻，本没必要羞愧的。

然后我们的房东，体格健壮声音洪亮的老弗林特先生，在收房租的时候，都要问我们：“你是她的儿子吗？”

“所以，这个女孩会说法语？”

不可避免，事情就在这里出了点小状况。闲言碎语在哪里都有，人们逐渐议论我们，审视我们，疏远我们，感觉甚至连飞鸟都在叽叽喳喳说我们闲话。我们不再去教堂，想躲开别人的目光。但这只是欲盖弥彰，反而引起了更多的怀疑。这次我们门上没有被刻字，我们屋子周围的树上被人刻了字，用来保证我们身上的晦气不传染出去。

一天在市场上，一个自称是女巫猎人的男人指着玛丽恩说，她是女巫的孩子。一个用巫术保持自己丈夫年轻来取悦自身的女巫。然后那个男人指着玛丽恩说，她是女巫的后代，也一定是个恶魔。

玛丽恩高高昂起头，愤怒地告诉那个男人“一个人心里有野兽，才会把别人都当成野兽”。不过她的回应让事情变得更糟。她说的话并不是蒙田的，但显然也受到了蒙田的影响。不过那个男人一走，玛丽恩就哭了出来，而且之后的一天都没有说话。

露丝几乎要被恐惧折磨病了，她声音颤抖着告诉我发生的事情。玛丽恩被噩梦惊醒后又睡着了。

“为什么这些可耻的蛆虫不能放过我们呢！我很担心她，也很担心我们。”

她眼里有泪水，面容严峻坚定。她已经做出了决定，一个可怕的决定。

“我们必须回伦敦。”

“但我们是从那里逃走的。”

“这是个错误，我们必须走，我们、我们，我们三个都……”她一直不停地说着，却不敢说接下来的话，好像说出来之后，那些不幸就会真的发生。

她泪水涟涟，我抱住她，她也抱着我，我亲吻她的额头。

“只要我和你们待在一起，你和玛丽恩就永远会有危险。”

“一定还有别的办法——”

“没有别的办法了。”

露丝抚着她的裙子，一直盯着看。她闭上眼睛，擦掉泪水，鼓足勇气。一辆马车经过外面。她看着我，没有说什么，但沉默本身就是无言的表明。

“你和我们待在一起不安全，汤姆。”

她没有说剩下的话，不仅是我不安全，她也不安全。我知道她知道这些，这种认知在我心上狠狠地刺了一刀。我想保护的人，遇到的危险恰恰来自我。

我无言以对，我还能说什么呢？我知道没有我，露丝还能过得很好。事实上，有我没我，她都能过得很好。

她现在终于能直面我的脸：“不仅仅是为了我自己，我没什么好怕的。离开了你我不过是一具行尸走肉、一息尚存的灵魂。”

话已至此，最后一丝希望也没有了。

玛丽恩知道我要离开的事情，很受伤。我能从她的眼睛里看出来。但是她一直做着别的事情，掩饰得很好。

“我的天使，你以后就安全了。人们不会再多嘴多舌，也不会再有人在我们门口刻字，没有人再朝你妈妈吐口水，一切的不幸都再也不会发生。我必须得走啊。”

“那你会回来吗？”她郑重地问，好像我已经离她而去，“你还会回来跟我们一起生活吗？”

真相会让我们都心碎，所以我撒谎了。我就像天下所有的父母一样，说出了哄孩子的善意谎言：“会的，我会回来的。”

她皱着眉，然后跑进自己的房间。过会儿回来的时候，她手里紧紧攥着一个东西。

“伸出手。”

我如言松开手，一枚硬币掉进我的掌心。

“我的幸运硬币。”她说，“你要一直带着它，不管你在哪里，你都要一直想我。”

我们决定在夜里悄悄回到伦敦。只要有钱，从坎特伯雷去伦敦的马车谁都能上，我们找到了一个不错的马夫，他答应以便宜两先令的价格，带我们过去。

那晚，玛丽恩，我今生唯一的孩子，睡在我的臂弯里。我手臂环绕着她。露丝看着我，黑暗中，她的泪水肆意流淌。我的手里紧紧握着玛丽恩的幸运硬币。

随后的许多年，尽是艰难。我一直怀念我们一家人生活在一起的日子，就像是满篮的李子，我以为永远也拿不完，我可以凭回味那段记忆度过余生，把和她们待在一起的每个日子的细枝末节，反复咀嚼。但人世的悲欢就在于，过去毕竟只是过去，而未来也不会按照你所想象的发生。

我的生活一片漆黑。

我的鲁特琴和新鲜面孔在酒馆大受欢迎，尤其是美人鱼酒馆的生面孔非常少见。我在酒精和性的麻痹下迷失自我。这个城市人越来越多，而我越来越孤独。所有的人都不是露丝，也不是玛丽恩。我知道她们住在肖迪奇[1]，或者她们那时曾打算去肖迪奇。所以我有时会去那里，但我再也没有见过她们。

再然后，就是 1623 年了，瘟疫爆发了。某一天我看到一个女人在河边走。一个 30 多岁的女人，怀中抱着一个睡着的男孩（当时，在河边走非常流行。因为瘟疫爆发了，河边的空气被认为非常清新，有助于抵抗瘟疫。不过非常怪诞，人们也把所有因瘟疫而死的尸体抛进河里），我觉得熟悉，辨认了一会儿发现那是格瑞丝，不过她根本无心看我。

她看起来很难过很失落，生活的重担已经打磨了我记忆中那个女孩的锐气。

我叫住她，她看了我一会儿，感叹道："你还是和以前一模一样，一点儿都没变。你看我，都已经是个老姑娘了！"

"格瑞丝，你不是个老姑娘。"她一开口，我就知道，她不是。她的年纪和皮肤都不是，只是她的悲伤让她显得暮气沉沉。不过我很快就知道了原因。

"她怎么样了？"我问道，这个问题在我脑海里盘桓，每一天，我都在想没我的日子里，她怎么样了。

"露丝得了那个。"她告诉我。

---

1 肖迪奇：英国伦敦的一个地区。

"哪个？"

格瑞丝不肯再多说，我从她的神情里知道了答案。我由内到外感到一阵寒意。

"她不肯见我，想让我走，怕传染到我。她都是隔着门跟我说话的。"

"我要见她。"

"她不会见你的。"

"她提起过我吗？"

"她很想你。她只说过这一句，她不该让你离开的。你走之后，一切不幸都发生了。她一直都很想你，她没有一秒停止爱你，汤姆。"

我的眼泪像断了线的珠子，我看着她怀中睡着的儿子，问道："她现在在哪里，玛丽恩在哪里？我还想知道玛丽恩怎么样了。"

格瑞丝看起来有些犹豫，不知道她是否应该回答。她避重就轻，只跟我说："露丝不会想见你——"

"我不在乎，我不会得瘟疫的。如果要得我早得了，我从来没生过病。"

格瑞丝沉思了一会儿，轻轻晃着她怀里的婴儿："那好吧，我就告诉你吧。"

[伦敦，现在]

今天晚上有家长见面会。我坐在桌子后面，这一小时内我已经吃了三片止痛片。我还在想我跟露丝最后的谈话，我最后一次见她。不，我不该想这些，我不该坐在这里想这些久远且痛苦的事情。我坐在运动场上，身边的家长手上或者口袋里都放着智能手机，我却仿佛听到她弥留之际对我说的话。她当时躺的那张床，距我现在不过 500 米的距离。

“现在一切都是那么黑暗，任何喜悦都不合时宜……”

她在说她的幻觉，但是她的话语好像给我们重逢的这一刻情景做了注解。

“会好起来的，露丝。”我自言自语喃喃道，像是个疯子，现在是 21 世纪，“一切都会好起来的。”

我还有别的幻听。

那句在无数个日日夜夜折磨着我、支撑着我的话。

“她和你一样，你一定要找到她，你一定要好好照顾她……”

“对不起，露丝，对不起……”

声音从四面八方、各个时空传来，我分不清过去和现在。

“您还好吗，哈泽德先生？”

是安东的母亲克莱尔，她关心地看着我，表情困惑。

“还好，还好，我挺好的，不好意思，我只是，我只是想到了一些别的事情。你刚刚跟我说什么？不好意思，继续吧。”

“我想谢谢你。”她说。

“谢我？”

“我从来没见过安东那么努力完成学校的作业，他对待历史真的非常认真，还从图书馆借书来看。我真的很高兴看到他这样，各个方面。他说是你让他醒悟的。”

其实这时候告诉她，他儿子曾经差点伙同朋友刺伤了我，应该会很有趣。不过我没有那么做，我内心有点自豪。

我不记得自豪是种怎样的感觉。我上次有这种感觉，还是我教会玛丽恩读蒙田，弹《树荫之下》的时候。海德里希经常说我应该为自己在信天翁社会做出的贡献而感到骄傲，但是我只是有时会觉得自己做的事还不错。比如我上次去约克郡救出芙罗拉。信天翁社会做的那些事情，大部分时候来说都很紧迫，有时很单调乏味。但这次不同，这种感觉很好，有种脚踏实地的满足感。

“我一直很担心他，你知道吗？他有点被扳回来了，14 岁的小男生。他一直很迷茫，和那些不好的人交朋友，变得落后了……”

“哦，是吗？”

“对，他不爱和我说太多，但他现在恢复正常了。实在是太感谢你了，老师，谢谢你。”

“很好，他是个很有希望很开朗的孩子。他写的关于‘二战’还有英联邦对奴隶制影响的论文都非常好，得了 A，他本来就是这么优秀的孩子。”

“他还想要考大学了，读历史系，你知道吗？这些天，实在是太难得了。虽然大学很贵，但我希望他能去读，我之前一直在祈祷，现在上帝终于垂怜我了。我们过得很难，但他有决心，他想上大学了。”

我感到内心的骄傲快要溢出来了，这就是为什么我想当老师。虽然非常微小，见效缓慢，但我确实能努力让这个世界变得更好。

“他是个很聪明的……”我余光看到，卡米拉也在家长中间。她取下眼镜揉揉眼睛，看起来有点累的样子。她看着自己桌前的试卷，想要集中注意力。

我试图把注意力收回来，但我内心里还有以前的画面挥之不去：露丝弥留之际的脸、玛丽恩看书的模样、被熊熊大火烧毁的房子。

1666 年，整个城市有一场大火。我加入了救援灭火的队伍，并且还试图冲进一家伦敦大桥旁边的商店，在火场中烧死自己。

“对的，我觉得这样很对。”我没听到安东的妈妈刚才说了什么，但是随口附和表示认同。

然后毫无预兆，卡米拉晕过去了。她从椅子上滑落，碰翻了面前的桌子，脚一直在抽搐。毫无预兆，她在家长见面会的时候出了状况。

我一直不是喜欢掺和这种事情的人，即使没有信天翁社会要求我们明哲保身，我也不喜欢在这种时候凑上去，一般是远远地旁观事态的发展。但这次有点不同，我年轻时候的冲动好像回来了，那个在剧院里为了保护露丝和格瑞丝、意气风发犯下祸事的我，好像又回来了。

我不由自主地跑到她跟前，达芬妮也在往这边跑。卡米拉全身一直在不间断地颤抖。

“把桌子扶起来！”我大声指挥达芬妮。

她照做了，并且吩咐其他人叫救护车。

我把卡米拉放平。

很多人都围在旁边。这就是21世纪的人类的共性，每个人都喜欢看热闹。

卡米拉慢慢停止抽搐，回过神来。她先是没反应过来，环视四周，有些茫然，随即就是尴尬。有那么一两分钟，她一言不发，只是定定地看着我的脸。

达芬妮端过来一杯水，并且对围观的家长和同事们说：“大家让一让，给她一点休息的空间。来，稍微后退一点，让空气流通一下。”

“还好，没事。”我对卡米拉说，“你刚刚只是突然抽搐了。”

“只是”这个词似乎有些太轻描淡写了。

“我，哪里，在哪里？”

她看着周围，支撑着坐起来。她还很虚弱，身体缺乏一股精气。我和达芬妮合力把她搀扶回自己的座位上。

“我现在在哪儿？”

“运动场。”达芬妮的神色让人不自觉地安心，“你在上班，在学校里。没事的，亲爱的，这是一个……一个意外，你刚刚突然抽搐了。”

“学校。”卡米拉的语气非常迷茫和困倦。

“救护车马上就要来了。”有个家长拿着手机，插话道。

“我没事。”她说。她看起来还有点懵懂和迷茫，以及深深的疲惫和困惑。

她看着我，皱着眉，好像不认得我是谁，又或者是她想起了一些别的。

“你没事的。”我安抚她。

她的眼睛牢牢盯在我身上：“我认得你。”

我只好对她微笑，达芬妮还在我们身边，我有点尴尬，只好哄她道：“你当然认得我，我们是同事。”然后我有点欲盖弥彰地想要说给周围人听，“我是新来的历史老师。”

她靠在那里，喝了一小口水，摇摇头：“西罗酒店。”

我的内心被重重一击。中央公园遭受飓风之后那天，海德里希在公寓对我说的话一瞬间浮现在我的脑海。“发生过的事不会消失，只是暂时隐藏起来。”

“我——”

“你在那里弹钢琴，然后还有一天，我看到你在另一个酒吧里弹琴。”

我内心只有两个想法。

要么我现在是在做梦，其实也有可能的，我之前也梦到过卡米拉。

又或者，她也很老了，青春的皮囊下，是一个老迈的灵魂，她也是个信天翁。我在她 Facebook 上看到的几年前的照片，可能只是她 PS 出来的。这就是为什么我之前对她感到很特别，因为我们之间有微妙的相同点，就是因为这样，我才对她有了错觉。当然，也可能她是从别的地方知道的这件事情。

不过当务之急是要阻止她接着说下去。假如她继续，不仅仅是我，就连她自己也有暴露的风险。我对她有好感，这是事实。我长久以来骗自己，我可以一个人活着，不需要任何人的陪伴，这个谎言在看到她之后土崩瓦解。我不明白为什么她能做到这一点，但我不能否认我关注她，我想保护她。即使是海德里希，也没办法让整个运动场的老师和家长失忆。假如她是信天翁，或者她知道信天翁，并且还在大庭广众之下提起，她会比我的身份暴露还要危险得多。

“放轻松，我们……我们晚点再说这个（法），我会向你解释一切的，现在也别说这些。这里人多嘴杂，不是说话的地方，请你理解。”

她看起来很累很想睡，只是坐起来就耗了很大精力。她看着我，还是很迷惑的样子：“好的，我明白了。”

我把水端到她嘴边，喂她喝。她冲达芬妮和周围的人道歉道：“不好意思，老毛病了，我每隔几个月就会发作一次，我有癫痫病。我今天只是太累了，很快就会好起来的。我已经服药了，等一下会再去开点儿新的。”

她看着我，眼皮很沉重的样子。她整个人看起来既脆弱易碎，又坚强不屈。

“你还好吗？”我问她。

她轻轻点头，不过神情看起来并不是那么好。

[巴黎，1929 年]

–

晚上 7 点。我弹着钢琴，舞厅里空空的，但不少衣冠楚楚的男人和穿着礼服的女人坐在座位上，一边喝东西一边小声交谈。

西罗酒店的爵士算是招牌卖点。不过在1929年，这些口味刁钻的客户可不仅仅想听到爵士。因为爵士到处都有，所以我有时会玩些花样。假如舞厅的人多，我会弹一些阿根廷桑巴或者吉卜赛舞曲的配乐。但在人不多的傍晚，就只能来一些严肃柔和的音乐。现在我弹的是福莱的曲，音乐是深沉严肃的海，我在其中感受着每一个音符。

“假装没看到我，不要看镜头。(法)”我在弹琴的时候，一个摄影师靠近我想拍照。

“不可以。”我飞快地小声说，我还记得海德里希对我的嘱咐，不能留下照片，“不能拍照——”

但已经晚了。我太沉迷于音乐中，我自己还没意识到的时候，他就已经按过快门了。

“该死。”我无计可施，低咒道。心情很不爽，我换了一首格什温的曲子。

[伦敦，现在]

我们在翻新后的环球剧院的一家不错的餐吧碰头了。

我很紧张。不是因为又回到了环球剧院，而是因为卡米拉。谜底难以想象，她是怎么知道西罗酒店的呢？她怎么可能知道？我的一切猜想都让自己更加惴惴不安，又或者是我自己没想过的答案。我很怕她，也怕我自己。我就像一只颤巍巍的惊弓之鸟。还有另一件我弄不清的事情，就是我现在仍然还活着。

过去这些年，我有不少自杀的想法。最近的一次，就是在西班牙内战的时候，我在一个战壕里准备饮弹自尽。那时候，是靠着玛丽恩给我的幸运硬币，我才一次次支撑下来，游荡在这个人世间。那次是 1937 年，说起来我也有很长一段时间没有寻死了。

不久前，我觉得自己想摆脱海德里希的控制，可能这个想法是错的。我是海德里希的所有物，我的一切都是他给的。自由是多么奢侈。

克尔凯郭尔[1]曾经说过，焦虑是面对自由时的眩晕。

露丝去世后的好几个世纪，我一直活在痛苦之中，然后这种痛彻心扉终究也随着时间的流逝而被冲淡。我慢慢从泥淖中走出，可以再次享受音乐、食物、诗歌、红酒，以及这个世界的美。我重新感受到这些美好。

我的内心仍然有一个空洞，或许比空洞更严重，里面没有爱，也没有痛苦，只是无尽的空虚。空虚也是有好处的，你可以用这种空虚来打发时间。

我想说服自己，我来见卡米拉，是为了搞清真相，我不会告诉她任何事情。但来这里的感觉真的很怪，让我浑身不自在，尤其是见面地点还是环球剧院。

多年前在剧院大闹一场之后，我就再也没回过这里，我不想想起那些时光。如今，我感觉到那时的记忆在我脑海里横冲直撞。那些衣冠楚楚而又虚伪的观众，好像此刻仍然坐在这里，在我身边。

菜单上印着莎士比亚那张经典的照片。我之前觉得这张照片和他一点儿都不像，额头太大，胡子太少，头发奇怪，表情呆滞。但此刻我觉得唯独那双清凌凌的双眼仍然是他，他的目光淡漠，好像对万事万物都不关心，只有在出了什么事情的时候，才露出几分人间的烟火气。

服务生站在旁边，卡米拉扬头冲他微笑致意。

---

1 克尔凯郭尔：1813—1855 年，丹麦哲学家、神学家及作家，被视为存在主义之父。

她穿了一件蓝衬衫，看起来很苍白，很疲惫，但无损她的美丽。

“我要一份鳐鱼翅。”她推了推眼镜，对服务生说道。

“好的。”服务员记下之后扭头看我。

“我要一份蒜蓉甘蓝团子。”

他收起菜单，我又看了一眼上面的莎士比亚像，然后转头看着卡米拉。我想放轻松。

“抱歉，”我说，“在学校我有时表现得有点怪。”

卡米拉摇头：“你不必道歉。不停道歉可不是什么好习惯。”

“你是对的，但我，真的很糟糕，而且也不懂跟人相处。”

“嗯，对，跟人相处确实很难。”

“然后有时，我的脑袋里会突然有很多过去的事情。”

“加入个俱乐部吧。”

“我们的俱乐部？”我疑惑。

“不完全是。俱乐部里有很多普通人。不过都行，随心就好，做自己想做的。”

“我不是一个外向的人，我也不得不小心。”我看着她，发现自己从不了解她。我看着眼前的人，努力回想，仍然没有丝毫印象。只好问道：“我们之前没有见过，对吧？我的意思是，在那天公园见面之前，我就只见过你一次。来应聘的时候从校长达芬妮办公室的窗户里远远看了你一眼，更之前，我们没有见过，对吧？”

“那要看你对‘见面’的定义了。如果你指的是那种面对面的，确实没有。”

“好的。”

“嗯。”

我们之间的谈话停了下来。我们对彼此都有很多疑问，但又都不敢先试探，以免被对方看出马脚，泄露底牌，谁都不想捅破那层窗户纸。

我们吃着面前的美食。

“你觉得怎么样了？”我问她。一个简单的关心，但很真诚。

她咬了一口面包，看着面包，好像里面有什么值得研究的地方，包罗万象，而不仅仅是一个普通面包。

“好多了。”她答道，“我得癫痫已经很久了，过去更糟糕呢。”

“很久了”，我注意到她的用词。

“所以你以前也经常抽搐发作吗？”

“对。”她答道。

服务员给我们倒上酒，我喝了一口，又喝了一口。

卡米拉看着我：“现在，到你了。你答应过要告诉我你的事情的。”

“我当然要告诉你关于我的事。”我话是这么说，但是心里还是拿不准要跟她说到哪个程度合适，“但是有一些事情，不管是你还是别人，其实不知道反而是最好的。”

“你违法犯罪过？”她好像在取笑我。

“不是，我的意思是，有一些是。好吧，我是说，假如我都跟你说了，你可能不会相信，会觉得我是个疯子。”

“菲利普·迪克说过，真相有时候就是会让人疯狂。”

“他是科幻小说家吗？”

“对的，我挺奇怪的，特别喜欢看科幻小说。”

“没有，其实很好。”我由衷道。

“你也喜欢吗？”

我内心道，我不喜欢，但我的经历就是一本科幻小说，不过嘴上说着：“有一些吧，比如《献给阿尔吉侬的花束》，还有《科学怪人》。”

“我想听你说你自己的事。”她转回话题，“告诉我你的事情，让我知道自己是不是疯了。”

其实，让她觉得自己就是疯了、异想天开，也是个省事的选择。但我没那么做：“在我跟你说关于我的事之前，你必须先跟我说你的事。”我感觉自己的口吻非常坚定。

她睁大眼：“我？”

我深呼吸，停了一秒：“我需要知道你是怎么认出我的，还有你为什么会提起西罗酒店。八十年前，西罗就关门了。”

“我没那么老啦。”

“我想也是。”

餐厅里切换了一首歌。她侧头倾听：“你听，我很喜欢这首歌。”

这是一首温暖又伤感的曲子。我听出来了：“这是卡莉·西蒙的《又来了》。”

“我妈妈以前很喜欢卡莉·西蒙。”

“也喜欢迈克尔·杰克逊吗？”

“不，那是我喜欢的。”

她本来在笑，不过想起该轮到她解释自己就变得有点尴尬。这个瞬间，我觉得她很可爱。我开始幻想和她生活在一起，我亲吻她。我觉得自己应该逃走，让海德里希给我订一张机票，去再也看不到她的地方。可惜这时已经太迟了。

她已经准备好了。

“好吧，那就先说说我自己。”

她很坦诚。她告诉我，她7岁的时候就得了癫痫，所以她的爸爸妈妈把家里的一些棱角都包了软布，铺上厚厚的毯子。她治疗了一段时间后才找到正确的方法。她慢慢变得害怕陌生的环境。“或者说，我害怕生活本身。”

她19岁的时候，和一个英俊有趣的程序员订婚了。男方的妈妈是瑞士人。他就是我曾经在Facebook上看到的那个男人，不过2011年，他在攀岩的时候因为意外不幸身亡了。

“我当时也在场，不过我没有去爬。因为我有癫痫，所以不适合去攀岩。当时我就在现场，还有一些我们的朋友。当时都是血，那几个月，我每天晚上闭上眼睛，看见的都是漫山遍野的血。他就这么死了，人生啊，真是难以预料。”

她吸了一口气，谈起这段并不怎么愉快的回忆。

“我以前一直担心自己随时可能死去。我想像他那样，健康勇敢。但是，他，砰的一声，甚至比我更早凋零。我无法背负那些，所以只能离开。我去旅游，我没办法再在原来的地方像个囚犯一样，一直被困在过去活着，你明白吗？”

我当然明白她的感受。“所以然后呢，后来怎么样了呢？”

“我去南美待了六个月。巴西、阿根廷、玻利维亚、哥伦比亚、智利，我喜欢智利，那里很棒。最后我的钱花完了，所以又回到了法国，但我没办法再回格勒诺布尔，那里有太多回忆。于是我只好来巴黎，我在一家五星酒店找到了工作。工作很忙，可以让我忘记自己不愿意想起的事情。每天一直和别人说话，帮客人办理入住和退房。虽然忙碌但都是机械工作，不用动脑，逐渐没时间去想生活上的事情，所以其实这份工作很适合我。”

我对她感同身受。随着她的讲述，我的心情也越来越紧张。

“酒店大堂和走廊里挂了很多照片。黄金时代的巴黎，20世纪20年代的，还有很多当时爵士舞活动遗留下来的现场照片。当时，有个很有名的爵士女歌手、舞蹈家，是个黑人，她来蒙马特地区演出……”

“约瑟芬·贝克？”

我说起这个名字，想起我在巴黎见到她的情形。观众在抽雪茄，而她就在烟雾缭绕中翩翩起舞。

她点点头，手比画着，好像又想起来了些什么。我迫使自己冷静一下。

“对的，就是约瑟芬·贝克！我每天对着她的照片，天天看到她的巨幅画像。那张图里面，有个西罗酒店，里面坐着一个钢琴家。照片上的注释也写着摄于西罗酒店。虽然是黑白照片，但是画质很清晰。里面那个钢琴家沉迷在音乐的海洋里，没有注意到大厅里的其他人，只是专注地看着钢琴。我和这张旧照片朝夕相对，一直忍不住看这个钢琴家。那凝固的一瞬间便是永恒，好像超越了时间。那个钢琴家很英俊，手很漂亮，脸上带着忧郁的沉思气质。他穿着白衬衫，袖子卷起来，优雅中带着痞气，他的胳膊上有一道疤。我想这个男人已经死了，所以我把感情投入到他身上，对他着迷，就无所谓了。但是，他没有死，对吧？因为你就是他。”

我犹豫了，我不知该如何是好。我想起那天她盯着我手臂上的疤看了很久，这才知道原因。一切前因后果都串起来了。

太荒诞了。我准备告诉她真相，但我现在发现一切都是巧合，我觉得自己不该对她坦诚了。我的直觉让我对她说谎，毕竟我擅长于此。我这个谎话精，假话张口就来。我这时候应该大笑，然后表现得很失望，说都是一个误会，她认错了而已。因为我之前以为她是真的认得我，现在我才知道一切不过是她的揣测。照片怎么能算数呢？尤其那还是一张20世纪20年代的照片。

但我没有那么做，我觉得有很大一部分原因是我不想让她尴尬。还有我自己一些隐秘的私心，我想让她知道真相，我希望她知道。

“所以——”她停下来，等我解释。

她接下来的举动有点怪，她揉了揉脸侧，轻轻点头，闭上眼睛，拨了拨头发。这个动作表示轻微的抗拒。我不知道她在抗拒什么，是命运吗，是真相吗，还是她身上的癫痫？有那么一瞬间，我觉得我自己不得不承认，四百年来，我又一次动心了。

真的很奇怪，因为她这样的小动作，我突然觉得动心。不过有时候，一瞬间你就可以看穿一个人，从沙砾就能看到整个世界。一见钟情或许不简单，但也没那么难。爱，本就是一瞬间的事。

“所以，”我试探性地说道，想要看看她的想法是怎样的，“你不仅仅喜欢科幻小说，你认为，我也是科幻小说里的人。你觉得我可能是时间旅行者，或者是一些别的什么生物。”

她耸肩：“或许吧。谁知道呢？我不清楚。我的意思是，人们只相信他们愿意相信的真相，超出他们理解的听起来就会像科幻小说。地球绕着太阳转、电磁感应、进化论、X光、飞机、DNA、细胞学、气候变化、火星上有水，在这些被证实之前，人们都觉得不过是科幻小说的揣测。”

她看得太透彻了，我简直想拔腿就跑，但我更想告诉她一切。究竟如何是好。

我以手遮眼，感觉好像置身火烤之中。

“你可以跟我说，说出全部的真相。”

“我不可以。”

“我知道，那张照片上的人就是你。”

“那是舞台照，那张照片只是一张舞台照。它不是真的20世纪20年代的照片。”

“你在撒谎，别对我撒谎。”

我站起来：“我得走了。”

“不，你不可以。求你了，求你了，我喜欢你，你无法逃避这一切。”

“你错了，可以的，只要一直逃避，你就可以躲开。只要你一直逃，一直变换身份，就可以躲开一切！”餐厅里面的人抬头看我。我太激动了，意识到这点后，我尴尬地坐回到位置上。

“我有那张照片，”她说，“我拍到手机上了，但是画质仍然很清晰。我知道这听起来很奇怪。但求你了，告诉我吧。不然我会一直想一直想，永远把这放在心上并尝试去找答案的。”

“愚蠢的做法。”

“对，我就是愚蠢，我只是想知道真相啊。我有癫痫，这是我的秘密。别人都不知道，而我却对你坦诚相待。我觉得我们之间或许可以诚实一点，更何况那天你答应过我的，你答应我要跟我说真相的。如果你不告诉我，我会一直追问的。”

“假如我告诉你真相，并且要求你守口如瓶，你不能对任何人透露呢？”

“我会做到的。”

我审视着她。一个人的面部表情无法泄露太多信息，但我相信她。我没有学过如何判断别人的微表情。在过去几百年间，除了海德里希，我谁也不相信，但现在我相信她。可能是今晚的红酒醉人，也可能是我进化出了信天翁的超凡洞察力。

有那么一瞬间，我感觉自己完全了解了她，好像我已经和她度过了一生那么久。

“对的，那是我，那就是我。”

她眼睛瞪得大大的，看着我，脸上的表情如梦似幻。她以前不敢肯定，甚至可能断定我说的那些都是她的错觉。我很享受她的这种表情，我也很乐意让她知道真相。

以后，可能我会烦恼并且后悔我说出真相。但此刻，我内心只觉得一阵轻松和解脱。

我们的正餐上了。

我目视着服务员上菜之后又离开。

然后缓缓向她道出了一切。

两个小时后，我俩在泰晤士河旁边散步。

“我真是难以置信，我知道那是你，我知道。但是知道全部的事情之后，我觉得自己可能要疯掉了。”

“你没疯。”

不远处有个年轻人，用自行车做着一些高难度的动作，引得人们驻足围观。

我看着卡米拉，她神情严肃，和周围欢快的游客形成鲜明对比。我很内疚，我告诉她一个大秘密，让她从此和我一样背负上了一道枷锁。

我也跟她说了玛丽恩的事情，还把她留给我的幸运硬币从包里拿了出来。

“我还记得她给我这枚硬币的那天，每一秒都记得很清楚，甚至比一年前的事还要清晰。”

“你觉得她还活着吗？”

“我不知道。人类是不可能活四百年的。没人怀疑过我们是巫师，或者好奇我为什么没有孩子，但我很担心她。她是个聪明的女孩。她识字，她 9 岁的时候就能看懂蒙田。我就是担心她的想法，她太敏感了，虽然嘴上不怎么说，但她对外界情绪非常敏锐，很容易难过。她经常思考很多事，很容易沉浸在自己的世界里，也很容易做噩梦。”

“可怜的孩子。”卡米拉说。但我感觉卡米拉已经被巨大的信息量弄晕了头。

我唯一没有告诉她的事就是，信天翁的社会。我觉得和她说这个会给她带来危险。她问我除了玛丽恩是否还认识别的像我这样的人，我下意识地撒谎了。我没有提艾格尼丝和海德里希，但是跟她说了欧迈的事，我来自大溪地的老朋友。

“他离开伦敦之后，我就再也没有见过他。他参加了库克船长的第三次远航。库克船长需要他做翻译。我后来就没有见过他了，可能他再也没回过英国。”

“库克船长？”

“对。”

她神情有些激动，我还没告诉她我跟莎士比亚还有菲茨杰拉德也相识呢。现在还不是时候。

我叮嘱她：“你必须要守口如瓶。我可能不该告诉你，但是你问得太多了。你觉得你需要了解我，但是有时候好奇心会给人带来危险，你不能和任何人说这件事情。”

“危险？现在已经不是那个审判女巫的年代了，你可以向公众说明情况。做 DNA 检测，这也许可以帮到更多的人，也会对科研很有帮助。你的情况可以帮助人类研究疾病，你说自己的免疫系统……”

“所有知道这些事情的人都遭到了不幸。曾经有个医生想要公布关于我的发现，然后他就神秘失踪了。一切证据也都消失了。”

“消失，谁让这些消失的呢？”

我的话半真半假：“我不知道，可能有个地下王国也说不定。”

我们一边散步一边说话。我们走过千禧桥，一路向东，在谈话中不知不觉走回了家。

整整一个小时，天气暖和，我们也都不喜欢坐地铁。我们穿过圣保罗大教堂，我告诉她这里过去的信徒比现在还要多，教堂门口原来是伦敦的商业中心。我们走过一条五金巷，她问我这里过去发生过什么，我告诉她我以前经常路过这里。地如其名，这里以前就是因卖五金而得名的，整条路上都是金属叮叮当当的响声和锻造的热意。

她家住得比我还要远，我提议把亚伯拉罕牵出来和我们一起散步。她欣然同意了。

我们坐在第一次见面的公园长椅上。一个塑料袋被风吹着从我们头顶飘过，有点像卡通片里经常出现的鬼魂。

“那你觉得以前和现在最大的不同是什么呢？”

“你所见的一切，一切都是不同的，没有什么是一成不变的。”我指着树上的小动物，“这只松鼠以前皮毛可能是红棕色，而不是灰色的。以前也不会有塑料袋到处乱飘。以前的路面上是马蹄的嗒嗒声。人们看怀表而不是看手机。味道也变了，以前很臭，工厂的污水不怎么处理就排放进泰晤士河。”

“听起来很有趣。”

“过去这是个很严重的问题啊，非常臭。大概是在 1855 年，还是什么时候吧，那年夏天非常热，整个城市都臭烘烘的。”

“现在也挺臭的啊。”

“没有可比性，那时的伦敦简直像是条大臭水沟。人们从来不洗澡，以前的人觉得洗澡是件不好的事情。”

她闻了闻自己身上：“我现在还好吧？”

我靠近她，嗅了嗅。“很干净啊。在那时，人们会怀疑你这种 21 世纪的干净样子的。”

她大笑，一个简单的、纯洁明媚的笑。我让一个自己在意的人笑了。

天色变得有点黑。

“所以，你之前真的迷恋过我？”

她又笑了：“你这话听起来真是一点儿都不像一个 400 岁的人！”

“嗯——是 439 岁的人。”

“你刚刚问的那个问题听起来就像是个5岁小孩问的。”

“我觉得自己就是5岁啊，我知道自己多大，但我现在就觉得自己5岁。”

“好吧，如果你想知道的话。”

“我当然想知道。”

她有点害羞，看着天空，叹了口气，神情有点夸张，像在演戏。我看着她的侧脸，为她心折。“对，我之前是迷恋过你。”

我也叹气，摆出一副演戏的表情。“原来是之前啊，真让人难过。”

“好吧，好吧，我迷恋过你，现在也是。”

“我也是。你真的很有魅力，让人着迷。”

我很真诚，但她笑了。“着迷？不好意思啊。”

她笑容停下来的时候，我想吻她，但我不知道该怎么做。我已经单身了四百年，对恋爱一窍不通，但我心里是欢快的、喜悦的，我很开心。这一刻就像是济慈的《希腊古瓮颂》[1]。这一吻就定格在了永远，我和她四目相对。

我发现我对她的好奇心，就像她对我的一样多。她依偎在我怀里，我手臂环抱着她，就这么静静坐在公园长椅上。也许这就是爱一个人，你会想要完全了解她。

我们就这么静静坐了很久，像一对夫妻，看着远处的亚伯拉罕撒欢儿。我很享受她脑袋靠在我肩上的感觉。不过很快我突然有一种巨大的内疚感，我想起了露丝。以前我们在哈克尼的时候，躺在小床上，她的脑袋也是这样依偎在我的胸膛。当然，卡米拉不知道我的心理活动，可能只是感觉到我浑身一下子绷紧了。

然后我的手机响了。

---

1 《希腊古瓮颂》：济慈作，内容是关于两个爱人之间的事，意境就定格在了他们即将接吻前的那一刻。

“不用管。”

我是这么说的，也是这么做的，但是电话一直不屈不挠地响。她对我说：“要不你还是看看是谁打来的吧。”我打开手机，看见屏幕上那个备注“H”，意识到自己没办法不接这个电话。假如不是和卡米拉在一起，我本来可以不接的。但现在我很心虚，为了避免海德里希起疑，我还是接了。这短暂的快乐瞬间就像是阳光下的肥皂泡，散入风里，倏地不见了。

我从椅子上站起来，走远几步，接起了电话。

“是有什么麻烦了吗？”海德里希问。

“没有，没有，一切都很好。”

“你在哪里？”

“我在遛狗。”

“你自己吗？”

“对，我自己，还有我的狗。”我小声答道。我努力控制音量，既不让卡米拉听见，又不至于小得让海德里希怀疑。不过好像我两个目的都没达到。

对面一阵沉默。

“好吧，不过听着，我们找到一个人。”

“玛丽恩？”

“不，不是，是你的老朋友。”

我想不出我还有谁能被海德里希称之为朋友。卡米拉坐在椅子上，皱眉疑惑地看着我。

“是谁？”

“你的好友。”

我觉得他这话说得没头没脑的。“哪个？”

“你的土著朋友欧迈，他还活着，不过变成了一个傻子。”

“欧迈？”

即使卡米拉不在我身边，这个消息也不会让我高兴。不是因为我对我的老朋友不关心，而是我觉得他被海德里希找到，不是什么好事。欧迈之前就不想被找到。我紧张起来，完全脱离了一分钟前快乐祥和的气氛。

“他在哪儿？发生了什么？”我着急地问道。

“澳大利亚有一个冲浪爱好者，长得和约书亚 · 雷诺兹[1]300 年前的一幅画像一模一样。他自称是索尔 · 戴维斯，在冲浪圈子里很有名气。他看起来 30 多岁，却和 350 年前的画像长得一模一样。人们还在网上讨论这件事情。然后现在网络太发达了，该死，有个人评论说‘哦，这个人我认识，20 世纪 90 年代他是我的邻居，这些年一直没怎么变老’。他很危险，人们很怀疑他。不光是这样，艾格尼丝得到消息，柏林的研究机构也知道了他。他可能遇到大麻烦了。”

一阵风刮过，卡米拉缩了缩肩膀，示意我她很冷。我点头，嘴上对电话里说：“我会赶来的。”不过我很快就知道我还是低估了海德里希。

“现在——”

“你现在快放假了吧，已经学期末了。”

我有种不好的预感。“对的。”

“我把你送去悉尼，直达的飞机，中间有两小时经停迪拜。你可以在机场买点东西准备一下，澳大利亚太阳很毒。”

太阳很毒。他让我去斯里兰卡之前，也跟我说了相同的话。

“我记得你说过的，”我慢慢回道，“我可以有完整的八年过不

1　约书亚 · 雷诺兹：18 世纪英国著名画家。

被打扰的生活。”

“你听起来像是个稳定下来成家的男人。你没有任何牵挂才对。”

“不，我没有，不过我养了一条狗。我有狗，亚伯拉罕。它年纪很大了，甚至活不到八年。我不能就这么把它丢在这里。”

“不是丢下它，你可以托管到宠物照顾中心。”

“它是一条非常敏感的狗，和我分开它会很焦虑，会做噩梦的。”

“你听起来像是喝醉了。”

我意识到自己无论如何都不能让卡米拉有危险。

“我是喝了点酒，生活中总该有点乐趣吧，不是吗？这不是你告诉我的吗？”

“你自己一个人吗？”

“当然是我一个人。”

卡米拉站起来，手上拿着狗绳。她要做什么？但我看到的时候，已经太迟了，来不及阻止她了。

“过来这里，乖！”

不——

“亚伯拉罕，快过来！”

狗狗欢快地跑向她。

海德里希的音调冷得像钢刀：“这就是你不愿意走的理由？”

“什么？”

“那个喊亚伯拉罕的女人，那不是你狗的名字吗？”

海德里希有一千种老年病，我头一次诅咒，里面没有一个是耳聋。

卡米拉把项圈套在亚伯拉罕的头上，然后看向我。她想走了。

“什么女人？”我装傻。

卡米拉也在听我说话。

“她是谁？”

“没有人。”我坚持，“她根本不存在。”

面前那张我曾经想亲吻的红唇，此刻惊讶地张开。

“她？”她冲我质疑道。她努力压低声音，但掩饰不了其中的不满。

“我不是那个意思。”我小声冲她说道。

“只是在公园里见过的人，我们的狗认识而已。”我努力向电话里的人解释。

卡米拉生气了。

海德里希叹息。我不确定他有没有相信我的说辞，但他很快回到了正题。“如果不是你，那就是别人去见你的老朋友，一个陌生人。我最近又有了不少帮手，我觉得找到玛丽恩很有希望。但唯一的问题在于，他们可能不会像你一样，对欧迈好言相劝。我也不确定欧迈会不会相信他们。”他故意停顿了一下，“总之一切都在于你，你自己选吧。”

假惺惺给我选，虚伪是海德里希的一贯风格。要么我去跟欧迈谈，要么他直接派人去弄死欧迈，他就是这个意思。即使柏林的研究机构不去抓他，也会有别的。更可怕的是，我知道海德里希是对的，我们不能有一点儿风险。虽然他专制武断，但有时候他的想法确实是最合适的路。

“我稍后给你回电，我需要考虑一下。”

“一个小时。”

“好的。”

挂断电话，我叫住卡米拉。

“卡米拉，等等我，你要去哪儿？”

“回家。”

“卡米拉？”

“电话里的人是谁？”

“我不能告诉你。”

“对，你也不能告诉她我是谁。”

“不是个女人。”

“我不能做第三者，汤姆。”

“卡米拉，求你了。”

“该死。”

“卡米拉？”

“我把我的一颗心都给了你，终于来到你身边，以为我们在一起了，没想到只听到你和别人否认跟我认识。见鬼去吧，至少我不可能跟你上床！也许这就是你一直以来的手段，玩弄人心，但我可不像别人那么好糊弄，会做你身后驯服的狗。”

“亚伯拉罕没有被我驯养过，卡米拉，求你，等一等——”

“滚！”

她跑出了公园。我可以跟着她，我的每一个细胞都让我跟着她。我可以跟她解释海德里希，我可以向她说出一切。但我只是呆呆地站在草坪上，天空被晚霞映成紫色，一天已经结束了。我觉得让她觉得我是个浑蛋，总好过让她遇到危险。进退两难，为了保护她，我只能离她远远的。

我知道我自己已经犯下了许多错误，海德里希听到了她的声音，他也一定发现了她的法国口音。

该死。喝酒误事。当你试图靠近某人时，你就进退不得。从1891年以来，这么久了我还是没能摆脱这一点，这就是海德里希给我设下的陷阱。我觉得自己精神上进退维谷，我永远不会有自己的生活。现在，我让自己在乎的人伤心了。该死，该死，该死！

“该死。”我朝亚伯拉罕咒骂着。

亚伯拉罕抬头看我，神情很困惑。

几百年来，我一直觉得自己很不幸很痛苦，但是也有人战胜了那些时间带来的痛苦。他们克服了这种痛苦，或者至少可以在生活中忽视这种痛苦。他们是怎么做的呢？不过是不停地研究别人、友谊、家庭、师生、爱情。我觉得自己一瞬间几乎触摸到了现实主义哲思的本质。

一切都像是个笑话。我不能接近任何人。我不该再当老师，不该再接触人类了。我应该完全与世隔绝，回冰岛去，除了完成海德里希布置给我的事情，什么都不做。

对我来说，活着就是恶心，就会给我、给别人都带来痛苦和不幸。

亚伯拉罕在我身侧呜咽，好像感知到我的不幸。

“没事的，我们回家吧。”

我把狗饼干放在亚伯拉罕的食盒里，喝了一些伏特加，嘴里开始唱卡莉·西蒙的《又来了》。我不停地唱高潮的那一句，如果旁边有人一定会觉得我疯了。

眼看离我给海德里希答复的时间只剩十分钟，我点开 YouTube，搜索索尔·戴维斯，然后找到不少视频。有的是一个人穿着潜水服站在冲浪板上，穿过风浪。有的是这个男人出水，来到沙滩上拿摄像头，他皱着眉，脸上有笑容，然后他摇头，嘴上说着“嘿，兄弟，别这么做”。他有澳大利亚口音，留着寸头，外表看起来很普通，不过比我最初看到他的时候，大概老了 20 岁。毫无疑问，这是欧迈。我把画面暂停，他的刘海和鬓角被海水打湿，贴在额头上，只有眼睛直直看着我。

我拿起手机，定了定神，找到最近通话，给海德里希回拨过去。

海德里希接通了。

“好的，海德里希，我答应你，我会去的。”

第五部分

回归

普利茅斯，英国	1768年
伦敦	现在
大溪地	1767年
迪拜	现在
普利茅斯，英国	1772年
澳大利亚上空	现在
胡阿希内岛，社会群岛	1773年
太平洋	1773年
拜伦湾，澳大利亚	现在
坎特伯雷，英国	1617年
拜伦湾，澳大利亚	现在
伦敦	现在
森林，法国	未来

第五部分

回归

Part Five

[普利茅斯，英国，1768 年]

—

我和欧迈相识的机缘，始于 3 月的某个周二的雨后，当时我在普利茅斯港口闲逛。我总是在普斯茅斯到处闲逛，要么就是去喝酒。这个地方很潮湿，多雨，临海，还有数不清的酒。这里每个人好像都沉溺于此。我认出一个人是塞缪尔 · 瓦利斯船长[1]，因为我在市政大厅看到过他的画像。他穿着蓝色的制服外套，和另一个人在码头一边走一边说话。

我刚来普利茅斯一个月。这次我想出海寻找我的女儿，我心里一直无法放下她，也不会放弃寻找她的行踪：如果生命中没有挂念的人，生活还有什么意义呢？真相不得而知。我不停地寻找，却只有一次次失望。

我跑去瓦利斯船长旁边，站在他面前，迎面而对。

“我听说你正缺人手，”我对他说，“在驾驶‘海豚号’航行大海的途中。”

他们继续朝前走，瓦利斯船长看了我一眼。如同其他许多创造历史的伟大人物一样，他此刻活生生地站在我眼前。他身上精致华美的制服，不仅没有突出他的优点，反而更加暴露他的缺点，矮胖，大腮帮子。他看起来像是个养尊处优的贵族，不像个航海家。但不久前，他才刚刚发现一个岛，并且人们为了纪念他，以他的名字命名了那个岛。此时，他小小的绿豆眼打量着我，眼里有不屑。

“你是谁？”他傲慢地问道。

“我叫约翰 · 弗雷。”这是我第一次用这个名字。

瓦利斯船长的同伴轻轻碰了碰他的胳膊，这个小动作意思很明

1 塞缪尔 · 瓦利斯船长：英国航海家。

显了。这个人看起来和瓦利斯先生很不一样，他眼光犀利，不过嘴巴很柔和，一直带着笑意。他穿着黑色大衣，尽管现在还没那么冷。他是托比亚斯·菲尔诺，过去这些年我也常常听人提起他。他们两人都在这个港口中途休息，给船只补给食物和淡水。“为什么我们要把你招来我们的船上呢？”

“我会不少东西，先生，你们可能缺这样的人。”

“比如呢？”菲尔诺问我。

我从我包里翻出一个黑色的三孔木笛，放在唇边，吹当地的一首民谣《比斯开港湾》。

“你笛子吹得不错。”菲尔诺脸上露出一个微笑。

“我还会拉小提琴。”我没说鲁特琴，因为那时候几乎人人都会鲁特琴。就像现在我们也不会在面试时强调我们会用复印机。

菲尔诺先生眼前一亮，然后跟旁边人说了些什么。

瓦利斯先生听了他的话，沉吟了一会儿，回道：“菲尔诺，我们是去航行，不是去开音乐会。”

菲尔诺先生深吸了一口潮湿的空气：“虽然这么说有点鲁莽，但瓦利斯，我觉得音乐在我们的远洋过程中，是非常重要和宝贵的东西。”

“我还会别的。”我对瓦利斯恳切地说道。

他给我一个嘲讽的表情。

“我能扬帆，给桅杆擦油，我还会修理绳索。我识字，看得懂地图。我还能给炮膛装火药，并且瞄准和发射炮弹。我会说法语和荷兰话，不过我荷兰话说得不太好。我还可以值夜，我什么都能做的，先生。”

菲尔诺先生大笑起来，瓦利斯船长依然摆着一副硬邦邦的死人脸，不过看我的表情总算柔和了一点。他走路时外套被风吹得像船帆一样猎猎作响。

“我们明早 6 点就会出发，港口见。”

“好的，先生，6 点，我会准时到那里的。谢谢您！非常感谢您！”

[伦敦，现在]

一

卡米拉从窗子外面经过的时候，我正在给九年级学生讲社会史。生活像做了一个痛苦的梦。

“在伊丽莎白时代的英国，没有人口袋里有支票。英国的银行里面，放的全都是硬币……”

我本能地举起手，想和她打招呼。她看到我了，但没有理我，连头都没有偏。安东看着我的手举起又落下。

这周一直是这样，卡米拉对我视而不见。在办公室里，她不再和我目光接触，我俩在路上遇到的时候，她也不和我打招呼。我伤害了她，我知道。我也不想去纠缠她，让她更难过。我打算这周过完，就出发去澳大利亚，离这里远远的。有一次在学校里碰见的时候，她的表情看上去非常难过，我终于忍不住和她说话：“卡米拉，对不起，我真的很抱歉。”她微微点头，视我为空气，快步走开了。

这天晚上，我又来到了公园，亚伯拉罕和另一只小猎犬嬉戏打闹。我看着熟悉的老地方那空荡荡的长椅，想起卡米拉曾在这里依偎在我怀中。触景伤情，越发显得悲伤和寂寥。

下周六开始，假期就到了。我就得动身飞去澳大利亚，我已经把亚伯拉罕放在宠物托管所寄养了。这天，我正在超市准备一些出行用品，刚往购物篮里丢了一管旅行装牙膏，突然看到达芬妮穿着家居的T恤，也推着手推车在逛超市。我不想让她知道我要远行，于是用一本《新科学家》杂志盖住了我的牙膏和防晒霜。

“嘿，哈泽德先生！”她看到我了，笑着和我打招呼。

“嘿，贝洛太太！”

我不得不和她寒暄几句。她说她刚刚在路上碰到卡米拉准备去哥伦比亚路的鲜花市场。

达芬妮的眼睛里满是八卦。“要是我不是你的老板，而是你的邻居，我肯定要忍不住八卦一下的，可惜我的身份恰恰相反。不过说真的，格雷女士是不是对我们新来的历史老师格外青睐有加呢？”

我觉得超市的灯亮得有点刺眼。

“不过这当然不是我能开口的事，我是校长，校长不该管这些事的。办公室恋情也不是值得鼓励的好风气。不过……她这周怎么这么安静呢，你注意到了吗？”

我挤出一个笑容：“你想错了，这是个假消息。”

“我只是觉得也许你的鼓励会让她心情好一点呢。”

“我觉得我可能是最不适合去做这件事的人了。”

一阵尴尬的沉默。我很尴尬，我不知道达芬妮是否觉得尴尬。我发现她购物车里有一瓶朗姆酒，还有一大包意大利面。

“你准备开派对吗？”我试图转移话题。

她否认：“不是啦，我倒是想，但这瓶酒是给我妈妈的。”

“这么多，她不和别人一起喝吗？”

“啊，没有！上帝保佑她，她真的太爱喝酒了。她住在瑟比顿，我们旧房子那里，她喜欢和她那些老朋友待在一起，也老是要求我给她悄悄带酒。她年纪大了，反而有点淘气，我经常觉得我像是美国那种在禁酒区域违法的走私犯。这种感觉……”

我想起自己原来在亚利桑那州弹钢琴的时候，月光透过酒瓶，和屋子里的灰尘一起随着音乐起舞。

“她肾脏功能不好，酒精让她的身体负担很重，本来应该节制的。但她总是说，她已经87岁了，接下来的日子该享福了，每多活一天都是赚的。她可真是顽固的老人家，唉！”

“听起来您母亲活得很潇洒。”我努力想把注意力集中在与她的对话中，但我很痛苦，不由自主地想卡米拉在学校里的一举一动，苍白的脸色，故意在办公室远远躲着我。

不过达芬妮接下来的话让我一下子回神了。

“对的，我妈妈确实活得很洒脱。但是有个事情，她最近认识了几个同龄的朋友，里面有个女人，说她已经很老了，是国王威廉一世（1027—1087年）时期出生的人，她肯定是疯了！”

我的心漏跳了一拍。我的第一反应就是玛丽恩，但这个想法不切实际，假如玛丽恩还活着，看起来应该不会像个老女人，她应该看起来比我还年轻才对。而且玛丽恩出生的时候是詹姆斯国王当权，不是威廉一世。

“可怜的玛丽·彼得！她可能是老年痴呆了吧！她甚至害怕看电视，不过是个可爱的老顽固。”

玛丽·彼得。

我猛然扭头看向达芬妮。我还记得当时在哈克尼区，玛丽·彼得不见之后人们的闲话。露丝在市场上认识了她，她总是穿黑衣服，有一次我们听到她在街上和亚当老太太吵架，她跟我们说她没有“来处”。

“是吗，真的吗？真是可怜的女人！”

达芬妮走了之后，我丢下自己挑选的东西，快步走出超市。我心里怀着热切的隐秘的希望，飞快打开手机，开始查最近一班去瑟比顿的车。

养老院在路后边，门前有许多树。我从小路走进去，有点犹豫自己应该怎么办。除了不远处的一个邮差，附近一个人都没有。我深吸一口气。

生活的规律总是那么奇怪，而我们需要一段时间才能充分了解这一点。几十年、几个世纪，甚至更久。这不是一个简单的事，但是它的规律就在那里。事物发展的速度会发生变化，会有波动，但其中固有的结构和套路，是层层嵌套一成不变的。这种说法有点令人困惑。打个比方，当你第一次听到某个音乐家在乐器上很有造诣，当时会觉得很陌生和迷茫，但是如果你坚持了解下去，你就会变得对这个领域越来越熟悉，并且会和你以前的一些生活经验结合起来。

现代社会，我们每个人的节奏都在加快。巨大的信息量可能会在一秒内涌入，所有事情都在一瞬间发生。还有一种情况：世界上的人群中可能会有一秒钟突然安静，这只是一种短暂的停顿，用不了多久，就会有很多新的嘈杂涌来。有时是你自己不想要这种停顿，你会突然焦躁，“我不能再这样做了，我需要改变”，这是你自己的选择。有时另一件事发生了，你没有主动做出改变。根据牛顿第三定律，相互作用的两个物体之间的作用力和反作用力总是大小相等，方向相反。当事情开始发生时你没有做出应对，其他事情就开始连锁反应。更有甚者，有时候有些事情甚至根本就没有解释：为什么错过一辆公共汽车，要等很久才会有下一辆？为什么生活中所有的不幸和痛苦会同时发生？我们别无选择，唯一能做的就是观察生活的规律，然后逆来顺受地活着。

我深深地呼吸了一口这里的空气。

养老院门口没有标志，只有满地枯黄的落叶，以及门口歪歪扭扭用粉笔写出来的名字。这也是唯一能判断是我要来的地方的标志。这栋建筑本身就很破旧，至少二十年了。浅橘色的砖墙、褪色的窗椂，无不显示着它的沧桑。这个地方整体透露出一股沉沉的死气。

我走了进去。

“你好。”我隔着玻璃窗户，对办公室里面的一个女人打招呼。她拉开了窗子。“我来这里找玛丽·彼得。”

她看着我，露出了一个活泼明快的笑容，总算驱散了这栋建筑的暮气。她的态度比我之前打电话过来的时候要好很多。

“嗯，对的，你刚刚给我们打过电话，对吗？”

“对的，是我，汤姆·哈泽德。我之前在哈克尼区认识她。”

她看着电脑屏幕，点了几下鼠标。“嗯，好的，她同意见你了，这边请。”

“太好了。”我往里走的时候，脚上踩着的地毯非常厚重，一瞬间恍惚觉得自己穿过了时光。

玛丽·彼得看着我的时候，我觉得她比从前更加老态和虚弱。她的头发灰白，像是蒲公英，皮肤下的血管清晰可见，像是世界地图。但我仍然可以依稀看出来，当年我们在哈克尼区见面时的影子。四百年了。

“我记得你。”她说，“那天你冒冒失失闯入市场，后来你还和那个浑蛋起过争执。”

“是威洛先生。”我还记得他浑身刺鼻的香料味道。

“对的。”

她的呼吸很沉重。每一次呼吸都像是风箱在刮嗓子。她手指颤颤巍巍，抚了一下自己的眉毛。

“我很头痛，记不清发生了什么。”

“我也是，一想起过去的事情就头痛。”我说。

“他们来了又走了，只有我一直都在。”

我对她的坦率感到惊讶，她真是毫不避讳，什么都敢说。她应该至少过了两百年的老年时光了。

“我没有。”她仿佛一眼看穿了我心中所想，“所以我来这里了，在这儿我说什么别人都不会较真儿。”

“没有危险？”

“我大概只有两年好活了。”

“你不能肯定啊，也许你还能再活五十年呢。”

她摇头：“我希望别。”

“你觉得怎么样？”

她笑起来，好像我说了个笑话。

“一切快结束了，你瞧，我身上有不少毛病。当医生跟我说，我还能再活几周，我就意识到，自己差不多只能活两年了，最多不过三年，所以我知道自己安全了。来这里，更安全了。”

没有意义了，假如她仍然害怕不安全，她又何必跟这里的每个人都说自己的年纪呢？

屋子里还有其他人。大部分坐在椅子上，有些在玩数独，还有些在发呆。

“你是露丝的爱人，她常常提起你。之前她和妹妹一起卖水果，我就站在她们旁边卖花。汤姆这样了，汤姆那样了，汤姆又干吗了。见到你之后，她仿佛有了主心骨。她真的是个很特别的女孩。”

“我爱她。”我对她说，“她很坚强，她是我见过的最好的人。”

她笑了，笑容里隐约有同情。“我是个不争气的老东西啦，跟她俩在一起的时候，我一直心脏不好。”

她看了看屋子四周，有人把电视打开看了，电视刚刚开始放一个节目叫《阳光下的新生活》，一对西班牙夫妇，站在他们的饭馆里忙忙碌碌，看起来压力很大的样子。

玛丽的脸从电视上转回来，她看起来若有所思，仿佛有点犹豫，然后她对我说："我看见你的女儿了。"

"你在说什么？"

"你的女儿，玛丽恩。"

"玛丽恩？"

"对，就不久前，在一家医院里。"

这个消息太过突然，我还来不及反应。生活有时就是这样，有时候你找人，找灵感，找东西，遍寻不至，有时候又在你几乎放弃的时候，突然出现。意外之所以是意外，就是因为它自己也不知道何时会出现。

"你说什么？"

"在索萨尔的一家精神病院。当时我是门诊病人，神志不清疯疯癫癫的老女人。而她，一直都在那里，我这才认识她。如果我没记错的话，她出生之前，我就已经走了，对吧？"

"那你怎么知道，那就是我女儿呢？"

她看着我，仿佛我问了个非常愚蠢的问题。"她告诉我的，她对每个人都说为什么她会待在那里，没人相信她的话。她疯了，当然这是医院的看法……她有时候说法语，有时候又唱歌。"

"她唱什么？"

"一些老歌了，非常、非常老的歌。她还一边唱，一边哭。"

"她还在那里吗？"

玛丽摇头："不，她走了，真是太奇怪了，怎么可能呢——"

"什么意思，为什么奇怪？"

"有一天晚上，她出去了。那里的人说那天医院很吵，貌似起了争执。然后第二天我去的时候，她就不见了。"

"哪里，她去了哪里？"

玛丽叹了口气，停了一会儿。看起来既悲伤，又困惑，她努力回想："没人知道，也没人提。他们只是说，她出院了。但我们也不确定，整件事情都透露着古怪，我们都不知道发生了什么。不过在那种地方，就是这样的。"

我听不下去了。我苦苦寻找着，有一天，希望这只小鸟来了，停了短暂的十秒，然后又倏地飞走了。"她会去哪里？她说过她有什么地方想要去的吗？她肯定会提过的吧？"

"我真的不知道了，我不清楚。"

"她有提起过什么地点吗？"

"她一直在游荡，所以跟我们提过很多她去过的地方，比如加拿大。"

"加拿大哪里？多伦多？我之前也在多伦多待过。"

"我不知道，我觉得不是。她还去过苏格兰，我猜的，她口音有苏格兰那边的腔调。我觉得她可能环游过整个欧洲。"

"你觉得她会在伦敦吗？"

"这我就不知道了。"

我跌坐回去。我努力思考。听到玛丽恩还活在世上，我松了一口气，随即又开始担心，她是不是受了很多苦。

我怀疑是不是信天翁社会带走了她。我怀疑是不是有人拘禁了她，柏林的研究机构，或者别的地方。"听着，玛丽，"我对她说，"我觉得你最好不要再谈论过去的事情了，这会让玛丽恩遇到危险，可能你自己也会有危险。你好好想想，跟别人提你的年纪，确实非常危险。"

她脸上痛苦的神情一闪而过，她畏缩地坐在椅子上。一分钟过去了，她在思考我的话，并且消化它们。

"我曾经爱过一个女人，非常非常爱她。你懂吗？我们在一起了，悄悄地，在一起二十年了。我们都很小心，不敢谈爱这个字，因为这很危险。爱本就是如履薄冰。"

我点头，我懂她。

“有时，要真正开始一段人生，你只能说出真相，做你自己，即使那会给你带来危险。”

我握住玛丽的手：“你真的帮了我很多忙。”

有个护士进来，问我需要喝点什么。我道谢之后婉拒了。

然后我压低声音，悄悄问玛丽：“你听说过信天翁社会吗？”

“没，我没听说过。”

“好吧，小心一点。别再跟普通人说太多了，真的。”

我看着墙上的钟，已经14点45分了，离飞机起飞还有三个小时。

我只好匆匆叮嘱玛丽：“你一定要小心。”

她疲惫地摇头，闭上眼睛。她的叹息声低得像一只猫的呢喃。“我太老了，已经不必再害怕什么了，也不想再去撒谎了。”她靠在椅子上，握着扶手，指节发白，“你也一样。”

我出门打给海德里希。

“汤姆，事情怎么样了？”

“你知道她还活着吗？”

“谁？”

“玛丽恩、玛丽恩！你找到她了吗？你知道她还活着的事吗？”

“汤姆，冷静一点。我不知道啊，你说清楚一点儿。”

“她还活着，她之前在索萨尔的一家医院里，然后又不见了。”

“不见了？是被带走了吗？”

“我不知道，也可能是她自己逃跑了。”

“从医院逃跑？”

“对，那是一家精神病院。”

一个邮差从旁边经过，我只好压低声音：“我不知道她在哪儿，但我不能再去澳大利亚了，我得去找她。”

“假如她是被抓走的……”

“我不知道。”

“假如她是被别人抓走的，你一个人是没办法找到她的。听我说、听我说，我会让艾格尼丝关注柏林那边的消息，但是澳大利亚的事情也很重要。我们会找到她的，假如她是被人抓走的，那她很有可能在柏林，或者北京，或者硅谷。你一个人是不可能找到她的。你已经去了伦敦，但是你没有找到她。”

“我没有找她，我在伦敦只是浪费时间。”

“对，汤姆，你终于意识到了这一点。你只是在浪费时间，就是这样没错。但是我们现在还有别的事要做，你得先去赶飞机。”

“我不可以，我做不到。”

“假如你想要找到玛丽恩，你就必须打起精神来，汤姆。你必须去，并且把你的朋友给带回来。说不准他能给我们提供什么线索呢。你知道的，信天翁之间不少都有联系。你需要打起精神来，汤姆。事实就是，你不知道玛丽恩在哪里，但我们已经确定你朋友在哪儿。况且柏林的位置也不会变。玛丽恩已经活了四百年，不急于这几个星期了，先去澳大利亚吧。我向你保证，我发誓，我们所有人会一起努力帮你找到她。你说对吗，汤姆？”

我不能告诉他玛丽·彼得的事，我不想把一个无辜女人牵扯进危险中来，她是绝对不可能加入信天翁社会的。“我只是，想要找到她。”

“我们会找到她的，汤姆。”他又一次重复。我相信他，却也讨厌他。我怀疑过他，但是我能感受到他每一句话里的真挚。“我能感觉到的，汤姆，我活了这么久，我能感知到未来。我感觉到了，我感觉到我们快要成功了，汤姆，你会再见到她的。不过首先，你得先去把你的朋友救出来，你现在必须马上赶去机场，欧迈需要你。”

我们的通话结束了，我又一次屈服于海德里希的命令，乖乖照做了，因为他是我现在最大的希望了。

[大溪地，1767 年]

–

我准备放火烧这个村子。

“烧了它！”瓦利斯在一旁大喊着，“弗雷，想要回家的话，就把这些野蛮人的房子通通烧光！”

我手上拿着火把，感觉重逾千斤，几乎整个人都快站不住了。其实扔火把是一件简单的事情，但我不能放火去烧别人的家。我呆呆站在那片黑色的土地上，岛民注视着我。那个年轻人没有说话，没有做什么，只是站在他的房子前看着我。他的眼睛很大，看着我的眼神里有抗拒和害怕。他的长发一绺一绺的，垂到胸部。比起其他岛民，他身上有更多首饰，主要是一些骨质的手镯和项链。他看起来 20 多岁的样子。不过我比任何人都清楚，不能通过一个人的外表来判断他的年龄。

几个世纪过去了，还是这个人，他出现在 YouTube 冲浪视频里面。他的神情仿佛穿过了几百年的时光，和以前别无二致，一样的倔强和野性难驯。

我不是圣人，我不觉得发现一块新的土地，然后让他们纳入帝国版图，笼罩在大不列颠的光辉之下有何不妥。我是个活了很久的人，比在场的任何一个人的年纪都要大。此时，我没办法下定决心烧眼前这个年轻人的房子。不知是否因为他的眼神，不知是否我冥冥之中早有预感他跟我有相似处，不知是否我知道，假如我今天这么做了，我今后就会背上枷锁，每一天都被自己的良知拷问。真相，不得而知。

即使瓦利斯对我破口大骂，我依然退却了。我把火把丢进海边的湿地，任由它熄灭。我回到他们中间，看见那个年轻男人的房子还在，我从我皮带里掏出一把手枪——这把枪是船上一个因坏血病而死的军官留给我的——放在地上。我不知道这个年轻人知不知道枪是什么，不过我还一起解下了刀，还好他知道刀的含义。

我口袋里有一面小镜子，我把镜子给他看，他端详着自己的脸，很惊讶的样子。

瓦利斯扭头斥责我。“弗雷，你他妈到底在做什么？”

我用岛上年轻人那种自尊不屈的眼神回敬瓦利斯。

幸好，菲尔诺也在场。“假如我们毁掉他们的家，我们就再也不会被这里的人接纳。我们更应该驯化他们，而不是恐吓他们让他们屈服。只有野兽才只知道用蛮力。”

瓦利斯不满地咕哝了几句，斜眼瞥我：“别让我后悔把你带上船。”他们的小屋最终还是被烧掉了。这是欧洲人第一次踏足塔希提这座岛，也就是我们后来俗称的大溪地。两年后，詹姆斯·库克船长第一次探索太平洋，揭开了他三下太平洋的第一页。就是在这个岛上，他们架设观测台，想要观察金星凌日[1]。岛上便利的观测条件，不仅推动了人们对世界的认知，还对经度的测量与计算做出了很大贡献。

我们这次航行，到目前为止只剩下了两名自然学家，还有一个艺术家琼·韦伯，他们三个人需要探索这片雨林。我们此行不是为了占有这个岛，只是观察和发现。

不过就同历史上很多次的地理发现一样，我们这些闯入者发现了天堂，然后放火烧了它。

1　金星凌日：天文现象，观测目的是计算出地球与太阳之间的距离。

[迪拜，现在]

–

抵达迪拜机场的时候，即使已经将近午夜，依旧亮如白昼。我在机场的购物店里闲逛，有个导购想给我试用推销香水。

“不用了，谢谢。”我婉拒道。但那个女人不依不饶，仍然把产品喷到一张薄薄的卡片上，让我试闻这种“自然野性”的味道。她的笑容很坚定，我只好接过那张卡片，快步走开了。我轻嗅那张纸，想象着里面提炼了哪些植物的味道。我们已经脱离自然太久了，我们只能把自然的味道装进瓶子里，给它们起个名字叫“野性”，再贩卖给都市人。这种味道对我来说没有丝毫触动，我走着走着，发现自己来到了机场的书店，有些是阿拉伯文的书，但大部分都是英文的。

我想找一些书来看，但一开始只看到了财经类的书籍。我看着其中一本，封面上有作者的相片，他穿着西装，脸上带着严肃的笑容，表情像个总统。他牙齿白得发光。他的名字叫作戴夫·桑德森。这本书的书名是《内在的财富》，还有个副标题是“如何成为你内心的亿万富翁”。

我看着这本书，漫无目的地想了很久，这个概念真的非常现代。我们的本我和外在的样子是不一样的。真实的自我会比表面自我更加实际、优秀和富有，作者就是这样偷换概念，哄得人们买他的书。但事实上，其中的差距，就像是一瓶号称萃取自然精华的迪奥香水，和真实森林里植物气味的差距。

我觉得，这就是生活在 21 世纪的特点了。我们的物质生活非常丰富，所以市场营销人员不断挑逗我们的情绪，把产品和某种精神需求联系起来，售卖他们的产品，达到他们的目的。于是我们觉得，一年 3 万英镑的薪水非常少，没有出国旅游超过十次的人很穷，年纪到了长皱纹是衰老的表现，自拍不 P 图液化一下就很丑。

我在 17 世纪认识的人，可没人想成为内心的亿万富翁。他们只是想平安活着，想吃饭，想捏死身上的虱子。

唉。

我发现自己心情很差。

我很疲惫，七个小时的飞行让我眼睛干涩。我不喜欢飞行，不是因为起飞和落地的气压变化让我不舒服，而是因为几个小时之前才刚从伦敦起飞，马上就到了一个不同的国家，有不同的文化和天气。因为我仍然记得这其中经过的距离的意义，现代的人已经无法理解了。他们感受不到这个世界的浩大，以及他们自己的渺小。当我第一次环游地球的时候，一船人乘风破浪历经艰险，花了整整一年。这还是因为我们当时足够幸运。现在世界并没有变化，还是几百年前我生活的那个地球。但一个小时之后，我就会坐上去悉尼的飞机，午饭的时候我就能到。这让我觉得好像这个世界已经坍缩，自己就像瘪了的气球，让我感到狭窄，以及不安。

我去了书店的另一个区。这里都是英文译著，这个区的分类标签是“思想”，比商业书籍小多了的一块地方。孔子、古希腊先哲的书，都在这里摆着。

我看到一本蒙田的文集。

我的内心火烧火燎，我甚至脱口而出我女儿的名字，好像她的音容笑貌又出现在我眼前，好像点滴回忆都渗进了我们之前读过的书中。我拿起这本书，随便翻开一页，看到一句“你越想忘却某事，它就会在你的记忆里变得越牢固”，眼泪几乎要夺眶而出。

我的手机振动了，我把书放下，看到一条新短信。是欧迈发给我的：“离别太久，忍不住期待重逢。我在无花果树餐厅订好了今天 8 点的晚餐，你落地之后还有点时间可以倒时差。”

时差。

真有趣，他写下这个词。在我心里，他漠视时间乃至一切，一直用悲天悯人的态度看着人世间。可能比我说的还要夸张。

我回复他："好的，到时候见。"

我没有买蒙田的那本书，走出书店，坐在机场休息区等他们播报航班。我把头靠在巨大的落地窗上，看见玻璃上我的倒影，以及外面处在黑暗中的无边沙漠。

[普利茅斯，英国，1772 年]

我们返航之后，我一直待在普利茅斯。我喜欢这里。这里比伦敦更好藏身，到处都是水手、流浪汉、罪犯、穷人、乐师、艺术家以及逐梦的人、孤独的人。而我，混迹于他们中间毫无违和感。

一天早晨，我走出旅居的酒馆，出发去造船厂。水面上，有一艘高大的军舰。

"它美得让人震撼，不是吗？"码头旁的一个人看到我眼里的惊叹，对我说道。

"对的，对的，没错。"

"它即将启航去寻找新大陆。"

"新大陆？"

"对，这是库克的船。"

"库克？"

我身后一阵脚步声，一只手掌拍到我的肩膀上，我惊得差点跳起来。

"我的天，弗雷先生，你看起来有点弱不禁风啊。"

我转过去，看到高高瘦瘦穿着考究的绅士，对我友善地笑。

“啊，菲尔诺先生，很高兴遇到你，我的荣幸。”

他犀利的目光探究地看了我一会儿：“弗雷，你看起来真是一点儿也没变老。”

“对啊，海风让人年轻。”

“那看来你很享受啊，想回到海上接着航行吗？”

他手指着远方，港口的海平线延伸出去是望不到尽头的海。“这次不同，库克准备得比瓦利斯精细多了。”

“你准备加入库克的船队吗？”

“不算加入，我是他的合伙人。”他对我说，“这次远航，我是‘冒险者号’的船长，正在招募船员，你要加入我们吗？”

[澳大利亚上空，现在]

一

航班大概飞到悉尼和黄金海岸之间的某处。之前的两天，我不是在机场就是在飞机上。飞机后方有个婴儿在哭。让我恍惚间想起玛丽恩，她牙牙学语的时候，露丝总是担心她今后在人生中遇到什么危险。就像狗狗各有相似，婴儿的哭声也很相像。

然后我注意到我前面有一对年轻的情人，一个人的头枕在另一个的肩上。他们两个都是男人，醒着的男人看着爱人的睡眼，眼里满是温柔和深情。我感到妒忌，我也想要一个人靠在我的肩膀上，就像海德里希给我打电话之前，我和卡米拉在公园的长椅上依偎着。我对露丝当时是否也有过这样的心动呢？又或者我对她们两人的感情不同？也许是不同的吧，但是又有什么关系呢？

我想起上周在学校，我俩几乎没说过一句话，我想起在办公室相对无言的尴尬，她在茶水间里默默翻找甘菊茶，丝毫不理睬旁边的我，任由沉默蔓延发酵。

我妈妈告诉我要好好活着，然后她死了，留我独活。她留下遗言很容易，但活着的人在漫长岁月里的痛苦难以估量。不过她是对的，她的愿望可以理解。假如你死了，你最后的愿望也会是你爱的那些人能好好活着，即使他们在失去你之后活得像行尸走肉。况且后者常常发生，比如我就这样。

不过我逐渐感觉到自己离生活的本质更近了。我可以感觉到它，就在前方，不过毫厘。玛丽恩是其中的一部分，我觉得它越来越近了，我从来没感觉找到玛丽恩离我如此之近。我在飞机上睡着之后，梦到了欧迈。我梦到他站在南太平洋的海滩上看日落。当我靠近他的时候，我想抓住他的手臂，他的身体瞬间像沙子一样消逝。然后露出另一个人，一个更小一点的人在他下面，感觉像是俄罗斯套娃。那是个孩子，编着长长的辫子，穿着绿色的棉麻裙子。

"玛丽恩！"我脱口而出。

然后她也像欧迈一样，破碎消失在沙滩上，我想留住她，但没用，她就像沙一样被流水冲走了。

我醒来之后，机舱尾部的孩子不哭了，我到了。飞机降落了，我心知再过几个小时，我就会见到睽违了几个世纪的老朋友。我突然感觉到一阵不由自主的恐惧。

［胡阿希内岛，社会群岛，1773 年］

–

亚瑟·富林，"冒险者号"上的一个少尉。他晒得黝黑，跪倒在沙地上，白衬衫被汗浸透黏在身上。他手上拿着红白丝带，正费力地比画着一些什么，假装想要把它们绑在头发上。他的笑容像是个羞涩的姑娘，在他黝黑的脸和头皮，以及凌乱的胡须上，平添几分怪异。

但他面前的那些小孩子好像印象很深刻，哈哈大笑起来。我去过很多地方，能轻易分辨出笑容中的不同含义，况且孩子的笑容也没有很多掩饰。旁边那些摆着扑克脸的年长岛民，也被眼前这个红皮肤英国男人的怪异举动逗得直乐。亚瑟把丝带递给离他最近的一个长头发小姑娘。她应该还不到6岁，扭脸问了问妈妈的意见，然后接过了这个礼物。

然后亚瑟转过脸，用一种非常柔和的声音问我："弗雷，你有珠子吗？"

身后，两艘巨轮像是沉默的巨兽，无言地伫立在黑暗中。

我们打破了这块与世隔绝的土壤的宁静，给岛民分发了带来的礼物以及红丝带。人群中我看到一张熟悉的脸，是我以前见过的某个年轻人。

他抱着一块木板，身上被海水打湿。我上次在太平洋岛屿时，见过相似的木板，这是渔民出海时用的。他们会站在上面，在风浪里穿梭前行，有时他们也只是在海里玩这个。不过这块板子并不是他给我熟悉感的来源。我怎么可能认识他呢？我以前从没来过这个岛啊。我努力回想，过了一会儿终于想起，这个人就是上次我拒绝放火时站在我面前对峙的那个男人。他很英俊，长头发大眼睛。但那次是在大溪地，中间隔着的大洋，非个人之力可以穿越抵达。太荒诞了，难道他凭着一块木板就来了这里吗？在大溪地，他脖子上有项链，手腕上有手镯，不过现在那两处空空如也。

他看起来和我初见他的时候一模一样，大概已经四年了。他看着我，好像迫切想和我说些什么话的样子。

我看了看周围的亚瑟和其他人，希望他别再看着我，能把注意力转到其他人身上去。可惜没有，他牢牢地盯着我，嘴上说着一些我听不懂的话。然后他右手虚握，指尖朝里放在胸口。我电光石火间明白了他动作的含义。

我。

他在说“我”。

也就是他自己。

他指了指大海、船只，又指了指远处的海平线。然后他低头看到了什么，露出一个恐惧和恶心的表情，保持了几秒他又转头看向身后沙滩后面的面包树和灌木绿林，又看向大海和船只。他反复比画了好几次，我终于明白了他的意思。

突然，身后传来靴子踩在沙上的脚步声，我扭头看见库克船长和菲尔诺，两个人都皱着眉头，一起走过来。

“这里发生什么了，费纳？”库克问我。

“是弗雷。”菲尔诺温和地纠正他。

库克把他的话当成了耳边风，接着问我：“告诉我们怎么了，看起来面前这位……先生似乎有点小麻烦。”

“对的，船长。”

“怎么？”

“我觉得他像是想和我们一起走。”

［太平洋，1773 年］

–

他叫欧迈。

后来他英语更好一点的时候，我们才知道其实他的名字是迈。他当时说的其实是“我是迈”，只是因为他有口音所以我们听错了。

可恶的是，他从来也没纠正过我们。

我们抵达另一些岛屿的时候，他开始试图教我怎么站在他的板上。“冲浪”这个词是很久之后才被发明的，不过他现在就已经这么做了。无论浪有多大，只要他想，他就可以一直保持平衡地在大海上穿梭。而我，每次想要站上去的时候都会滑落，引得别人哈哈大笑。我觉得我自己应该是第一个用冲浪板的欧洲人。

欧迈学东西很快，他学英语的速度简直让人觉得不可思议。我很喜欢他，他让我平淡枯燥的船上生活平添了许多乐趣。我们会坐在阴凉处，或者甲板上某个无人的角落，一边吃卷心菜，一边聊天。

我跟他说过一点露丝和玛丽恩的事情，我还给他看了玛丽恩的硬币，教他“钱”这个字怎么说。

他则跟我描述他原来生活的世界。

所有的事物身上都有一种叫“玛纳”的神力，每一棵树、每一个动物、每一个人。

玛纳是一种非常神奇的力量，超自然力量。有时候是正面影响，有时候也会有负面作用，但是无论如何，都让人们敬畏。

有一天，天气晴朗，我们在甲板上吹风，他指着地上，问我：“这个你们叫什么？”

我看向他指的方向，回答道：“这是影子。”

他告诉我，玛纳就存在于影子里，并且其中蕴含着很多法则。

“法则，什么法则？”

“站在影子里是一件很不好的事情，尤其是那些……”他环顾四周，有点紧张，仿佛在找一个妥当的词。然后他看到菲尔诺正在朝另一边的尾楼甲板走过去，便用手指着他。

我秒懂：“指挥官？领导？带头人？”

他点头：“当我第一次看到你的时候，你就没有踩在我的影子里。你靠得很近，但是并没有踩到。这意味着我可以相信你。你的玛纳尊重了我的玛纳。”

我觉得挺有趣的，他把影子看得比我没放火烧他房子还重要，听了他的话，我挪了挪，离他稍微远了一点。

他笑了起来，手攀在我的肩膀上。“没事啦，只是第一次见面的时候，当你和一个人已经认识就没关系了。”

“你是酋长吗？”

他点头：“对，在大溪地是。”

“在胡阿希内岛不是？”

“不是。”

“那你为什么要离开大溪地，来胡阿希内岛？”

他真是个非常坦率的人，很容易对别人敞开心扉。但当我问他这个的时候，他眉头深深皱起，咬住上嘴唇，看起来有点受伤的样子。

“没关系的。”我见状安慰他，“假如你不想说就别说了。”

不过他还是告诉我了。

“我知道我可以相信你。”他说道，“我知道的，因为我无所不知。你曾经是个好老师，也会是个很好的朋友，我还感觉到你身上有些别的东西。你谈起过去的样子、你的眼神、你给我看的那枚古朴的硬币，以及你渊博的知识与见闻，我觉得你跟我一样，你会是我的好朋友。”他一直重复说这些，好像想确定些什么。

“对的，我们是好朋友。”

“嗯——谢谢。”

我俩之间忽然多了一些无言的默契，一切尽在不言中。

这时汉兰宝从我俩旁边经过。他是睡在我旁边的室友，平时一直跟我嘀咕，觉得把欧迈带回船上来是个错误的决定，“他就是个负担，消耗我们的食物，还可能给我们带来诅咒”。他走过的时候斜眼看我俩一眼，虽然没说什么，但是他脸上的神情已经说明了一切。

“我比其他人都要老。”他说，“我觉得你也一样，五年了，你的脸没有变，没有丝毫变化。”

“对的。”我压低声音说道，我都诧异自己居然就这么暴露了秘密。我感到一阵恐惧的战栗和解脱。上一次我能坦然地说出真相，还是我去找哈金森医生寻求帮助的时候，好像是海难的幸存者，茫茫漂流了很久，才终于找到自己的另一个同伴。他看着我，脸上浮起微笑，他的脸色此刻如释重负多过恐惧：“你像我，我像你。我知道的！”他笑了起来，脸上全是快活神色，“我知道的！”

他抱住我，我们的影子重合了。“没关系！我们的玛纳是同类，我们的影子是一样的！”

我没办法描述此刻我俩之间微妙的磁场和共鸣。对，玛丽恩像我，但我一直没找到她。此刻，欧迈让我觉得我不再是一个单独的个体，他让我觉得自己有了同类。我想马上跟他一起分享更多，分享全部。我环顾四周，确定其他的船员离我们很远，然后开始谈话。

“这就是为什么你离开？离开了原来的岛？”

他点头，不住地点头。这些不同寻常之处，对我们来说好像是那么理所当然。“对的，这是个艰难的决定。开始时，在大溪地一切都很好，他们觉得我……我是特别的神迹，所以我当上了酋长。他们觉得玛纳给我带来的不老，是神迹，所以我也是神迹。我是半神，是天人。没人敢在日光下靠近我，因为他们敬畏我的影子。”他看着远方的大海，快活地笑起来，好像海平面上浮现出他曾经的回忆，“我做了很多很多，我自认为是个好酋长。但许多年过去了，一切都变了。还有一些人，他们也想要当酋长。而我也不会退位，除非我死。所以，我……”

他心有余悸地比画了一下，手掌在脑袋旁挥舞。

"被关起来了？"

"对，我被关起来了，所以我必须走。我开始喜欢清晨，因为那是一天的开始、一切的开端，但他们只肯留给我漫漫的黑暗长夜。我必须逃跑，我只是想活着。"

我告诉他我妈妈的事，还有曼宁，以及跟我们一样的玛丽恩。我原原本本告诉他，露丝曾经因为我而遇到危险，而我，有多么想她。

他轻笑："你爱的人是不会死的。"

我一时琢磨不透他的话，不过随后几百年我经常想起他的话。

"你爱的人不会死。"

"在英国，人们不能接纳我们这样的人。"我告诉欧迈，转回原来的话题，"你不可以跟这艘船上任何人说你自己的情况。当我回英国以后，我也必须变换自己的身份了。菲尔诺先生已经有点怀疑我了。"

欧迈有些惆怅，他摸着自己的脸，可能在想他该如何掩藏自己。

"你别担心，"我安慰道，"你是外来的。"

"外来的，这个词是什么意思？"

"就是不一样的，来自很远、很远、很远的地方，比如菠萝。"

"菠萝就是外来的？英国没有菠萝吗？"

"有，但是不超过三十个，摆在炉架上，很珍贵。"

他很茫然。海浪温柔地推着我们的船只，海风吹拂着他的迷惑。"什么是炉架？"

[拜伦湾，澳大利亚，现在]

–

我们坐在露台上，灯光美妙，周围隐约传来别桌客人说话的声音。

我努力回想自己上一次见到他的样子，和澳大利亚这次相遇的感觉有很大不同。当然，欧迈的样子变化不大。他的脸稍微变宽了一点，不是变胖了，而是因为年龄增长颧骨自然变宽了一点。他的眼角即使不笑，也有了皱纹。但我觉得假如不知情的人来看，最多会猜他 36 岁。他穿着一件褪色的 T 恤，上面印着弗里达 · 卡洛[1]的自画像，这是一件悉尼某个画展的广告 T 恤。

“好久不见了。”欧迈说话有点激动，“我真的很想你，我的老朋友！”

“我也很想你。啊，你现在英语真的说得很好很地道了！”

“从 20 世纪 60 年代开始，冲浪在这边很流行。”我们面前有辣马丁尼酒，欧迈试了试，然后让我也试一下。这里视角很好，可以看到海、广袤的海滩、温柔的海风、闪烁的沙砾以及天边的半轮满月。

“我之前没喝过辣马丁尼酒，”我跟他说，“年纪大了，就懒得去尝试那些新鲜的东西。”

“好吧。”欧迈应道，但依然鼓励我试试，“我一生基本上都生活在海边，对海真的非常熟悉了。你看，这其实是玛纳，无处不在的玛纳。它永不静止，是它让世界不断更新，整个地球也不过是一杯巨大的辣马丁尼酒。”

我被他稀奇古怪的言论逗得大笑。

“所以你用索尔 · 戴维斯这个身份有多久了？”

“十七年了吧，从我来拜伦湾开始。”

我看着周围的澳大利亚人，他们正高高兴兴地享受着周五晚上。有人在庆祝生日，蛋糕上的蜡烛被吹灭的时候，人群发出一阵巨大的欢呼声，大家一起鼓掌。桌子的主位上坐着一个女人，她体

1　弗里达 · 卡洛：1907—1954 年，墨西哥非常受欢迎的现代女画家。

形略胖，穿着一个大码的背心。她快要 40 岁了。

“还是个孩子。”我感叹道。

“40 岁。”欧迈表情冷淡，问我，“还记得你的 40 岁吗？”

我点头，神情有些难过。“我记得，你呢？”

他的脸上也浮现出相同的难过神色：“对的，那年我被赶出了大溪地。”

他看向远方，好像走廊里的黑暗是穿过时间和空间的隧道。“我原来是他们心中的神人，太阳因我而闪耀。他们以为我可以操纵天气和大海，让树上结果子。你记得吗？在欧洲全面基督化之前，我们这类神人的传说并不少。上帝并不高高坐在云端，你看看我，你觉不觉得我也是另一种意义上的神？”

“这种马丁尼酒太烈了。”我只回答了这一句。

“我之前就跟你说过嘛。”

“可能是吧，很久之前了。”

“很久、很久、很久、很久、很久以前。”

服务员过来了，我点了一份南瓜沙拉当前菜，主菜是红鲷鱼。欧迈在服务员的推荐下点了两个菜，服务员说这个原材料“都是最嫩的猪肚肉”。

“我觉得挺好的。”他的笑一闪而过。他仍然是我这么多年以来见过的最英俊的男人。

“我刚刚跟你说过了，你点的有点太单调了。”

“不单调啊，两盘不同的食物。”

“原料都是一样的，好吧，你高兴就好。”

“再来两杯这个。”他举了举杯。

“好的。”服务员应道。

他在那个女服务员的注视下不动声色，于是她收回了目光。

“我知道你，你是那个冲浪的人，是吗？”她搭话道。

欧迈笑了起来：“在拜伦湾，每个人都是冲浪的人。”

“不不，你不一样，你是索尔·戴维斯，是吗？”

他点头，用不好意思的眼神看看我，然后回答她道：“是我。”

“啊！你在这里真的很有名！”

“我自己不觉得啊。”

“但是这是事实，我在网上看了你的冲浪视频，真的太棒了，你真的很厉害。”

欧迈的微笑很礼貌，但我能感觉到他的尴尬和不耐。服务员走了之后，他看着自己的右手，把手掌摊开，又握紧拳头闭拢。他的皮肤光滑，古铜色的肌理，看着很年轻。一双靠近海洋的朋友才会有的手，“时光逆行者”才会有的手。

我们继续说话。

然后上菜了。

他开始享用美食，吃下去第一口，他闭上眼睛细细咀嚼感受，并发出满足的喟叹。我羡慕他如此容易就被取悦。

“所以，你过得怎么样呢？”他问我。

我告诉他我当老师的生活，我近一百年待过的地方，冰岛、加拿大、德国、中国香港、印度、美国。然后我说起1891年，说起海德里希，说起信天翁的社会。

“那里都是我们这样的人，很多很多。好吧，也并不是特别多。”我跟他解释，在那里我们能得到的帮助，还有八年换身份的守则，以及信天翁和蜉蝣之间的关系。欧迈看着我，大大的眼睛忽闪忽闪。

“所以你是做什么的呢？”他问道。

“我去海德里希，就是我的老板，让我去的地方，做一些任务，把别人带回来。不过日子过得还行。最近一次，我去的是斯里兰卡，在那里过得还算舒服。”

不过就我而言，“舒服”实在是一个过于委婉的说法了。

他笑起来，又问我：“那是把他们带回哪里呢？”

“并不是特定的某个地方，我的意思是，我让他们加入信天翁的社会。”

“加入？你怎么做到的呢？”

“好吧，通常不费什么工夫。我跟他们说，信天翁的社会如何保护成员，帮助他们变换身份，海德里希有各种各样的手段做到这一点。有点像是一个小的联合体，一道保险。我们从中得到报酬，虽然只是为了活下去。”

“你是个不错的销售。你真的变了很多，不是吗？”

“欧迈，你听我说，我不是开玩笑的。今时不同往日，我们现在真的非常不安全。”

“对，今时不同往日，但我们还活着，还能呼吸。”

“但是很危险，包括你，现在也很可能会遇到危险。柏林有个研究机构知道了你，他们在过去这些年里抓了不少人。”

欧迈又是笑，他真的大笑出声了。我想起玛丽恩的失踪，想起她有可能也被抓走了，就感到非常愤怒和恐惧。我觉得他是在蔑视我，就像是无神论者看天主教徒。

“把人们抓走啊！”

“这是真的，还不仅仅是他们。在硅谷和别的地方，也有类似的生物实验室。他们想要探索人类的奥秘，而我们身上有值得他们研究的地方。我们对他们来说，不是人，只是实验室里的小白鼠。”

他揉揉眼睛，看起来很疲惫，我的话让他感到疲惫。

“好吧，所以你说的保护是什么，要付出的代价又是什么呢？”

"代价就是，履行一定的义务和责任。"

他继续揉眼睛，对我的话发笑，好像我的话赶走了他的瞌睡虫。"责任？"

"对，你需要为信天翁社会做一些事情。"

他笑得更欢了："这个名字。"

"好吧，这个名字有点古怪。"

"那你都做了些什么呢？"

"很多不同的事。比如现在这样，跟人们说话，说服他们加入。"

"所以你准备好给我的合同了？"

"不不，没有合同。只是精神上加入，靠的是信任，这种最古老的联结纽带。"我清楚自己此刻实在是太像太像海德里希，我上一次有这种感觉是在亚利桑那州，不过那次可不是什么愉快的经历。

"假如别人不答应，你们怎么做呢？"

"一般来说不会的，这对他们来说百利而无一害。"我闭上眼睛，想起自己从前在沙漠里吃的枪子儿，"欧迈，你听我说，我是认真的，你现在不安全。"

"所以呢，我该怎么做？"

"总的来说，就是尽量不要去参与那些人多的集会。海德里希一直远离人群，深居简出。而且对我们来说，每八年换个地方生活会很有效。开始一段新生活，做另一个人。而你，在这里已经整整待了——"

"我不能这么做，像你们一样不断离开。"

他看起来很固执，我知道我必须直接一点了。

"这不是你想不想的事情，我们所有人都必须——"

"但我还没有答应加入你们。"

“你已经是了。你生来就是一个信天翁，所有的信天翁都是一体的。”

“信天翁、信天翁、信天翁……”

“当你知道信天翁社会存在，你就成了他们中的一分子。”

“这就跟人生一样。”

“也对。”

“那我拒绝会怎么样呢？如果我不同意呢？”

我沉默很久，不知该如何给出答案。

他靠回椅子背上，冲我摇头：“感觉你们真像黑帮，你加入了一个黑手党组织吗？”

“我没得选。”我反驳道，“总之就是这样，相信我，这会有用的。你知道吗，一个信天翁暴露了，所有的信天翁都会有危险。你自己也知道应该掩饰的，你之前一直做得很好，还曾经跟我说过……”

他摇头：“我在澳大利亚待了三十年了。”

我顿住了。

他在澳大利亚待了三十年了。

“但我听说你待了二十年。”

他脸上的表情更加严肃，这不是一个好苗头。我想起我俩在船上说笑的时候，我想起后来我们在伦敦上流社会的时候，欧迈坚持要我跟他待在一起，我们度过了非常快乐的时光。我们喝酒享乐，对那些名流贵族编瞎话，其中甚至包括塞缪尔·约翰逊。

“听说，听谁说的，有人在监视我？”

“我不懂你这三十年是怎么过的，一直在同一个地方吗？”

“有十三年在悉尼，十七年在拜伦湾。有时候会去海边待着，也去过蓝山，不过大多数时候我都待在家里。”

“没人怀疑过你吗？”

他凝视着我，我可以感觉到他的呼吸变得更粗重。

“人们只相信他们愿意看到的。”

“但你现在上网了，连那个女服务员都知道你。还有人给你录像，你引起了很多人的注意。”

“你，你还觉得自己手上拿着火把，可以决定别人部落的生死，而我无法反抗吗？你还觉得所有人都必须按照你的意愿，走你认为正确的路吗？好，那你不如再一把火烧了我的房子。”

我必须冷静点。

“天哪，欧迈，我想要帮你。不是我想来找你，是海德里希，我只是中间人。他无所不知，他可以阻止坏事发生，但是，我、我还发现他……他也可以让他想发生的坏事成真。”

“你知道些什么！”他掏出钱包，在里面翻找出一张支票放在桌子上然后起身，“假如坐在这里的不是你，我是不会这么无礼和愤怒的！”

他走了，我呆呆地坐在位置上。菜上来了，我告诉女服务生他过会儿会回来，但是他当然不会回来了。

说实话，这次重逢跟我想的完全不一样。我以为我们会缅怀过去的那些时光，然后说说这些年来发生过的那些，我们想都没想过的那些好事坏事；我以为我们会讨论分别这些年来，那些千奇百怪不可思议的事情，自行车、轿车、飞机、火车、电话、照片、电灯、电视、电脑、登月火箭，还有摩天大厦、爱因斯坦、甘地、拿破仑和希特勒、人权、柴可夫斯基、摇滚、爵士、蓝调、手枪；他是否喜欢老鹰乐队、嘻哈、寿司、毕加索、弗里达 · 卡洛，气候变化、否定气候变化的人，星球大战、古巴导弹危机、碧昂斯、推特、表情包、真人秀、假新闻，特朗普总统；我们这些年来经历过哪些起起落落，我们在战争中做了些什么，我们还在人世苦苦挣扎的原因。

但是现在，我们什么都没有说。

我把一切都搞砸了。

我真的是个傻瓜、蠢货，冷漠无情，活该没朋友。

你爱的人不会死。

这是欧迈许多年前对我说过的一句话。

他是对的。他们没有死，没有完全从世上逝去，而是活在我的心中。你让他们生命的余光仍然闪烁，假如你把他们记得足够清楚，他们甚至还能成为指引你前行的明灯，就像是在陌生的海域，永恒不变的星星就是船只航行的指路灯。假如你除了怀念他们，还采纳他们的建议，他们还会改变你的生活，他们是你的救赎。

欧迈住在小镇的边缘，352 号公路旁的一间单板屋里。

从这里你可以看到海。这也不是多出乎意料，欧迈总是尽他所能住得离海近一点。

我敲门之后，等了几分钟。我脑袋一直钝钝地痛，听到里面传来隐约的吵闹声。门开了一条缝，一个短发花白的老年女人在门后面看着我。我觉得她应该 80 多岁了，脸上的皱纹多得像地图。她站不直，不知道是因为关节炎还是骨质疏松。她的眼睛有白内障，不过眼神很警惕。她穿着一件黄色的羊毛衫，手上拿着一个开罐器。

“你是？”

“呃，不好意思，我可能找错地方了。抱歉这么晚打扰到你。”

“没事，这些天我睡得一直很晚。”

她准备关门，我飞快地说道：“我在找索尔，索尔·戴维斯，他是住这里吗？我是他的老朋友，今天晚上我还和他一起吃饭了，我觉得当时我惹他生气了。”

她犹疑了一秒。

“汤姆，我的名字叫汤姆。”

她点头，她听过我的名字，然后回答道：“他去冲浪了。”

“晚上去？”

“对，他就喜欢晚上去。大海又不会回家，他经常这么说。”

“那他在哪里冲浪呢？”

她想了一下，盯着门前那条小路，好像上面能找到答案一样。“唉，我真是年纪大了！好像是泰洛沙滩。”

“谢谢您！真的非常感谢！”

我坐在沙子上看他，还有他身后的一轮满月。他的身影随着海浪上上下下，起起伏伏。这时我感觉到自己口袋里的手机振动了。

是海德里希。

假如我不接的话，只会让他怀疑我。

“他和你在一起吗？”

“没有。”

“我听见海的声音了。”

“他在冲浪。”

“所以你现在说话很方便？”

“对，但不会太久，他马上就会过来了。”

“他同意了吗？”

“他会同意的。”

“你跟他说清楚所有事情了吗？”

“还在说，没说完。”

“他在 YouTube 上的视频现在已经有四十万点击量了。时间不多，他必须马上离开。”

欧迈的身影在浪花中忽而出现，忽而不见。那也是人生的最佳方式，生活就是这样起起落落，水满则溢，月盈则亏。而大家的目标都是像摩天大楼一样笔直向上的，不断追求金钱、权力、地位。不过欧迈不同，欧迈本身的生活就像海洋一样自然辽阔。他踩着冲浪板，不在乎眼前海浪的起起落落，而是顺应洋流活着。

“我保证没问题，他会离开的。”

“我当然知道他会离开。我们都是一条船上的，不只是柏林，北京也有一家生物研究公司，他们——”

这些话已经翻来覆去说了整整一个世纪了，我知道我该集中注意力，尤其是玛丽恩很可能现在就在他提到的某处。但我依然神游了，他的话就像海水冲刷过的沙砾，什么也没留下。

“好吧，海德里希，我现在不能接着说了，他要过来了。”

“好的，汤姆，按照我们的计划，但记得，永远有第二套准备方案。”

“我知道了。”

“最好如此。”

挂断电话之后，我坐在原地，感受眼前的潮汐律动，就像我们的一呼一吸。呼——吸——

二十分钟之后，欧迈从水里出来了。

他看到了我，但只是夹着冲浪板径自走开。

“嘿！”我在沙滩上跟上他，“听着，我是你的朋友，我想保护你。”

“我不需要你的保护。”

“那个女人是谁，欧迈？你家里的那个女人是谁？”

“不关你的事！离我的房子远远的！”

“欧迈、欧迈！该死！这很重要。”

他停下来，我们已经走到沙滩边缘的草地边。“我过得很好，我不想再藏了，我只想做回我自己，我只想诚实正直地活着。”

“你可以搬到别的地方去。夏威夷、印度尼西亚，任何地方，只要你想去，都可以冲浪，哪里的海都是一样的，同一片海洋，同样的海水！”我不停地想自己过去跟他在一起的时候，有什么过往回忆可以用来打破他厚厚的心墙，“说起诚实和正直，你还记得约翰逊先生怎么跟我们说的吗？我们结束航行，回到伦敦的第一周，那些贵族设宴款待你。”

欧迈耸肩：“太久以前了。”

“你还记得吗，你还记得吗？那天晚上我们一起吃松鸡，然后他跟我们说：‘你需要学习更多的新知识。但是，有学识而无品德的人是危险的，有品德而无见识的人是无用的。’我想要教会你更多你需要知道的东西，但你跟我说，你要诚实地活着。可是这种诚实会害死你，会让你遇到危险啊！”

“那你想听我说几句吗，汤姆？”

我冲他做了个手势，让他接着说。

他闭上眼睛，脸上的表情像是赤脚踩在玻璃碴儿上一样痛苦。“好，那我就告诉你，我曾经和你一样，不停地在各地辗转，但都在太平洋沿岸，去没人认识我的地方，萨摩亚[1]、所罗门群岛、斐济的劳托卡、本德堡的糖城（科罗拉多州）、新西兰，甚至回到大溪地。我兜兜转转，却也没办法完全躲到地下去。用假的身份证明，每次认识几个人，就又要去新的地方重新开始。我每十年换两个地方生活，直到有一天，事情开始变得不同。”

1　萨摩亚：南太平洋中部一群岛。

“怎么了？”

一个中年男人走过，他穿着褪色的广告T恤和破洞牛仔裤，脚踩人字拖。他正朝沙滩上走，嘴巴里哼着歌，手上还拿着一罐可乐。他是一个安全无害的醉汉，没打算跟我们打交道。他重重地坐在沙滩上，点上一根烟，开始看海。他距离我们不近，应该听不到我们在说什么。

欧迈索性也盘腿坐下了，并顺手把他湿漉漉的冲浪板放在身后的草上。我也顺势坐在地上。

他看着大海，眼中有爱，有悲伤，好像想起了什么。过了一会儿，他毫无预兆地说出一句：“我爱上了一个人。”

我腹中有很多疑问，只是此刻我都没有问出口。

“你过去跟我说过爱，对吧？你告诉我，你爱过一个女孩，并和她结了婚。她就是玛丽恩的妈妈，叫什么来着？”

“露丝。”我在21世纪，在澳大利亚的一块海滩上，说出这个久违的熟悉的名字，感觉一阵怪异和眩晕，时间和空间并没有冲淡那些曾经热烈的感情。我手撑在旁边的草和沙砾上，仿佛想要一些坚实的东西来有所倚靠，仿佛这样就能感受到她还在我身边。

“对，我也找到了我的露丝。她很美，她叫合谷。现在，我每次想起她，还会觉得头痛。”

我点头：“对，记忆造成的头痛，我也经常会这样。”

有一瞬间，我有点好奇合谷是不是我在他房子里看到的那个女人，不过很快他的话就打消了我的这个想法。

“我们在一起只有七年，她在战争中死了……”

我在想是哪一场战争、什么地方，我觉得应该是“二战”吧，我的直觉是对的。

“那时候我搬去新西兰，不过阴差阳错之下，应征入伍了。在那时，想要混淆身份很难，更何况即使证明你不是你身份证明上的那个人也没用，那时候军队对新兵不挑剔，也不深究你的身份到底是真是假。我没有参加很多战争，开始是去了叙利亚，后来又是土耳其，确实长了不少见识。当时局势很紧张，你呢，你当时参战了吗？”

我如实回答：“我没有。海德里希觉得跟政府走得太近是一件很危险的事情，所以不让我们去。他是对的，那时候有纳粹，他们不但有种族歧视，还做人体实验。他们占据了柏林的研究室，然后发现了我们的事情，并且开始研究信天翁，因此想要抓更多的标本……还好，海德里希的固执很有先见之明。他不让我们参加战争，当你为拯救文明火种努力的时候，我在波士顿，伪装成一个近视的有哮喘的图书管理员。我真的很鄙视那时候的自己。我想我有时候就像海德里希让我们远离战争一样，对人类的感情避而远之。因为这样活着会比较不痛苦。”

遥远的某处传来“海妖”的恸哭。

欧迈抖落他冲浪板上的水珠。“不，我不像你这么想。我觉得有爱生命才有意义。我跟她在一起的七年，胜过了一切。你懂吗？我以前茕茕蹉跎几百年的时光，以后也是这样。我全部的时间都比不上这段日子，时间的价值和意义是不同的，不是吗？有些日子是空洞的，虚度时光，就像是不起波澜的水，没有任何起伏。有时，只是一年、一天，甚至一个下午，就是你全部人生的闪光点，就是你全部人生的意义所在。”我想起卡米拉，想起她坐在公园长椅上，想起她对我念《夜色温柔》这首诗，欧迈继续说着，“我一直在找生命的意义。我过去相信玛纳，岛上每个人都相信，不过我现在还相信玛纳给我的感觉。这不是迷信，而是确切存在着的，存在于我们中间。玛纳很难解释，既不来自天空、云朵，也不来自天堂，但它就是在这里。”他拍着自己的胸口，抚着心脏的部位，“当我们陷入爱的时候，这里是胀大的，它会和以前不同，有一些新的东西在我们体内。一些不属于我们本身的东西，根植在我们心里，约束着我们，给我们快乐，或者让我们难过。我们对自己一无所知，现代科学好歹知道一点，而我们完全不明白我们的头脑是如何形成思想的。”

一时无话，场面寂静。

那个醉汉躺下了，在看星星。他把烟摁灭在沙里。

一分钟过去了，两分钟过去了，然后欧迈才重新开始说话。

“我们有一个孩子，”他的声音像今晚的海风一样低沉，“我们给她取名叫安娜。”

我努力消化这件事，这很重要。我又想起玛丽恩，然后电光石火之间，一切豁然开朗。

“是她，对吗？你屋子里的那个女人……”

他的点头微不可见。

“那她知道是你吗？”

他只是笑。这显然是个蠢问题，但我觉得这对我来说很新鲜，一个蜉蝣知道了深爱的人身上的异状，并且接受了这些，和平共处，而不觉得危险。当然，露丝也知道我，我妈妈也知道我。但是我只给她们带来了麻烦，我们只能无奈而又痛苦地分开。

“她知道，她当然知道。她的丈夫也知道。”

“这个秘密没有泄露出去吗？”

“有谁会相信呢？”

“别人知道这些，可能会给你带来危险。”

他看着我，让我觉得自己很懦弱可悲，一个胆小的懦夫。

“一个海浪打过来，也有可能杀死你。当然你也可以驾驭它。每天都会有各种危险，你不能一直活在恐惧中，汤姆。你该准备好自己的冲浪板，然后依靠自己的力量去面对人生的起落了。你要学会去直面浪花，忽视那些恐惧。在那一秒你会做到的，你能战胜它们。你害怕，所以你才会从冲浪板上失去平衡摔下来。而我从来不让自己活在恐惧中。但是，汤姆，这点我没办法帮你，我真的没办法了。我一生颠沛流离，直到现在才安定下来，找到家的港湾。我爱你，汤姆，但仅此而已。即使菲尔诺船长此时复生也不会改变我的主意，我不会跟你去任何地方。”

然后他站起来，拿着他的冲浪板。

“我会摆平这一切的，”我听到自己说，“我会摆平这一切的。”

他点头，但是依然继续往前走。他赤脚走在水泥路上，我看到沙滩上的那个醉汉摇摇晃晃冲我招手，我也冲他摆了摆手。躺回沙子上我开始想，欧迈参加过战争，我没有，因为海德里希。也许现在是我抗争一次的时候了，我大腿裤袋里的手机又开始振动，这次我不去管他，只是静静地想自己接下来应该做什么。

我在沙滩上睡着了，醒来的时候晨光熹微，太阳刚刚升起。我回到酒店，吃早餐，然后看到海德里希只给我打了一次电话，感觉有点奇怪。我回到房间，发现 Wi-Fi 网络不太好，不过后来就可以登录 Facebook 了。卡米拉还是没有更新，我想跟她说话，想给她发信息。但我忍住了，我很危险。我现在还是信天翁社会的一员，没必要把她卷进其中。

我在床上缩成一团，双手抱膝，用婴儿的姿势开始哭泣。我想自己是否已经崩溃了。

“去你妈的，海德里希。”我冲着天花板喊，“去你妈的。”我离开酒店，漫无目的地走，想要止住自己的眼泪，并且好好思考一下。我需要思考，我走到海边，沿着沙滩朝灯塔的方向走去。

我还记得自己在“冒险者号”上看过南极洲，因为当时库克愚蠢而又贪婪地希望找到比澳大利亚更大的大陆。

但那里只有冰，冰山之后是另一座冰山，根本没有新的大陆。就算穿过那里，也只会回到我们出发的地方。

有时，你需要正视你面前的现实。看清眼前的事，以及你爱的人。

我想卡米拉，她的声音，她歪着脑袋在阳光下的样子，想起她从椅子上滑下来的无助。

我突然觉得都没关系了。我们年龄不同，我们无法对抗时间，那都没有关系。我们所做的努力，就像是去寻找冰山后面的大陆，只是徒劳的。你可以幻想，但那不可能实现。你真正能够把握的，只有当下。

我漫步着，看到一个环礁湖。湖水是深绿色的，岩石上面有很多青苔。我活了很久，但是很多植物的名字我并不知道是什么，我也不知道面前这个湖叫什么。在这种我不熟悉的地方闲逛，感觉非常好。一切都是新鲜的，仿佛在疲惫和重复的世界上寻到了一点新意。两个小小的瀑布流进这个湖，掩盖了这里其他的杂音。我望进这一片深深的湖水感觉像是神秘的新娘面纱。

这里没有网络，没有手机信号，非常平静，空气清新。除了水流的涌动声，什么都没有。我坐在旁边的一块木头上，发现我的头现在一点都不痛了。

我突然明白了一些什么。

我没办法去改变欧迈，我也不可能杀了他。我呼吸着眼前花的香气，慢慢闭上眼睛。

我突然听到一些不属于水的杂音。

我后边小路的灌木里突然传出一阵沙沙声。可能是动物。不过，我仔细听了一下，是个人，有个人在接近我。可能是游客吧。

我转过头去。

我看到一个女人，她拿着一把枪指着我，我惊讶得心跳漏了一拍。

不是因为看到她用枪口指着我。

而是因为看到她。

她的长相和以前有点不同了，头发染成了蓝色。她长得很高，比我想的要更高。她胳膊上有文身。她看上去非常像21世纪的年轻人，穿着T恤（上面写着“人们怕我”）、牛仔裤，唇环，橘色电子表，以及愤世嫉俗。她看起来像个30多岁的女人，而不是四百年前我离开她时的那个小女孩。但我知道是她，她的眼睛就是最好的证据。

“玛丽恩。”

“别那么叫我！”

“是我。”

“闭嘴，转过去！”

“不，玛丽恩，是我啊！”

我站起来，一直看着她，我太震惊了。我努力忽视她的枪离我不过毫厘的事实，我可能下一秒就身首异处。我不去想这些，只是在心里不停默念，这是我的女儿。

“你是我活着的唯一理由。你妈妈让我找到你。我知道你一定还活着，我知道的！”

“你丢下我们走了。”

“对，我是走了，但我后悔了。我离开你们是为了救你们，你妈妈让我走的。在当时这是唯一的解决办法，我们可以逃回伦敦，但我们逃避不了现实。我亲眼看到我的母亲被人淹死，都是因为我。你知道那种感觉吗？我无时无刻不在内疚。玛丽恩，你不会想要知道的，所以你不会杀了我的。是海德里希吗，他让你这么做的？你为他做事？他给你洗脑了？这些都是他的伎俩，玛丽恩，他给别人洗脑。他很有说服力，他活了快一千年了，他知道怎么操纵人心。”

“你不想要我。你对海德里希说的，你不想当一个父亲。”

我又感到一阵震惊，海德里希找到了玛丽恩，但他没有告诉我。他知道我是多么渴望知道玛丽恩在哪儿，但他把她藏起来了。在我不知道的时候，我们都加入了信天翁社会，这到底多久了？

我感觉到空气稀薄，简直不知道要说什么好。

“不、不，这不是真相。玛丽恩，听着，我一直在找你。你、你是什么时候，什么时候……”

她没有放下枪，但我毫不犹豫地抓住她的胳膊，抱住了她。这是我的女儿，这是玛丽恩。我对她有失职，但我能跟她说明白的。假如她愿意相信海德里希，我也能告诉她真相。

“你想找到我，只是因为我是世界上唯一知道你全部底细的人，你不相信我。你不在乎我，你有好几个世纪没有见我。你只想保护你自己，你让信天翁社会找我，只是为了摆脱我。”

“真相完全相反！”

“我看到几十年前你写给海德里希的信了。”

“什么信？”

“我看到了，就是你的笔迹。我看到你说什么了，我看到你加入信天翁社会的条件是什么。你的要求完全摧毁了我的意志，然后我精神失常了。绝望、焦虑、精神错乱，我会有精神问题，全都是因为在这个世界上，我挚爱的父亲，唯一想要的就是我死。你看，我他妈也无时无刻不在盼望着找到你，你也是我前行的唯一动力。可是，我突然知道，我活下去的唯一指望只想让我死。我他妈不欠你什么了，爸爸。”

她哭了。她的脸色依然冷酷，但她在哭。我那么爱她，我想让她知道我对她的爱就像瀑布一样，从未停歇过。我想让她知道我有多么想她。我想让她知道一切的真相。

“海德里希在撒谎，他颠倒黑白。他经常愚弄别人，有时候他是为了我们这么做，有时候他是在给我们找麻烦。他有人脉有钱，玛丽恩，他最初通过郁金香生意攫取了一大笔本钱，然后就一步步发家了。”

“艾格尼丝也证实了这一点，艾格尼丝告诉我这些都是真的。她说都是因为我你才离开的，因为你讨厌我。你这个浑蛋。”

“我从来没有讨厌过你。艾格尼丝完全是海德里希的爪牙啊。玛丽恩，我爱你，我不是完美的人，我不是个好爸爸，但是我一直爱你，我一直在找你，玛丽恩，你是个多么聪明多么好的孩子，我一直在找你，我无时无刻不在想你。”

我在心里描绘，她靠在窗户边，借着最后一抹亮光看书的样子；她坐在床上，温习教程吹笛子的样子。

她还在哭，但是她没有放下手中的枪。“你说你会回来的，但是你再也没有回来。”

“我知道，我知道，因为我会给你们带来危险，记得吗？他们在门上刻字，‘女巫猎人’，还有那些留言？你记得当时发生了什么吧？你知道我的母亲你的奶奶是怎么去世的吧？我就是一切麻烦的来源，所以我只能走，走得离你们远远的。就像后来，你也只能离开你的母亲。”

她怒目圆瞪，脸颊像拳头一样紧绷。她说：“去你妈的混账东西。”

我现在已经可以轻易夺过她的枪，但我没那么做。

好几百年，她是我活着的唯一理由。但现在，我突然意识到，我确实想活着，不为任何人，只是因为生命本身。只有活着，才有希望，才有未来，才有更多的可能性。

“我还记得你当时演奏《树荫之下》，”我对她说，“用笛子。我从市场上淘换回来的，很廉价。你还记得吗？我当时教你怎么用它，你开始很费劲，你的手指盖不住孔，但是有一天你突然就学会了。然后你去大街上吹笛子，虽然你妈妈不喜欢你那么做。她不希望你太过引人注意，原因你现在应该已经明白了。”

她什么都没有说，我看着那一汪深深的湖水、旁边的树木，我可以听到她的呼吸。

我把手放进口袋里。

“你想做什么？”她问。她的声音逐渐平静下来。

我拿出钱包。“等我一下。”我掏出内袋，然后拿出里面的东西。她看着那枚薄薄的黝黑的硬币。

“这是什么？”

“你还记得那天在坎特伯雷吗？太阳正好。你在吹笛子，然后有个人经过，给了你一枚硬币。最后一天，你把它给了我，叮嘱我一定要经常想你。就在这里，这枚硬币，它一直是我的希望。它让我有动力活着，因为我想有一天，能够亲手把它给你。就是这个，给你。”

我把它交给她。她慢慢松开了枪，我把硬币放在她的手心。她放下枪，手指轻柔地摩挲着这枚硬币，好像它是珍贵的花朵。

她看起来很茫然。她说了些什么，但我没听清，然后她靠在我身上，在我肩头痛哭。我反应过来，紧紧回抱住她，想要弥补我们之间错过的几百年光阴。

我想知道她的所有事情。我想花下一个四百年跟她待在一起，每天听她说她以前的生活。但是很快她就从我怀中出来，然后擦干眼泪，露出焦虑的神情。

“他就在这里。”她用和她妈妈一样的绿眼睛注视着我，“海德里希，他也在这里。”

海德里希是陪玛丽恩一起来澳大利亚的。他为自己和玛丽恩在拜伦湾订了同一家酒店。从他第一次问我，我拒绝来欧迈这里的时候，他就一直很担心，他一直不放心我。从斯里兰卡那次开始，从我提出想要回到伦敦开始。

他指示玛丽恩悄悄跟着我，不过并没有说要杀了我。

“没事的，玛丽恩。”我为了宽慰她，违心说了假话，“一切都会好起来的。”

现在是晚上，玛丽恩和海德里希约好一起在酒店吃晚饭。

“你不用慌，”我告诉她，“你还是一个小时之前的那个你，在他面前，你务必伪装成原来的样子，你还希望我死。”

我就待在不远处，我沿着海边漫步，以便在玛丽恩需要我的时候能够及时赶到。傍晚，平静的树影，大海还有沙滩都不能抚平我内心的紧张，路边看不到的暗处，好像随时可能跳出来一只怪兽。

我开着手机，我想打给卡米拉。那天在公园的时候，海德里希听到过她的声音。现在伦敦很有可能有另一个信天翁的任务是杀了她，并且伪造成自杀身亡。可能是艾格尼丝，或者是别人。

“接电话，”我徒劳地对着面前的空气哀求，“接电话！接电话。”

但她没有接，所以我给她发了一条短信。

“我很抱歉我上次处理事情的方式不好。我有很多事情需要跟你解释，请相信我。但我现在想跟你说你必须马上离开伦敦躲起来，你很可能会碰到危险。这段时间请不要回家，尽量待在别的地方，最好是公共场合。”

我把短信发出去。

我的心跳如擂鼓。

我的人生一直都被恐惧支配着。海德里希曾经答应帮我摆脱它们，但他只是用它们来控制我。他用恐惧来控制别人，包括我和玛丽恩。假如我一个人的话，还不太看得出来。但他操纵玛丽恩，对玛丽恩和我两头撒谎，让我意识到信天翁社会之所以秘密运行，并且要对成员周密掌控，都是因为海德里希病态般偏执地想要消灭所有潜在的外部威胁。

他最新的关注点，是生物科技公司关于年龄的奥秘的研究。有一个项目叫作基因控制理论，还有一个项目叫作停止时间，都是研究细胞技术，期待有一天能够发现人类的奥秘，减缓人们的衰老。海德里希觉得柏林的那些科学家会是刽子手，在酝酿某些阴谋。信天翁知道他们无法做真实的自己，并且常常有着悲惨的回忆，所以常常犹如惊弓之鸟一样恐惧并且患得患失，我也一样。但我不会永远笼罩在曼宁的阴影之下。我越是想自己面临的危险，就越觉得最大的危险就来自海德里希本身。

他想要破坏一切，甚至阻止我和玛丽恩的重逢。

我收到卡米拉回复的短信了，上面只打了三个问号。

一辆出租车疾驶而过，是路上唯一的一辆车。

我的手机振动了。

不是卡米拉，是玛丽恩。

“他去找欧迈了。”

“什么？”

“他刚刚从饭店离开，出发去找欧迈了。他上了一辆出租车，应该最多不过十分钟就要到了。”

一只巨大的黄色蜥蜴飞快地在树上爬着。

“我刚刚看到一辆出租车经过了，他去做什么？”

“他没说，我也不敢问，他只是让我等着。他已经开始怀疑我了。”

"玛丽恩，他拿枪了吗？"

"我不知道，但是——"

还没等她说完，我已经开始朝着欧迈家的方向狂奔。

[坎特伯雷，英国，1617 年]

—

"爸爸。"

玛丽恩靠在枕头上看着我。她的眼神非常忧虑，一直唉声叹气。我在给她讲故事，有一种鸟飞去了月亮上，然后就在月亮的背面、人类看不见的地方住下了。

"怎么了，玛丽恩？"

"要是我们也能去月亮上住就好了。"

"为什么呀，玛丽恩？"

她紧紧皱着眉头，有着她这个年纪的小孩子不该有的忧虑。"有人朝妈妈吐口水，他经过我们，站在那里，戴着羊毛手套，长得像个石像鬼。他一句话也没说，只是凶巴巴地看着妈妈和我，妈妈不喜欢他看我的样子，就问他'先生，请问你是要买花吗'，可能她的语气有点刺耳，因为妈妈当时太紧张了。"

"所以他就冲妈妈吐口水了吗？"

"对的，过了一会儿他就把唾沫吐在了妈妈的脸上。"说这话的时候，她的牙齿咬得紧紧的，我能看见她小小的脸上的青筋。

我迅速询问道："那个男人有说别的什么吗？他有说自己是谁吗？"

玛丽恩皱着眉，她眼中的愤怒和担忧看起来就像个小大人，我从中可以想象她长大以后会是什么样子。

“没有，他什么都没有说，他走了之后，妈妈擦干了自己的脸。市场上所有的人都看着我们。”

“那他对别人有这种莫名其妙的举动吗？”

“没有，只有我们。”

我亲了亲她的额头，帮她盖好被子。

“有时候，”我对她说，“这个世界不会所有事情都尽如人意。别人会让我们难过，甚至伤害其他人，你必须在生活中处处小心。你知道，我和正常人是不同的。你知道的，对吧？其他人都在变老，但是我的变化非常缓慢。”

她的脸色变得尖锐起来，带着天真的气愤和蒙昧的诅咒尖声道：“我希望那个坏东西生病，希望他因为伤害我妈妈惭愧得死掉。我想看到他被吊死，被野兽撕成碎片，五马分尸。挖出他的眼睛喂狗。”

我看着她，她的怒气若有实质。

“玛丽恩，你还是个孩子，你不该这么想。”

她冷静了一点，怯怯地说：“可是我害怕。”

“你还记得蒙田是怎么说的吗，当我们面对恐惧的时候？”

她慢慢地点头，好像蒙田此刻就在我们身边。

“惧怕苦痛之人，其实早已身陷于苦痛中。”

我点头：“对的，玛丽恩，假如你碰到了什么事情，假如你以后变得跟我一样，一样和常人不同，你必须学会用一层壳把自己保护起来。那层壳要像胡桃一样坚硬，没有人能看到它，但是你自己知道它就在那里。你知道我在说什么吗？”

“我好像知道了。”

“做个胡桃壳。”

“但是人们撬开它们的壳，吃它们的果子。”

我挤出一个微笑，有时我对玛丽恩的一些话竟无言以对。

玛丽恩睡着后，我喝了一杯酒，躺回了露丝的身边。我深深担忧着我们的未来，那会是我们之间的最大阻碍。我知道总有一天，我不得不离开她们，每每想到此处，就觉得痛苦不堪。我必须不停地走，不停地离开。我拥有多久的生命，就要忍受多久这种不停离别的生活，离开坎特伯雷，离开露丝，离开玛丽恩，远离真实的自我。我对于活着，已经感到厌倦和疲惫了。我躺在床上，心想在那遥远的未来，事情会不会有所好转。我的生活能不能有一天找到方向，回到一切开始的地方，回到我的归宿。

[拜伦湾，澳大利亚，现在]

–

在欧迈家的那条公路上，你可以清楚地听到浪花和潮汐的声音。它们拍打着海边嶙峋的峭壁，也因此，汽油浇在木头上的声音也显得不太清晰。在我还没有看清楚他在做什么之前，我已经闻到了浓郁的汽油味。

“住手，海德里希！”我大喊。

在夜色中，他像个真正的老年人，驼背伛偻，单薄干枯，乍一看就像是贾科梅蒂[1]做的雕塑，套上了牛仔裤和夏威夷花衬衫。他一只手垂下，费力地拎着一大罐汽油。但他自有一股气力，支撑他完成自己要做的事。

他因为我的大喊停了一秒，用他混浊的眼睛看着我，他没有笑。我发现我几乎每次见到海德里希，他都挂着自己标志性的微笑。

“你告诉我，在大溪地的时候你下不了手去烧他的房子。你永

1　贾科梅蒂：1901—1966 年，瑞士超现实以及存在主义雕塑大师、画家。

远不会成为留到最后的人，对吗，汤姆？今天，只不过是纠正过去的错误罢了。”

“别这样，欧迈他是无害的。”

“当你再大一些，你就不会这么相信人类了。汤姆，你就会拥有对时间的洞察力。你现在可能还感受不深，但一定已经有些瞬间，你突然感知到了事情的过去和未来。人们说‘要想知道未来，你必须先了解历史’。我觉得这种说法并不准确，汤姆，你是可以看到未来的。即使现在还不是全部，只有一些片段、几个画面，就像是错乱的记忆，我们忘记了一些自己的未来，如同我们遗忘过去的记忆。但是我看到的已经足够了，我看到你已经不可靠，不能去完成一个任务了。我感觉到了，我就知道这一定会发生的。”

“这根本不重要，跟这个没关系。”

“当然有关系，我们必须要保护所有人。”

“该死，海德里希，别再说那些鬼话，你想要保护的只有你自己，整个信天翁社会都是为了你自己一个人而已。海德里希，现在已经不是 18 世纪了，你不会得逞的。你找到了玛丽恩，你还对她撒谎。”

他摇头：“我做了你做不到的事情，履行了自己的承诺。我跟你说我会找到她的，然后我找到她了，而你做不到。我还让信天翁有安全感地生活。”

“是吗？所以放火烧他们的家吗？”

“汤姆，是你一叶障目了，往后退一点，看一下事情的全部脉络。我们现在正在遭遇前所未有的威胁，柏林、生物学科，还有很多，一切都更糟糕了。你看看这个世界，汤姆，真他妈的太糟糕了。蜉蝣的生命太短暂了，没有足够时间让他们学习前人的智慧。他们出生，长大，然后跟以前的人类犯相同的错误。一天天、一年年不断循环，就是一个轮回，每次都给这个世界造成相同的灾难和破坏。你看看美国，你看看欧洲，你看看互联网，在罗马帝国兴盛之前，没有任何一段文明能够长久存在，然而就连帝国都衰败了。迷信和愚昧会重新回到这片大陆，谎言和女巫猎人也会重新回来。汤姆，继续这样下去，我们将重返最黑暗的年代。并不是说我们一定要和人类隔离开来，但至少我们的存在，不能让他们知道。”

“但你的所作所为，不过是另一种迷信罢了。你撒谎。你找到了我的女儿，还让她来杀我。”

“我不是唯一撒谎的人，汤姆，你说是吗？”

他从口袋里掏出一个打火机，那是我们第一次在达科他州见面时他用的打火机。“很多年不抽烟了，不过我一直留着这个打火机作为纪念，就跟你留着那枚硬币一样，不过里面的机油，我得另外再买。”

他打起火花，忽然间我意识到他是认真的。其实，他想要杀死我或者欧迈，想要一直藏着玛丽恩，我都不觉得惊讶。因为我加入信天翁社会的第一天，我就知道他是个什么样的人。我唯一觉得惊讶的是，他居然会愿意以身涉险，离火场这么近。

“欧迈！”我扯着嗓子大喊，“欧迈！欧迈！快逃！”

然而事情就在一瞬间发生了。

火苗一落到汽油里，马上燎起一大片火光。我生命中经历过的一切事情，在此刻都重叠了。

我拼命朝海德里希的方向跑，这时一声尖叫划破长夜——“住手！”

是玛丽恩赶来了。

然后海德里希迟疑了一秒，仿佛一瞬间变得脆弱和无措起来，像是一个懵懂无辜的男孩，他的眼光在玛丽恩和我之间来回穿梭。这时，欧迈光着脚从屋子里面跑了出来，胳膊上还夹着他年迈的女儿。

“看哪，这有趣吗？父女重逢了！这就是你的弱点，这就是你和我离心离德的原因。你想要跟那些人类一样，跟那些蜉蝣一样，而我从不会这么想。在我卖郁金香发迹之前，当我刚刚发现自己身上的特别之处时，我就知道，唯一让自己自由的方式就是不要有任何牵挂。”

一声枪响划破天空。玛丽恩的神色看起来很坚毅，就像个胡桃壳一样坚硬，但她的手在发抖，脸上满是泪水。

她打中了目标。他的肩膀上血流如注。但他不以为意，抬起手把剩下的汽油浇在身上。

“最后，事实证明我是伊卡洛斯[1]。”

他丢掉手里的汽油罐，火焰吞噬了他的身体。我看到，或者在我的臆想之中，在最后于火光中灰飞烟灭之时，他陡然露出浅淡而满足的笑意。他燃烧的身体朝远处走去，穿过草丛，走向大海，来到海边的悬崖峭壁。

他朝着边缘走去，他的脚踏过一路的草地，草丛冒起了烟，被火星烫得焦黑，飘浮起点点飞灰。他一直在走，丝毫没有停顿或者犹豫，也没有发出任何痛苦的呻吟。他就像是靠着惯性蹒跚前行，靠着最后的毅力控制自己的一举一动。

“海德里希？”我喊道。不知为何我竟有一点犹疑。可能是直到他生命的最后一刻，我对他仍然知之甚少，他依然是个谜。我活了很久，但仍然为他的举动而感到惊讶。

“天啊，天啊，天啊……”欧迈不停喃喃着。

这时候他才忽而反应过来，把他的女儿轻轻平躺放下。

“不！”玛丽恩大喊，她手上还拿着枪。我觉得此刻，海德里希不仅仅是挑唆女儿杀我的人，他还是朝露丝脸上吐口水的人，那个让玛丽恩恨不得挫骨扬灰的人。他是阴魂不散的威廉·曼宁，是

---

1 伊卡洛斯：前文提到过的希腊神话，与其父使用蜡和羽毛造的翼逃离克里特岛时，他因飞得太高，双翼上的蜡被太阳熔化跌落水中丧生，被埋葬在一个海岛上。

每个伤害过她的人。我思绪万千，大喊道：“离开他，混账东西，不要乱动！我们后退，离他远点，离开这里！”

然后我们走了。全程没有车经过，也没人看见，一切都是静默的，除了我们，就只有天上的缺月。海德里希一直走，一直走，然后身影瞬间消失在悬崖边缘。那一团火光也消失了，一切又重归黑暗。他跳下去了。从他自焚，到他一直跌落至崖底，一切快得就像是在一瞬间。

这个世界，他来过，他走了。而他在这人世间所留下的痕迹，或许还没有浪花拍打礁石来得深刻。

死亡，只在一瞬间。出生，也只在一瞬间。眼睛一闭，忘记所有恐惧。然后一切都是崭新的。你从世俗中解脱，摆脱了恐惧之后，开始自省：我是谁？假如我生而无所不知，我会做什么？我能够不再害怕被欺骗吗？我能够去爱，不再害怕受伤害吗？我能够尽情地享受眼前的欢愉，而不去想明天我是否会失落吗？我会害怕时间悄然逝去吗？假如一切都是肯定的，我该怎么做？我喜欢的是什么？我会为什么而努力奋斗？我会踏上一条什么样的路？我会想去享受怎样的快乐？我会揭开怎样的谜团呢？以及，我还会活着吗？

[伦敦，现在]

一

玛丽恩。

我的女儿，我和露丝的女儿。

她还是从前的那个小女孩。

人们常常这么说，觉得他们的孩子即使长大了，也还是从前那个小姑娘。但其实，我不能再这么说玛丽恩了，她和以前有了很大的不同。

她其实很多都没有变，她的敏锐和聪慧，她对书本的爱，她从小就有的对那些伤害过她的人的浓烈的报复心理。

但现在，她身上真的跟以前有很多不同了。

毕竟我们不会一成不变。生活会改变我们，我们自己也会慢慢随着时间改变自我。而她，这四百年来，应该已经经历了太多的事情。

比如，她害怕亚伯拉罕。她现在很怕狗，我不敢问她身上发生了什么不愉快的事情。

从我和玛丽恩第一次从寄养所接它回家开始，亚伯拉罕就很喜欢玛丽恩。但她一直躲着，只敢在远处紧张地看着它。

她对自己过去经历的事情很坦率。

她告诉我她曾经去过哪些地方。除了伦敦、海德堡（德国西南部城市）、洛杉矶，她还去过鲁昂（法国港市），那是她第一次离开英国时去的地方，然后是波尔多（法国西南部港市）。她会说法语，除了我，还有很大一部分是受了蒙田的影响，蒙田也是她的精神信仰。更后来，还有阿姆斯特丹、温哥华、苏格兰这些地方。1840年之前，她在苏格兰住了整整一百年。在苏格兰她也是四处搬家，从高地到岛屿，从山脉到港口，苏格兰到处都有她的足迹。她当过纺织女工，甚至还有过一台织布机。不过她笑着说那是一台“便携的织布机”，平时，难得一见她的笑容。她因为抑郁在服药：“那种药吃了以后昏昏沉沉，但我也没办法。”她说她常常做奇怪的梦，并且因此而感到焦虑，有暴力倾向。有时这又会加重她的焦虑，一个糟糕的恶性循环。她在我们从澳大利亚飞回来的时候发病了，不过我除了觉得她格外安静沉默，并没有感到什么异常。

我们毫发无伤，离开了澳大利亚。她不是和海德里希一起入境的，也没人发现他的尸体，所以我们没有遇到任何麻烦，毕竟海德里希是换了个身份去澳大利亚的。这样一来，这个人简直像没有在这个世界上存在过。他活着的时候躲躲藏藏，而他的死像他的生前一样，对我们来说都是个谜。

我和欧迈道别了。我诚恳地向他说清利弊，认为搬家可能会是个不错的选择。他说他会考虑，然后就没有然后了。他不打算搬家，他会一直待在那里，但未来会发生什么，我们谁都不知道。

我写了一封邮件，犹豫了很久，几乎差点就按下了发送。这封邮件是写给克里斯丁·库利亚尔的，他在研究如何停止时间，在政府基金的支持下，积极探索如何减缓细胞的衰老和病变。他原来一直是海德里希的假想敌之一。

亲爱的克里斯丁：

我已经 439 岁。我有办法证明自己这话的真实性，我想我可以帮助你做研究。

汤姆

然后我在附件里把我在西罗酒店的旧照和我现在的自拍照加了上去，尤其注意拍我手上那块相同的伤疤。看着这封信，我觉得看起来还是有点荒谬。于是把它存在了草稿箱里，可能以后再发吧。

玛丽恩不太爱说话。即使说话，也是骂人和吐槽居多。听她吐槽是一件很欢乐的事情，我觉得在这方面她可能继承了她格瑞丝阿姨的天赋。她最喜欢说的口头禅就是“去他妈的”(只有这点和她的阿姨比较不一样)，所有的事情都是“去他妈的”。比如，电视去他妈的为什么放不了，她的鞋去他妈的真难穿，去他妈的美国总统，去他妈的纺织机，就连罗素的《西方哲学史》也难逃她的吐槽。

她还告诉我，她曾经有一段时间沉迷于毒品，1963 年到 1999 年。

“天。”我不知说什么好，感觉自己这个父亲当得实在是不称职。“这……呃……”

她很少跟我待着。现在她就坐在椅子上，离亚伯拉罕远远的，嘴里叼着电子烟，哼着老歌。非常老的歌了，是约翰·道兰德的《擦去我的眼泪》。她还小的时候，我用鲁特琴给她弹过，她也用笛子吹过这首曲子，不过我们很默契地没有回忆那段时光。她的声音很柔和，不管多么坚硬的牡蛎，也有柔软的内在。

“你想妈妈吗？”她问我。

“我每天都在想她，即使过去这么多年了。听起来很荒谬吧？”

她悲伤地笑了，然后深吸一口手中的电子烟：“你还有过别人吗？”

“大概是……没有吧。”

“大概？”

“过去这几百年没有。但现在，学校里有个女老师，叫卡米拉，我很喜欢她。但我觉得我之前做的让事情变糟了。”

“去他妈的爱情啊。”

我叹气：“的确如此。”

“你该果断一点，告诉她你之前把事情搞砸了，再告诉她为什么你那么做了。诚实一点。诚实是最有用的良药。诚实会让你内心多一道枷锁，但有时候很有用。”

“还诚实呢！”我说完之后，她笑了。

她安静一会儿了，想起来一些过去的事情。“我说真话，并非如我该说的那样多，而是如我敢说的那样多。随着年龄的增长，我也敢于多说一点了。”

“这是那个……？”

“蒙田说过的话。”

“对，你还喜欢他吗？”

“有些话在今天看来有点圆滑了，不过不管怎么说，他是个智慧的人。”

“那你呢？你有过伴侣吗？”

“有过，当然，还有过很多，不过我自己一个人也很好。我喜欢一个人待着。我的情况太复杂了，我们的年龄是个大问题。我对男人很失望。蒙田说生活的意义就是回归自我，我正为此而努力。看书、画画、弹钢琴，还有杀掉那个900岁的老男人。”

“你会弹钢琴？”

“我现在觉得那比吹笛子好玩。”

“我也觉得。”我很享受这一刻，这是我们从澳大利亚回来之后第一次心平气和地聊天，“你是什么时候打的这个唇环？”

“三十年前吧，当时还没像现在这么流行。”

“伤口痛吗？”

“不啊。你在批评我吗？”

“我是你的爸爸，我有这个立场。”

“我还有文身呢。”

“我看得到。”

“还有一个在肩膀上的，你想看吗？”她把衣领拉下了一点，我看到一棵树，树下面还有几个字——“树荫之下”。“我这个文身是为了怀念你，这首曲子是你教我的，记得吗？”

我微笑：“记得。”

她还有一点时差反应，我也是。我想让她在我这里住下，但她说伦敦让她很焦躁，她不想再回医院去了。她说在苏格兰东部的费特勒岛有一栋房子，她在1920年时住过，现在还闲置在那里，她想回那边去。她说她手头有钱，等下周末我回学校上班以后，她就会搬走。这让我很难过，不过我理解她，还答应只要一有空就会去看她。

“那边几乎不怎么变化。”她说，“那个岛与世隔绝，变化很小，让我觉得自己是个正常人，而在城市里一切变得太快了。”

她的手微微颤抖，我心下恻然，不知她曾经历过什么，她内心又装着些什么事情。我不知道未来我和她会遇见什么，目前信天翁的秘密就快要暴露了，我、欧迈都可能是导火索。

但是，未来本就是不可知的。你看新闻，觉得很可怕，但你永远不能肯定未来事情会怎样发展。一切都是未知的，我们必须接受，必须停下对将来的张望和期盼，把注意力集中在当下。

亚伯拉罕从沙发上跳下，跑进厨房。玛丽恩走过来坐到我身边。我想搂着她，像爸爸搂着女儿，但我觉得她不想这样。就在这时，她主动把头靠在我肩膀上，就像她10岁那年，我们坐在沙发上告别的那个晚上。那时候我觉得所有的举动都是尽头，现在感到一切是新的开始。

有时候时间真的会让你惊讶。

我回到了学校。

我看到安东一个人走进主教学楼，插着耳机在看书。我不知道他在看什么，只知道那是一本书。每次我看到别人在看书，尤其是我暂时没想见的人在看书，我就觉得有一种安全感。这时他抬起头看到了我，朝我挥手。

我喜欢这份工作，除了老师，我想不出还有什么职业更有意义。教育让你感觉你是时光的传承者，你传递着思想，将这个世界一点点变成它该有的模样。不是为莎士比亚这样的大人物弹琴，不是在金碧辉煌的酒店奏乐，但这种感觉非常好，让人觉得融洽与和谐。

当然，我还不知道自己应该用这个身份待多久。我可以做一个工作一周、一个月、十年。我不知道，不过没关系，生活的一切都是不确定的。你知道你自己存在于这个世界都是不确定的，所以我们有时候想要回到过去，因为我们了解过去，或者我们自以为了解。这是一首熟悉的歌。

想起过去也是不错的事。

乔治 · 桑塔耶拿[1]1905 年的事说，那些记不住过去的人，必将重蹈覆辙。只需要打开新闻，就会发现很多事情不过是对以前的重复，人类没有以史为鉴得到足够的教训。20 世纪的一幕幕不断在 21 世纪缓慢重演。

即使你能看到过去，但你无法回到过去。我不能再坐在树下，听我妈妈唱歌；不能再回到市场，看露丝和她妹妹卖水果；我不能回到以前的伦敦桥，回去以前的岸边区；我不能在露丝临死前给她更多的安慰；我不能再看到玛丽恩还是个小姑娘的时候；我不能回到世界还没有探索新大陆的时候；我不能回到当年，然后不去找哈金森医生；我不能回到 1891 年，告诉我自己不要跟艾格尼丝走。

鸟儿在窗台停留又飞走，这就是自然。我已经经历过的事情，就不会再有初次体验的感觉：爱情、接吻、柴可夫斯基、大溪地的日落、爵士、热狗、血腥玛丽。事情就是这样，历史是一条单行道，你只能往前走。但你甚至不需要预见未来，很多时候你只需要看到当下，并且为自己所在之处而感到满足快乐，足矣。

自从澳大利亚之行后，我就不再头痛了。不过我还是会担心。

我能看到卡米拉隔着办公室窗户看我，她本来在笑，但是注意

1　乔治·桑塔耶拿：1863—1952 年，哲学家、文学家，批判实在主义和自然主义的主要代表。

到我发现了她，她的笑容就飞快地消失离去了。我呆呆地站在那里，我要跟她说清楚，解释所有的事情。我在跟谁打电话，海德里希是谁，玛丽恩又是谁。也许有一天，我们能再次同去公园的长椅。我不知道，也没办法知道。

但是从现在开始，我要坦率地活着，不会再让我的秘密伤害到身边的人。

那些关于时间的。

那些关于我的年龄的。

我深吸一口气，感觉伦敦的空气似乎更加清新。我站起来，穿过学生，穿过学校那些古老的建筑。

我觉得有什么东西破土了。

我已经准备好了，去爱，去受伤害，去应对活着可能遇到的一切危险。

两分钟后，我看到了她，卡米拉。

"你好。"她打招呼，语气非常官方和礼貌。

她的眼睛告诉我，她希望我说些什么，而我过来也正是为了这么做的。我会打开我长久以来的心房，把一切难以启齿的秘密毫无保留地告诉她。

我想为我自己解释，但当我站在她面前的时候，一种特别的感觉油然而生。我突然感觉到一种无所不知的洞察感，在这一秒，我看到了其他许多时间的事。不光是以前的，还有以后的，整个宇宙忽然像一粒渺小的沙。艾格尼丝一百年前在巴黎对我说过信天翁的洞察之力，玛丽·彼得也和我提起过。最后，我终于还是拥有了对时间的全部理解。时间是什么，过去是怎样的，将来又会是怎样的。仅仅是一秒，但透过卡米拉的眸子，我仿佛看见并穿过了永恒。

[森林，法国，未来]

–

两年后。

法国。

那片森林还在，我过去来过这个地方。

亚伯拉罕老了，它上个月刚刚做了肾结石手术，但是体形依然没有很大变化。今天它似乎对这里的清新空气非常满意。

“我还是会害怕。”我们牵着亚伯拉罕在树林间走的时候，我说道。

“因为什么？”卡米拉问。

“时间。”

“为什么你会害怕时间？你不会老。”

“对的，正因如此，有一天你不能和我在一起。”

她停下来：“真奇怪。”

“什么奇怪？”

“你现在花这么长时间去担心未来。”

“有什么可奇怪的？在未来这些是会发生的。”

“对的，是会发生。但是那又如何？你看，多看看现在，看看这里，还有现在的我们，这就是未来了啊。”

她抓住我的手腕，把我的手放在她的肚子上。“这里，你感觉到她在动吗？”

我感觉到了，有点奇怪的动静，好像有什么轻轻踢了一脚。在里面，是玛丽恩的小妹妹。

“我感觉到她了。”

“那就对了。”

“可能有一天，她会看起来比我还要老。”

她停下来，指着一棵树后面，那里有一头鹿。它转过头来看了我们一秒，然后飞快地逃走了。亚伯拉罕由于被我们牵着，没能撒腿去追，只好悻悻而返。

“我不知道会发生什么。”卡米拉看着那头鹿曾经站过的地方，“我也不知道，假如那天下午我癫痫没有发作，我们之间会不会摊牌在一起，谁知道呢。”

“对啊，谁知道呢。”

我看着树木之间，那头鹿曾经在的地方。现在它已经逃走了，但我知道它曾经停留在那里，因此那块地方变得和别处不同，是过去的记忆让它不同。

“你不再与世隔绝了，我认为你必须更加用心去面对生活，然后它会给你带来更多。”

“这是谁说过的话吗？谚语？”我问道。

“菲茨杰拉德说过的。”

我们继续朝前走：“我认识他，你知道吧？”

“对的，我知道。”

“我还认识莎士比亚，还有约翰逊，我还看过约瑟芬·贝克跳舞。”

“借名人的名字狐假虎威。”

“好吧，你说得对。”

“说起名字——”她说得很慢，好像是因为全部注意力都在脚下的路上，让她说话慢慢吞吞，“我想过了，我不知道你怎么想。我们现在知道这个是女孩，我想叫她索菲亚，因为我的祖母叫索菲亚·露丝。”

“露丝？”

她握住我的手，声音清晰：“我一直很喜欢这个名字，也喜欢玫瑰这种花的香味，还喜欢……你。你现在是自由的。我知道这个名字是之前……所以会有点奇怪，但是一个人假如嫉妒四百年前的人，不是更奇怪吗？而且，我喜欢她。正是因为她，你才成为今天的你。我觉得这很好，你通过那些事情成长了。”

“好的，那到时候看吧。”

我们站在那里接吻，森林深处。我爱她，深深地爱她。甚至不能够再爱她的恐惧在我心中，也像失去她一样痛苦万分。欧迈说的是对的，我们必须活着，死了就什么都没有了。

“一切都是好的，即使暂时不是，也会变好的，所以别担心了。”

我知道她是对的，有时候我会看到更久之后的未来。我看到她那些想忘又不能忘记我的时候，即使我此刻就站在她的身边。我看到她握着我的手，脸色苍白，病态无力，像露丝一样走到生命的尽头。我看到她走之后，我被巨大的痛苦击中和包围。她知道我能看到这些，但她不想听我说这些。她是对的，所有的事情都是会发生的，如今的每一秒都是永恒。即使时间过去，它们也会以某种形式存在于某个地方。过去的一幕幕皆是如此，我们在小路上接吻的这一刻，我祝贺安东在考试中取得好成绩，我和玛丽恩在她家喝酒，我在船上被枪炮的声音震得发抖，我和菲尔诺在雨中说话，我拿起那枚幸运的硬币，我和露丝一起经过集市，我在树下听妈妈唱歌，一阵天旋地转，当时的梧桐好像变成了现在的梧桐。

只有现在，世界上一切事物都有着和从前相同的原子，所以每一寸光阴都夹杂着过去的光阴。

是的。

就是这样，现在的片刻便是永恒，我知道我们活着还会有更多更多的现在。我全都明白了，我知道我们可以从中解脱。我知道一个人停止时间的方式，就是不再被时间奴役。我已经不再沉湎于过去，也不再惧怕未来。又怎么会呢？

毕竟未来握于自己的手中，而我的未来有你啊。毕竟我的未来有你啊。

致谢

感谢你读到这本书，这是我首先要感谢的。一本书只有在被人读到的时候，故事才会成真。所以感谢你看到我的白日梦，并且让我的脑洞在现实世界有了一席之地。我想写一部读者看得开心，自己写得高兴的作品。目前看来，至少第二个目标是达到了的。我之前从没有在写作时得到这么多的乐趣。感觉就像是没有时间机器的时光旅行，或是一次免费而又舒适的理疗。

我在写另一本小说《我遇见了人类》的时候，冒出了关于这个故事的最初的灵感。那本书从一个非常宏观的层面，来观察人类的渺小和优秀。如果那本书的角度是空间，那这本书的角度就是时间。时间可以宽慰我们，也让我们惊慌。它让我们感受到我们的生活这袭长袍的尺寸和纹理。

有时候想要写的东西和实际的产出可能会有所出入。我很幸运，编辑弗朗西斯 · 贝克茅和我心意相通，在我写作过程中给了我不少帮助。我还感激杰米 · 宾以及坎农格特出版社的所有人，他们给了我充分的自由让我写自己想写的书，并且尽心帮我出版。在此一并感谢珍妮 · 托德、珍妮 · 弗雷、皮特 · 阿丁顿、克拉里 · 马斯维尔、乔 · 丁雷、尼尔 · 普莱斯、安德鲁 · 乔斯、卡罗琳 · 克拉克、杰西卡 · 尼尔拉、爱丽丝 · 肖特兰得、艾伦 · 乔德、罗娜 · 威

廉森和梅根 · 瑞德。

我很幸运拥有世界上最棒的经纪人克莱尔 · 肯维拉，我的那些散漫灵感，在她的帮助下变成了我宝贵的事业。

还有，我需要感谢卡瑟琳 · 宝叶拉、科克 · 麦克艾伦和乔汉娜 · 哈里斯帮助检查我文中的法语（编者按：原著中有些法语句子）。还有格雷格 · 詹纳在邮件中毫无保留地告诉我的历史知识，给了我很多关于时空的灵感。当然，还需要谢谢本尼迪克特 · 康伯巴奇以及制片发行公司映欧嘉纳影业（CanalStudio）和 SunnyMarch 看好本书，并准备将其影视化。

最后，我必须感谢我的妻子，还有我最好的朋友安德里亚 · 森普尔，我妻子是我的第一个读者，也是第一个告诉我哪里写得好、哪里行不通的人，更是我每日灵感与鼓励的来源。假如时间真能停止，我希望能和她在一起。

谢谢你。

大魚讀品

A BOOK MUST BE THE AXE FOR THE FROZEN SEA INSIDE US

所谓书，必须是砍向我们内心冰封大海的斧头

—

卡夫卡

KAFKA

RACHEL JOYCE

THE UNLIKELY PILGRIMAGE OF HAROLD FRY

一个人的朝圣

[英] 蕾秋 · 乔伊斯 著 黄妙瑜 译

欧洲首席畅销小说，热销 5 年不衰，入围 2012 年布克文学奖。全球销量过 4,000,000 册，简体中文版销量过 1,500,000 册。

这一年，我们都需要他安静而勇敢的陪伴。

一个人的朝圣（精装版）

[英] 蕾秋 · 乔伊斯 著 黄妙瑜 译

80 万册精装纪念版，收录作者长篇专访、原版木刻插画、作者给中国读者的信，赠英文别册。

献给每一次对生活的胜利，对悲伤的疗愈，对爱的唤回。

THE LOVE SONG OF MISS QUEENIE HENNESSY

一个人的朝圣 2：奎妮的情歌

[英] 蕾秋 · 乔伊斯 著 袁田 译

布克奖入围作品《一个人的朝圣》相伴之作。

献给每一次对生命微小瞬间的朴素歌唱，对自我的照见，对爱的唤回。

RACHEL JOYCE

PERFECT

触动万千读者的全球热销书《一个人的朝圣》作者口碑新作。

别害怕失去生活的勇气，因为它一刻也未曾离开过我们。

时间停止的那一天

[英] 蕾秋 · 乔伊斯 著 焦晓菊 译

FREDRIK BACKMAN

EN MAN SOM HETER OVE

一个叫欧维的男人决定去死

[瑞典] 弗雷德里克·巴克曼 著　宁蒙 译

畅销 44 国，全球销量超过 730 万册。
第 89 届奥斯卡最佳外语片提名电影同名原著。
来，认识一下这个内心柔软、充满恒久爱意的男人。

DANIEL WALLACE

BIG FISH

大鱼

[美] 丹尼尔·华莱士 著　宁蒙 译

出版 20 周年修订典藏版，
豆瓣电影总榜 TOP100 口碑神作原著！
精彩程度不输电影！

不要相信真的，相信你所爱的。

JÚLIA SARDÀ

ALICE IN WONDERLAND

爱丽丝漫游奇境（中英双语版）

[西班牙] 茱莉亚·桑卓 绘 里所 译

一本真正适合成年人的爱丽丝。
每个女人都曾经是爱丽丝。

WENDELIN VAN DRAANEN

FLIPPED

怦然心动（中英双语版）

[美] 文德琳·范·德拉安南 著 陈常歌 译

豆瓣130万读者共同认可，
电影原著白金纪念版。
斯人若彩虹，遇上方知有。
韩寒、卢思浩、《成语大全》评委郦波教授推荐电影原著小说。

GUNVOR RASMUSSEN

MONSTERBOKA

怪物书

[挪威] 龚沃儿 · 拉斯姆森 等著 宁蒙 绘

北欧童话之乡作家、画家、作曲家、心理学家等 20 位想象力大师献给孩子的礼物。
让想象力醒来，让快乐爆表，在笑到岔气中增长智慧，学会爱与温柔。
如果你相信这个世界上有怪物，那这本书就是为你准备的。

EVENTRBOKA

精灵书

[挪威] 龚沃儿 · 拉斯姆森 等著 宁蒙 绘

让你爱上思考，在奇思妙想的世界里增长知识，培养勇气和创造力。

欢迎来到精灵王国！

ASLI E. PERKER

SUFLE

忧伤的时候，到厨房去

[土耳其] 爱诗乐 · 沛克 著 韩玲 译

土耳其备受瞩目新生代才女作家年度畅销疗愈小说。
一笔写尽生活真谛，以及味觉与情感间最紧密的联系。
厨房是母亲的乳房，恋人的双手，宇宙的中心。

JÓN KALMAN STEFÁNSSON

HIMNARÍKI OG HELVÍTI

没有你，什么都不甜蜜（精装）

[冰岛] 约恩 · 卡尔曼 · 斯特凡松 著 李静滢 译

冰岛值得阅读的桂冠级诗人小说家，入围 2017 年布克文学奖。
一场大风雪，一个男孩的三天三夜，那个古老迷人的冰岛世界。

FELICITY HAYES-MCCOY

THE LIBRARY AT THE EDGE OF THE WORLD

世界尽头的图书馆

[爱尔兰] 费莉希蒂 · 海斯 - 麦科伊 著 常鸿娜 译

抚慰全欧洲的爱尔兰才情女作家治愈佳作。
售出 20 余国版权，遍布欧洲几乎每家书店和图书馆。
再艰难，也要找到你孤独与梦想的出口。

ROLAND MERULLO

BREAKFAST WITH BUDDHA

与佛陀一起吃早餐

[美] 罗兰·梅鲁洛 著 袁田 译

以阳光般的治愈力及启发性席卷全美和欧洲。
与《禅与摩托车维修艺术》并称为美国 10 年来
深刻而重要的心灵小说双雄。
如果购物 / 吃 / 结婚 / 放假也无法令你真正快乐，请读本书。

GARTH STEIN

A SUDDEN LIGHT

穿过森林的男孩

[美] 加思·斯坦 著 袁田 译

全球热销 4,000,000 册，感动 35 国的超级畅销书。
《我在雨中等你》作者睽违 6 年重磅新作。
爱不是握着拳，而是松开手。

WENDY WALKER

ALL IS NOT FORGOTTEN

一切未曾遗忘

[美] 温迪·沃尔克 著 侯茜 译

惊艳奥斯卡影后、一举征服 20 国的新人作家。
一经出版，华纳兄弟旋即高价买走电影改编权。
瑞茜 • 威瑟斯彭将担任制片人并有望出演女主角。
所谓勇敢，不是遗忘，而是要和痛苦再一次狭路相逢。

NICOLA YOON

EVERYTHING, EVERYTHING

你是我一切的一切

[美] 妮古拉 · 尹 著 王思宁 译

连续盘踞《纽约时报》排行榜 53 周!
全球售出 41 国版权!
读者从 14 岁跨越到 54 岁!

Goodreads 超 15 万人五星盛赞!
因为这本书，全球 7,000,000 读者
重温了希望、梦想和爱情。

你那么好、那么好，爱上你，
是我这一生至美的冒险。

ANTOINE PAJE

ET IL ME PARLA DE CERISIERS, DE POUSSIÈRES ET D'UNE MONTAGNE

他跟我聊到樱桃树、灰尘以及一座山

[法] 安东尼 · 帕耶 著 高原 译

法国备受瞩目的心灵小说作家黑马处女作。
我不再害怕，我大步向前，我好好生活。

DORIT RABINYAN

ההיח רדגיח רדג

爱的边境

[以色列] 朵莉·拉宾雅 著　杨柳靖 译

爱情没学过地理，所以不识边境。
伯恩斯坦奖等 10 项大奖加冕，20 余国版权售出，全球超过 260 家媒体争相报道 。
此书冒着生命危险，向我们展示了爱的微小与伟大。

SHELLY KING

THE MOMENT OF EVERYTHING

二手书店情书

[美] 谢利·金 著　苏涛 译

没有不可治愈的伤痛，没有不能结束的沉沦，
在这家二手书店，**所有失去的都会以另一种方式归来。**

MIRA BARTOK

THE WONDERLING

狐狸男孩

[美] 米拉·巴尔托克 著　王岑卉 译

仅凭剧情大纲，即在出版前以百万美金售出电影版权！
即将被《朗读者》《时时刻刻》导演
史蒂芬·戴德利搬上大银幕！
被《卫报》《出版周刊》誉为“现代狄更斯”的纸上奇迹，不会让你失望哪怕一秒钟！
他能洞悉世间万物的秘密，却找不到爱他的人。

JONAS GARDELL

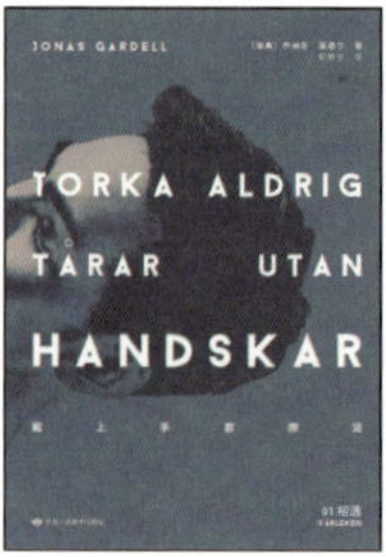

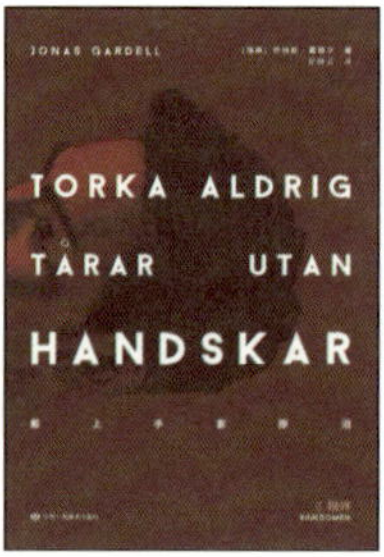

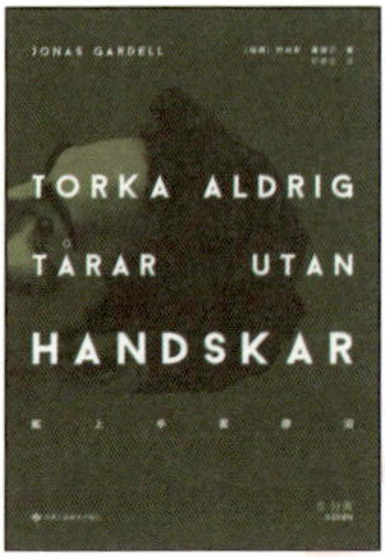

TORKA ALDRIG TÅRAR UTAN HANDSKAR

戴上手套擦泪（三部曲）

[瑞典] 乔纳斯 · 嘉德尔 著 郭腾坚 译

头脑可以接受劝告，心却不能。
北欧版《霍乱时期的爱情》，**瑞典每 8 人手中就有 1 人观看并为之落泪。**
作者因此书获年度风云人物，瑞典王储亲自颁奖！
同名影集击败《权力的游戏》荣膺欧洲电视大奖，豆瓣 9.0 高分！

MILENA BUSQUETS

TAMBIÉN ESTO PASARÁ

这也会过去

[西班牙] 米莲娜 · 布斯克茨 著 罗秀 译

2016 年全球文学事件，触动千万人心。
我恐惧你的离开，内心的一部分将变为空洞，然而生活即是不停的告别，我们由此得以顿悟和成长。

武志红

WHY FAMILY HURTS

为何家会伤人（百万畅销纪念版）

武志红 著

知名心理学家武志红
从业 25 年来公认口碑代表作！

1,000,000 册畅销纪念版，
中国家庭问题第一书！

家是港湾，爱是退路。

CHARLOTTE SLEIGH

PAPER ZOO:500 YEARS OF ANIMALS IN ART

纸上动物园：大英图书馆 500 年动物图志

世界文明的诺亚方舟，荡气回肠的自然史诗！
穷尽大英图书馆馆藏，从 1 亿 5000 万件手稿、印刷品、珍本书中甄选出 350 帧稀有画作！
自然艺术奇书，视觉上的一次豪餐盛宴！

ELEANOR ROOSEVELT

YOU LEARN BY LIVING: ELEVEN KEYS FOR A MORE FULFILLING LIFE

生活教会我：美国第一夫人
埃莉诺·罗斯福写给年轻人的生活之书

[美] 埃莉诺·罗斯福 著　唐磬 译

恐惧、时间、女性、教育、独立、内心建设、自我实现，字字质朴，句句有声，影响五代美国年轻人。

从公开场合说话不超过五个词的胆小鬼到“世界第一夫人”，埃莉诺·罗斯福在本书分享她的人生经验，就像一个祖母、母亲、姐姐或挚友。

CLARE CONVILLE & LIZ HOGGARD & SARAH-JANE LOVETT

THE BOOK FOR DANGEROUS WOMEN

你要爱上自己，
给她饭吃，给她水喝，给她情书

[英] 克莱尔·康威尔　萨拉·简·洛维特　利兹·霍格德 著

李亚萍 译

都市女性“涨姿势”香艳手册，史上较好的生活态度。
伦敦白领称其为“比男人强 100 倍的床上伴侣”。

NICHOLAS D. KRISTOF & SHERYL WUDUNN

HALF THE SKY

天空的另一半

[美] 尼可拉斯 · D . 克里斯多夫 雪莉 · 邓恩 著
吴茵茵 译

每一个地球公民的必读书。——比尔 • 盖茨
普利策新闻奖得主讲述女性的绝望与希望。

A PATH APPEARS

走的人多了，就有了路

[美] 尼可拉斯 · D . 克里斯多夫 雪莉 · 邓恩 著
张孝铎 译

普利策新闻奖得主、美国畅销书《天空的另一半》作者重磅新作。
讲述微小个人也能让世界变得更好。
帮助他人所带来的力量，最终也能帮助我们自己。

ROBYN DAVIDSON

TRACKS

我独自穿越沙漠，领略了安全感和自由

[澳] 罗宾 · 戴维森 著 袁田 译

一个女人 9 个月穿越 2700 公里沙漠的史诗般旅程。
“我要剥除所有的社会支撑，不要被保护，学着依赖大地，学会尘土飞扬地玩耍和响亮地放屁。”

KRISTIN KIMBALL

THE DIRTY LIFE

耕种 食物 爱情

[美] 克里斯汀·金博尔 著 姜佳颖 译

诗意生活的典范、美国极具影响力的田园生活家克里斯汀·金博尔畅销代表作。

“我想要一个家，有一间房子，有青草的气味，有晾在绳子上的床单，有一个在喷洒的水中跑过的孩子。”

大山旬 & 玄长 NAOKO

365日をおしゃれに楽しむ男のワードローブ

日剧男友穿搭圣经

[日] 大山旬 著 金磊 译

365 REAL CLOSET

日剧女主穿搭圣经

[日] 玄长 NAOKO 著 伍佳妮 译

日本“穿配女王”教你一件多搭的 **365 天穿搭 Look 全书**。

365

CHERYL STRAYED

WILD

走出荒野

[美]谢丽尔·斯特雷德 著
靳婷婷 张怀强 译

连续126周盘踞《纽约时报》畅销榜！
仅美国就卖出300万册！
罕见地横扫17项年度图书大奖！版权售出40国！
每个人的生命中，都有一片荒野，
需要你自己探出一条路来。

MARY -LOUISE PARKER

DEAR MR. YOU

亲爱的你

[美]玛丽-露易丝·帕克 著
陆茉妍 译

出演《天使在美国》《单身毒妈》，
艾美奖、金球奖得主——
玛丽-露易丝·帕克首部散文作品。
感谢生命中的他们，让你成为闪闪发亮的你。

CRAIG CHILDS

THE ANIMAL DIALOGUES

遇见动物的时刻

[美]克雷格·查尔兹 著 韩玲 译

2008年盖伦·洛威尔探险艺术奖。2008年、2013年西格德·奥尔森自然写作奖。
博物学家、冒险家、美国当代最优秀的自然主义作家之一克雷格·查尔兹代表作。
给每一个热爱动物的孩子和大人。

VIVIAN MAIER: STREET PHOTOGRAPHER

我是这个世界的间谍：薇薇安·迈尔街拍精选摄影集

VIVIAN MAIER: SELF-PORTRAITS

我与这个世界的距离：薇薇安·迈尔自拍精选摄影集

[美] 薇薇安·迈尔 摄　约翰·马卢夫 编

“她用孤独隐秘的一生，服事了影像的光辉与不朽。”

街头摄影界的梵·高　传奇保姆摄影师薇薇安·迈尔
隐没 60 年作品　精装、大开本首度原版呈现。

“这些是她最棒的一些照片，也许也是她留下的作品中最有启发性的了。”——《洛杉矶时报》

ANDY TOUHY

A-Z GREAT MODERN ARTISTS

看懂所有艺术家 A-Z

[英] 安迪 · 图伊 绘 / 克里斯托弗·马斯特 著　陈佳凰 译

一本让你看起来对艺术无所不知的书，
从头到脚提升你的艺术品位。
中英合作印刷，从封面到版式，100% 保留作者原设计。

A-Z GREAT FILM DIRECTORS

看懂所有导演 A-Z

[英] 安迪 · 图伊 绘 / 马特·格拉斯比 著　常鸿娜 李雯斐 译

一本让你看起来对电影无所不知的书，
从头到脚提升你的电影品位。
中英合作印刷，从封面到版式，100% 保留作者原设计。

big fish studio
磨铁图书旗下品牌

大魚讀品

出 品 人 | 沈浩波　　主　编 | 冯倩
产品经理 | 魏凡　万巨红　王迪　简秋生　任菲
营销编辑 | 张婉希　金颖　黄筱萌　张睿珺　董子鹤
书目设计 | 付诗意　沐希设计

微 信 号 | 大鱼读品 BigFish　　微博号 | 大鱼读品 BigFish
豆瓣小站 | https://site.douban.com/249541/　　联系邮箱 | bigfishbooks@163.com
地　　址 | 北京市西城区德外大街 83 号德胜国际中心 B 座 10 层

图书在版编目（CIP）数据

时光边缘的男人 / (英) 马特・海格著；侯茜译.
—北京：北京联合出版公司，2018.6
ISBN 978-7-5596-2093-4

Ⅰ. ①时… Ⅱ. ①马… ②侯… Ⅲ. ①长篇小说—英国—现代 Ⅳ. ①I561.45

中国版本图书馆CIP数据核字（2018）第094646号

著作权合同登记　图字：01-2018-3003

时光边缘的男人

作　　者：［英］马特・海格
译　　者：侯　茜
选题策划：北京磨铁图书有限公司
责任编辑：牛炜征
封面设计：付诗意

北京联合出版公司出版
（北京市西城区德外大街83号楼9层　　100088）
北京嘉业印刷厂印刷　新华书店经销
字数：240千字　880mm × 1230mm　1/32　印张：9.5
2018年6月第1版　2018年6月第1次印刷
ISBN 978-7-5596-2093-4
定价：49.80元

如发现图书质量问题，可联系调换。质量投诉电话：010-82069336